A Lenda dos Ipês

© 2022 por Cristina Cimminiello
© iStock.com/GeorgePeters

Coordenadora editorial: Tânia Lins
Coordenador de comunicação: Marcio Lipari
Capa e projeto gráfico: Equipe Vida & Consciência
Preparação: Janaina Calaça
Revisão: Equipe Vida & Consciência

1ª edição — 1ª impressão
2.000 exemplares — setembro 2022
Tiragem total: 2.000 exemplares

CIP-BRASIL — CATALOGAÇÃO NA PUBLICAÇÃO
(SINDICATO NACIONAL DOS EDITORES DE LIVROS, RJ)

A539L

    Amira (Espírito)
    A lenda dos ipês / Cristina Cimminiello [pelo espírito Amira]. - 1. ed. - São Paulo : Vida & Consciência, 2022.
    256 p. ; 23 cm.

    ISBN 9786588599570

    1. Romance espírita. 2. Obras psicografadas. I. Título.

22-79793   CDD: 133.93
                                                      CDU: 133.9

Todos os direitos reservados. Nenhuma parte desta edição pode ser utilizada ou reproduzida, por qualquer forma ou meio, seja ele mecânico ou eletrônico, fotocópia, gravação etc., tampouco apropriada ou estocada em sistema de banco de dados, sem a expressa autorização da editora (Lei nº 5.988, de 14/12/1973).

Este livro adota as regras do novo acordo ortográfico (2009).

Vida & Consciência Editora e Distribuidora Ltda.
Rua das Oiticicas, 75 – Parque Jabaquara – São Paulo – SP – Brasil
CEP 04346-090
editora@vidaeconsciencia.com.br
www.vidaeconsciencia.com.br

A Lenda dos Ipês

CRISTINA CIMMINIELLO

Romance inspirado por Amira

Sumário

PRÓLOGO 7
CAPÍTULO 1 9
CAPÍTULO 2 18
CAPÍTULO 3 27
CAPÍTULO 4 36
CAPÍTULO 5 46
CAPÍTULO 6 55
CAPÍTULO 7 62
CAPÍTULO 8 70
CAPÍTULO 9 78
CAPÍTULO 10 85
CAPÍTULO 11 92
CAPÍTULO 12 98

CAPÍTULO 13 105

CAPÍTULO 14 114

CAPÍTULO 15 121

CAPÍTULO 16 129

CAPÍTULO 17 136

CAPÍTULO 18 144

CAPÍTULO 19 151

CAPÍTULO 20 158

CAPÍTULO 21 165

CAPÍTULO 22 172

CAPÍTULO 23 178

CAPÍTULO 24 191

CAPÍTULO 25 198

CAPÍTULO 26 204

CAPÍTULO 27 210

CAPÍTULO 28 217

CAPÍTULO 29 223

CAPÍTULO 30 229

EPÍLOGO 237

PRÓLOGO

— Papai, você vai mesmo vender o terreno?
— Sim, mas vou manter o pedido da sua mãe: quem comprá-lo não poderá retirar as árvores.
— Será que alguém atenderá?
— Sim, tudo tem seu tempo, e eu encontrarei a pessoa certa para continuar a manter este jardim.
— Isso vai incentivar a lenda?
— Não, mas vai trazer boas pessoas para nossa cidade. A lenda é apenas uma fábula que os antigos criaram. Quem acredita nela cuida das plantas com carinho, e nós sabemos que a natureza é a mãe de tudo!
— Está certo, confio no seu julgamento. Não gostaria que as árvores fossem derrubadas.
— Não serão, meu filho. Não serão.

Capítulo 1

— Mamãe, já estamos chegando?
— Ainda não, mas daqui a pouco estaremos lá. Você está cansada?
— Sim, a casa da vovó é muito longe.
— Já, já chegaremos, e tenho certeza de que a vovó está nos esperando com aquele bolo de laranja de que você gosta tanto.
— Hum! Tomara que cheguemos logo.

Helena conversava com a filha Isabela tentando distraí-la durante a viagem que faziam para a casa de seus pais. Fazia dois anos que não os via. Conversavam por telefone ou pelo computador, e ela sabia que a mãe estava ressentida com sua ausência durante todo esse tempo.

Helena ocupava o cargo de gerente administrativo em uma grande empresa, trabalhava muito e, embora viajasse por conta da sua posição na empresa, viajar para ver os pais demandava ausentar-se por uma semana, além de ser obrigada a fazer diversos arranjos para poder ficar fora durante esse tempo.

— Chegamos, filha.
— Olha, a vovó está à porta!

Isabela desceu rapidamente do carro e correu para abraçar a avó.

— Como você cresceu!
— Eu estava com muita saudade! A mamãe falou que a senhora faria um bolo de laranja.
— Ela acertou! O bolo está pronto e esperando por você. Mas deixe-me abraçar sua mãe primeiro.

Abraçando a mãe, Helena disse:

— Como vai, mamãe?

— Vou bem, minha filha, saudosa de vocês. Fizeram boa viagem?

— Sim, não havia muito trânsito. A Isabela dormiu por quase todo o trajeto. Como está o papai?

— Seu pai está bem, mas vamos entrar, assim conversaremos enquanto vocês tomam um café comigo.

Depois de servir a filha e a neta, Maria Cândida contou-lhes como estava a vida na fazenda e respondeu às perguntas da neta, que estava curiosa para ver os bichos que havia ali. João Alberto, pai de Helena, chegou e juntou-se a elas para o lanche. Depois, levou a neta para passear para que mãe e filha pudessem conversar.

— Mamãe, o que houve para você me chamar com essa pressa? Pelo que estou vendo, vocês estão muito bem.

— Pedi que viesse nos ver não porque estivéssemos doentes, mas porque não nos vemos há dois anos. Conversar por telefone e ver nossa neta crescer por fotografia não é o que queremos. Entendemos que seu trabalho a impede de vir nos visitar com frequência, mas preciso de sua ajuda.

— Papai está doente?

— Não, seu pai está muito bem. Quem está doente é sua irmã.

— O que houve com ela?

— Há quanto tempo vocês não se falam?

Helena sentiu-se ruborizar quando respondeu:

— Há algum tempo, alguns meses, não sei ao certo.

— Sua irmã está com câncer. Você sabia?

— Não, ela não me disse nada. Poderia ter me ligado...

— Para você dizer que não poderia deixar seu trabalho para vê-la?

— Por que está me dizendo isso? Ela tem o Miguel, que cuida muito bem dela. Ela não trabalha, não tem filhos, por que eu deveria me preocupar com ela?

— Ela está separada do Miguel. Ele não aguentou cuidar da sua irmã. Separaram-se assim que ela foi operada. Helena, sua irmã está em tratamento há dez meses, e você nem sequer sabia que ela estava doente!

Helena não soube o que responder. Não tinha notícias da irmã e imaginava que ela estivesse bem. Explicou isso à sua mãe, que argumentou:

— Helena, a Carolina é sua única irmã. Ela está para chegar e ficará um tempo aqui na fazenda comigo. Gostaria que ela fosse recebida com muito carinho. A separação deixou-a muito abalada. O tratamento que sua irmã estava fazendo regrediu. Eu não entendo, apenas sei que minha filha precisa do nosso carinho e da nossa atenção, por isso pedi que você viesse ficar uns dias aqui.

— Puxa, mãe, se eu soubesse, a teria procurado. Não sei nem o que dizer. Por que o Miguel foi embora? Eles estavam casados havia oito anos.

— Ele não aguentou ver o sofrimento de sua irmã. Não quero julgá-lo. Sei o quanto ela está sofrendo com isso, e criticá-lo não ajudará em nada. Há pessoas que são fracas, não suportam a dor ou o sofrimento de quem vive com elas. O juramento feito diante do altar fica esquecido, elas vão embora, e não acredito que fiquem em paz com suas consciências, mas não posso fazer nada.

— Você falou com ele?

— Não, seu pai falou com ele, e não foi uma conversa agradável. João Alberto foi duro com Miguel. Chamou-o de fraco, irresponsável e de outros adjetivos. Ele não respondeu, apenas disse que não conseguia ver a esposa daquele jeito. Arrumou a mala e a deixou. Nós insistimos muito para que ela viesse para cá.

— Quem está com ela?

— A sogra, a Matilde. Ela não se conforma com a atitude do filho. Elas virão para cá. Devem chegar na hora do jantar.

Enquanto mãe e filha conversavam, João Alberto mostrava a fazenda para a neta. Ela sorria encantada com tudo o que via. Isabela tinha dez anos e a curiosidade que toda criança tem ao entrar em contato com o novo.

Quando estavam voltando para casa, a menina disse:

— Vovô, tem uma árvore igual àquela na minha escola.

— E você sabe como ela se chama?

— Sim, é um ipê-amarelo.

— Muito bem, Isabela. E aquela árvore ao lado do ipê-amarelo?

— Aquela eu não sei. Na minha escola só tem um ipê-amarelo e aquela árvore é cor-de-rosa.

— Aquela árvore cor-de-rosa é o ipê-rosa.

— Ipê-rosa?

— Sim, os ipês têm várias cores. Tem o amarelo, o rosa, o roxo, o branco.

— E por que o senhor plantou só duas?

— Quando sua mãe nasceu, eu ganhei uma muda de ipê-amarelo de um comerciante de flores. Ele me disse que traria muita sorte a ela. Eu plantei, e logo ela se desenvolveu. Quando a tia Carolina nasceu, comprei uma muda de ipê-rosa e a plantei ao lado do ipê-amarelo.

— O senhor acha que deu sorte pra elas?

Rindo, o avô respondeu:

— Não sei, isso você terá que perguntar a elas. Olhe, o ipê-amarelo tem a cor do ouro. Sua mãe trabalha em uma grande empresa. Sua tia Carolina tem o temperamento diferente de Helena. Ela não quis trabalhar em uma empresa; preferiu dedicar-se às artes. Você já viu os quadros pintados por ela?

— Sim, são muito bonitos.

— Então, ela tem a delicadeza do rosa.

— Mas, vovô, por que o ipê-amarelo está todo florido e o rosa, não?

Sem saber o que responder diante da observação rápida da neta, ele disse:

— Não sei, minha querida. Não sei.

※※※

Matilde e Carolina chegaram quando estava anoitecendo. Maria Cândida e Helena foram recebê-las e ajudá-las com as malas. Helena assustou-se com a fragilidade da irmã, mas procurou não demonstrar o que sentia.

— Matilde, fizeram boa viagem?

— Sim, Cândida, viemos bem. Procurei vir devagar, mas, mesmo assim, Carolina não se sentiu bem.

Aproveitando que as irmãs se afastaram, Maria Cândida perguntou:

— Matilde, como ela está? Por favor, não me esconda nada.

— Cândida, ela não está bem. Precisa de repouso, boa alimentação, conversas alegres. O que meu filho fez a deixou muito amargurada. Segundo o médico, ela precisa sair desse estado depressivo para o tratamento fazer efeito. O estado psicológico tem um efeito muito grande nesse processo, e, abatida como ela está, torna-se difícil dar sequência ao tratamento.

Abraçada a Carolina, Helena perguntou:

— Por que não me telefonou? Tanta coisa acontecendo, e eu sem saber.

— Helena, você trabalha muito, tem uma filha e seus problemas. De que adiantaria eu telefonar? Você poderia largar tudo e ir ter comigo?

— Mas poderíamos ter conversado. Eu não sabia que o Miguel a havia deixado.

— Ele não aguentou a pressão. Estava com problemas no trabalho e foi transferido para o Canadá. Como eu poderia acompanhá-lo? Sei que todos o criticam. A Matilde não lhe poupou críticas, o papai disse tudo o que pensava sobre ele... Deixaram-no arrasado, mas eu não podia impedi-lo de seguir em frente. Serei eu quem morrerá.

— Minha irmã, não diga isso. Hoje, os tratamentos estão muito avançados. Você conseguirá superar essa doença horrível.

— Olhe para mim, Helena. Estou mutilada, nunca mais terei o corpo que eu tinha, meus cabelos caíram, não tenho sobrancelha, engordei muito, estou horrível. Não tenho nada da mulher que fui antes desta maldita doença.

Carolina caiu em prantos, e Helena abraçou-a dizendo:

— Tudo isso é temporário. Você vai conseguir, e nós estamos aqui para ajudá-la. Se você se entregar à doença, aí, sim, não sobreviverá.

— Para quem eu vou viver?

— Para si mesma. Você é uma mulher muito talentosa, uma artista maravilhosa, e seus quadros são lindos.

— Quadros, quadros, ninguém quer saber deles. Não vendo uma tela há meses.

— É lógico! Você decidiu morrer! Quem quer ficar perto de alguém assim? Você precisa reagir, não por nossos pais ou pela Matilde, que largou tudo para cuidar de você, mas, principalmente por si mesma. Ninguém tem o direito de se deixar morrer. A vida é um presente de Deus. Abandonar-se, como você está fazendo, é suicídio.

Secando as lágrimas, Carolina argumentou:

— Desde quando você é religiosa?

— Desde que eu descobri que a vida é mais do que aparência, do que possuir bens materiais. Ou você esqueceu que perdi meu marido num acidente. A Isabela tinha dois anos, lembra?

— É verdade, eu tinha me esquecido. Como ela está?

— Está bem, está com dez anos e é uma grande companheira. Estudiosa, amiga, entende que eu preciso trabalhar como venho fazendo e está linda. Lembra o Arthur em tudo o que faz: quando anda, quando sorri. Venha vê-la. Está lá fora no jardim com o papai.

— Será que ele vai contar a história dos ipês?

— É bem provável. Ele gosta muito de falar sobre as árvores.

As irmãs estavam conversando quando ouviram a mãe chamá-las. Helena respondeu:

— Estamos aqui no quarto.

Maria Cândida entrou no quarto e, abraçando a filha, perguntou:

— Filha, como você está se sentindo? Quer descansar um pouco antes do jantar?

— Estou bem, mamãe. Os remédios tiraram a dor que eu estava sentindo. Não quero ficar aqui sozinha; prefiro ficar com vocês. Onde está a Matilde?

— Ela preferiu ir para um hotel. Amanhã, virá vê-la.

— Ela tem me acompanhado em tudo. Sente-se responsável pela atitude do Miguel. Eu gostaria que Matilde parasse com isso, pois não está cuidando da vida dela. Está vivendo a minha.

Helena perguntou:

— Por que você não fala com ela sobre isso?

— Eu já tentei, mas ela está irredutível. Mamãe, você não quer me ajudar a lidar com a Matilde?

Fazendo um carinho na filha, ela respondeu:

— Claro, filha. Amanhã, quando Matilde chegar, falaremos com ela. Estou ouvindo as risadas da Isabela. Vamos para a sala. Ela e o pai de vocês estão chegando.

— Titia!

— Minha sobrinha querida! Como você cresceu!

— Está melhor, tia? O vovô disse que você está doente.

— Sim, estou melhor. E você? Gostou do jardim da vovó?

— É lindo, principalmente os ipês.

Helena interrompeu a conversa e pediu à filha que fosse tomar um banho antes do jantar. Quando estavam juntas no quarto, a menina perguntou:

— Mamãe, por que seu ipê está cheio de flores e o da titia não está?

— Porque os ipês florescem em épocas diferentes, filha. O ipê-rosa começa a dar flores antes do ipê-amarelo, e suas flores acabam caindo enquanto o amarelo está florido.

— É por isso?

— Sim, por que mais seria?

— O vovô falou que seu ipê estava florido porque você trabalha muito, mas, quando perguntei sobre o da titia, ele não respondeu.

— Isabela, o vovô não deve ter escutado direito. Agora, vá tomar seu banho, pois daqui a pouco vamos jantar.

Mais tarde, quando se viu a sós com o pai, Helena perguntou-lhe:

— Papai, por que o senhor não explicou para Isabela o porquê de os ipês não estarem floridos igualmente?
— Porque eu não podia dizer a ela o que está acontecendo com sua irmã.
— Papai, por favor, não fantasie. O senhor sabe que eles não florescem na mesma época. Não crie ilusões relacionando a beleza das plantas à nossa vida. Como a Carolina se sentirá?
— Minha filha, se você soubesse... Quando eu vi aquela planta murchar e soube da doença da sua irmã, não consegui deixar de pensar que a culpa era minha. Eu deveria ter cuidado melhor daquelas árvores.
— Pai, não exagere. Nosso tempo de vida não pode ser contado pelo tempo da planta. Isso é ilusório. Não se deixe levar por lendas e superstições. Você chamou um jardineiro para olhá-los?
— Não, eles não entendem nada.
— Amanhã mesmo, eu vou procurar alguém para cuidar deles. Tenho certeza de que um profissional encontrará uma solução.

No dia seguinte, Helena acordou cedo e foi à cidade. Andando pelas ruas, lembrou-se do tempo em que ela e a irmã frequentavam a escola local, recordou-se dos amigos de infância, parou em frente a uma floricultura e ficou aguardando para ser atendida.

Um homem alto, moreno, usando um macacão aproximou-se e perguntou o que ela desejava. Olhando-o com atenção, Helena exclamou:
— Felipe?
— Você me conhece? Espere aí... você é Helena Andrade?
— Sim, que surpresa! Como vai?
— Surpresa mesmo! O que faz por aqui?
— Vim passar uns dias na casa dos meus pais. Eles não me disseram que você trabalhava numa floricultura.
— Nem poderiam ter dito, pois ainda não me viram aqui. Eu comprei uma parte desta floricultura há seis meses.
— Seis meses? Você não estava na aviação?
— Estava, mas sofri um acidente e não pude mais voar.
— Acidente? O que aconteceu?
— Eu sofri um acidente de carro. Minha visão ficou alterada e os movimentos do meu braço esquerdo ficaram prejudicados, então, resolvi voltar para casa.

— Você não se casou? Não tem filhos?

Felipe não conseguiu reter uma lágrima.

— Minha mulher morreu no acidente. Nós não tivemos filhos.

— Puxa, Felipe, me desculpe... eu não sabia.

— Faz dois anos. Eu não tive culpa no acidente. Outro motorista veio na contramão e nos acertou em cheio. Nós estávamos juntos havia oito anos. Ela trabalhava como comissária de bordo. Foi muito difícil aceitar sua morte. Meus pais me ajudaram muito.

— E por que você resolveu comprar uma floricultura?

— Era o sonho da Amanda. Não pudemos realizá-lo quando estávamos juntos, então, resolvi fazê-lo agora. Estou gostando de trabalhar com plantas. O pessoal que trabalha para mim trabalhava com o antigo dono. Fiz alguns cursos para entender de terra e plantas e estou me saindo razoavelmente bem. Mas, e você? Eu soube do Arthur.

— O Arthur também morreu num acidente, e a Isabela tinha dois anos. Eu me entreguei ao trabalho. Tive muita sorte porque a babá da minha filha me ajudou muito, e eu pude me recuperar do trauma que sofremos e manter o padrão de vida que tínhamos na época em que ele estava vivo. Estou aqui de passagem. A Carolina também chegou ontem.

— Como ela está? Soube que o marido dela foi embora.

Sorrindo, Helena respondeu:

— Puxa, mas você sabe de tudo o que acontece na minha família! Como pode isso?

— Cidade pequena, minha amiga, comércio... todo dia tem uma novidade. Meus pais estão por aqui quase todos os dias, e sempre aparece alguém trazendo uma novidade. Então, mesmo sem querer, ficamos sabendo de tudo o que acontece.

— Nós estamos aqui por causa da Carolina. A separação a abalou muito, o tratamento regrediu, e houve uma piora no estado geral dela. Então, vamos passar uns dias aqui e tentar animá-la. Eu vim aqui por causa disso. Você se lembra dos ipês que o papai plantou quando nascemos?

— Sim.

— Então, o ipê-amarelo está lindo, mas o rosa está perdendo as flores e folhas.

— Deixe-me adivinhar: estão imaginando que a árvore está morrendo porque sua irmã está doente?

— Exatamente. Papai está com essa ideia, e eu temo que a Carolina acabe por absorvê-la.

— Provavelmente, o ipê esteja precisando de poda, adubação etc...
— Você pode ir até lá dar uma olhada e salvar a árvore?
— Helena, salvar a árvore é relativo, mas irei sim. Se precisar, trocarei a árvore para que sua irmã não pense que o tempo de vida dela é o mesmo que o da árvore.
— Por favor, Felipe, faça o que for preciso. Eu arcarei com os custos. O que não quero é ver minha irmã se deixar levar por essa história.
— Fique sossegada. Logo após o almoço, irei até lá.
— Obrigada, Felipe. Estarei esperando-o.

Assim que Helena saiu, Tadashi, o sócio de Felipe, aproximou-se e disse:
— Eu não pude deixar de ouvir o que vocês conversavam. Acha que consegue salvar o ipê?
— O ipê eu não sei, Tadashi, mas com certeza não permitirei que a Carolina deixe de lutar pela vida.
— Você acredita na lenda?
— Essa história é muito antiga. Conheci Carolina quando éramos jovens. Ela foi minha primeira namorada.
— Você gosta dela!
— Sim, nos afastamos porque os pais decidiram que ela e a irmã deveriam estudar em São Paulo. Lembro-me do sorriso dela. Fizemos a promessa de que voltaríamos a nos encontrar. Talvez seja esse o momento.
— Ela não se casou?
— Você não ouviu a conversa?
— Não, só o final.

Felipe respondeu:
— O marido a deixou porque ela está com câncer. Ele não soube lidar com a doença. Isso foi comentado um dia desses aqui, lembra?
— Sim, uma senhora estava conversando com seu pai sobre isso.
— Isso mesmo. Irei lá hoje à tarde. Quer ir comigo?
— Não sei, não. A Helena olhou para mim e não me reconheceu.
— Tadashi, não seja bobo. Ela saiu daqui há quinze anos. Nem eu o reconheci quando cheguei aqui. Vamos trabalhar! Depois você resolve se quer ir procurá-la.

Capítulo 2

Felipe e Tadashi eram amigos de infância. Estudaram com as irmãs Carolina e Helena, mas acabaram se afastando. Depois do acidente, Felipe voltou para a casa dos pais e, a conselho deles, associou-se a Tadashi, que vinha tendo problemas com o sócio na floricultura.

Os dois amigos especializaram-se em jardins e plantas ornamentais. Felipe planejava jardins, e Tadashi desenvolvia enxertos e criava algumas espécies raras. Eram muito benquistos na região.

O pai de Tadashi tinha por hábito presentear os vizinhos com uma muda de ipê quando uma criança nascia. Dizia que era para dar sorte e que, quando crescessem, elas deveriam cuidar das árvores. Assim, teriam contato com a natureza e saberiam valorizá-la. Com o tempo, algumas pessoas começaram a divulgar a ideia de que o tempo da árvore era o tempo de vida de seu dono. Houve algumas coincidências, e, graças a isso, a lenda propagou-se.

Felipe e Tadashi não se deixaram iludir pelos comentários e nunca confirmaram a história. Ao contrário, quando eram consultados, sempre procuraram desfazer a lenda, como acabara de acontecer durante a conversa que tivera com Helena.

Conforme combinara, Felipe dirigiu-se à fazenda após o almoço. Tadashi preferiu ficar cuidando da loja.

— Felipe, como vai?

— Boa tarde, dona Maria Cândida. A Helena avisou que eu viria?

— Sim, estávamos à sua espera. Venha, João Alberto está no jardim. Helena e Isabela foram ao shopping, e Carolina está descansando. Você sabe... ela não está bem de saúde.

— Sim, a Helena me falou. Será que ela me receberia mais tarde?

— Não sei, Felipe. Ela não quer ver ninguém, está se achando feia... Não sei o que fazer.

— Vou tentar. Quem sabe se eu lhe mandar uns lírios brancos, ela se lembrará de mim e me receberá?

— Que lindo! Você se recorda da flor de que ela mais gosta.

— Apesar de tudo o que vivemos, eu nunca esqueci sua filha.

— E você Felipe? Como está? Soube que não pode mais pilotar.

— Sim, o acidente me deixou com sequelas, mas não me tirou a vontade de viver. Quem sabe não consigo passar essa vontade a ela?

— Deus o ouça, meu filho. Mas venha. Ali está o João.

— Senhor João, boa tarde. Como vai?

— Felipe, que prazer em vê-lo! Veio salvar o ipê da Carolina?

— Vou tentar. Vamos até ele.

Os dois homens caminharam pelo jardim até onde estavam as árvores. Felipe observava tudo e ia anotando mentalmente as mudanças necessárias para transformar aquele jardim. Os ipês estavam bem diferentes. O amarelo, vistoso, e o rosa, sem vida. Tirou algumas lascas do tronco do ipê, mexeu na terra, colocou uma amostra dela em um saquinho separado e fez o mesmo com o tronco do ipê-amarelo.

— O que você acha?

— Vou analisar a terra e as lascas que tirei do tronco, assim saberemos por que eles estão se desenvolvendo de maneira diferente. Seu jardim precisa de algumas mudanças. Farei um projeto e trarei para o senhor avaliar.

— Meu jardim não tem nada!

— Desculpe-me dizer, mas tem sim. Algumas plantas precisam de adubação e outras, de poda. Vou mandar-lhe tudo de que precisa para recuperá-lo, e o senhor me dirá como quer proceder.

— Está bem. Vamos ver, meu rapaz. Você não acredita na lenda, não é?

— Não, senhor João. Essa lenda foi criada por antigos moradores que não cuidaram das plantas que o pai do Tadashi distribuiu. O tempo de vida de uma árvore não é determinado pelo tempo de vida do seu dono nem o contrário. E, acima de tudo, as plantas não têm dono; elas têm cuidadores. A natureza é a dona do tempo. Se contribuirmos cuidando das plantas, então, elas nos agradecerão e viverão muito. Sei que estão vivendo um momento difícil e farei o possível para ajudá-los, mas não atribua o que está acontecendo à lenda. Pode ser prejudicial à sua filha.

Nesse instante, Carolina apareceu no jardim. Vendo Felipe, ela sentiu-se ruborizar:

— Desculpe, papai. Não sabia que o senhor estava com visita.
— Carolina, lembra-se do Felipe? Ele cuidará do nosso jardim.
— Felipe? Você não estava na aviação? O que houve?
— Como vai, Carolina? Eu sofri um acidente e fiquei impossibilitado de voar.
— Carolina, faça companhia ao Felipe. Vou pedir à sua mãe que nos sirva um refresco. Está muito quente hoje.

Os dois ficaram em silêncio por algum tempo. Felipe foi o primeiro a falar:
— Como você está se sentindo?
— Você já sabe?
— Como disse hoje cedo para Helena, nossa cidade é pequena... Aqui se sabe de tudo. Quer andar um pouco? O jardim precisa de reparos, mas as árvores oferecem uma sombra boa.
— Meu ipê está morrendo!
— Seu ipê está esperando que você cuide dele. Estou levando material para análise e direi o que você deverá fazer.
— Será que adianta lutar pela vida dele?
— Certamente. Tudo que está vivo tem uma função. A vida é um presente de Deus, Carolina. Não podemos jogá-la fora porque estamos passando por um momento difícil.
— Falar é fácil.
— Não, falar não é fácil, mas agir é. Eu sei o que houve, mas você sabe o que aconteceu comigo?
— Com você? Sei que abandonou a aviação e agora é jardineiro.

Felipe sorriu e, pegando-a pela mão, fê-la sentar-se num tronco de árvore que ornamentava o jardim.
— Carolina, eu entrei para a aviação e dei meu melhor. Conheci a Amanda numa festa, e não nos separamos mais. Ficamos juntos por oito anos. No Natal de 2016, estávamos vindo para cá passar as festas com meus pais. Foi o primeiro ano que nossas férias coincidiram, e decidimos que era hora de termos um filho. Eu estava chegando ao trevo da entrada da cidade, quando um caminhão bateu no meu carro. Não pude fazer nada. Lembro que gritei muito, chorei, enquanto estávamos presos nas ferragens do carro. Eu a abracei, gritei para que ela ficasse comigo... Eu não conseguia mexer minhas pernas, então, Amanda olhou para mim, fechou os olhos e não os abriu mais. Quando voltei a mim, estava no hospital, com uma perna e um braço engessados e uma dor que só quem passa por isso

pode imaginar. Fiquei vários dias sem falar. Olhava o vazio e, quando dormia, sonhava com ela. O olhar dela me acompanhou durante muito tempo. Foi preciso recomeçar sem Amanda, trabalhar em outra atividade, aceitar o que houve e continuar vivo. Não sou religioso, mas acredito numa força maior. Se ela me manteve vivo foi porque precisava de mim para alguma coisa que um dia eu descobrirei o que é, então, farei o que for preciso para cumprir essa tarefa da melhor forma possível.

— Quisera eu ter sua força. Essa doença me deixou horrível. Estou muito diferente da mulher que eu fui, da jovem que você conheceu. Eu amei o Miguel desde o primeiro momento que o vi. Foi uma paixão intensa. Nosso casamento aconteceu apenas no civil, porque ele não quis uma cerimônia religiosa. Eu concordei, porque tudo o que ele me dizia era apaixonante. Miguel me pediu que esperasse até conquistarmos uma situação financeira sólida para termos nossos filhos. Eu trabalhava na galeria de arte da mãe dele, e meus quadros eram mantidos em exposição. Quando decidi engravidar, ele relutou, mas eu insisti. Como a gravidez não se confirmava, resolvi procurar ajuda médica e foi aí que descobri a doença. Miguel ficou revoltado e chegou a dizer que "eu não podia ter feito isso com ele", como se eu tivesse ficado doente para puni-lo. Foi horrível. A empresa apresentou-lhe uma proposta de mudança para o Canadá, eu decidi não ir, mas ele decidiu ir. Era a oportunidade dos sonhos dele. Nosso casamento acabou ali, e meu sofrimento iniciou naquele momento. Ele partiu logo depois da cirurgia. Foi me ver no hospital apenas para se despedir.

— Vocês estão separados legalmente?

— Ainda não. Meu advogado enviou os documentos para ele assinar na semana passada. Estamos separados há oito meses. Ele não virá ao Brasil, mas não se opôs à separação. Vendi a casa com os móveis e objetos do nosso casamento; não fiquei com nada. Assim que ele devolver os documentos assinados, meu advogado fará a remessa do dinheiro correspondente à parte dele para a conta que ele indicou. Eu propus que fosse assim, e Miguel concordou.

— E as despesas médicas? Você tem plano de saúde?

— Tenho. Está tudo em ordem. Tenho a renda dos quadros que estão na galeria. Não é muito, mas apliquei o dinheiro da venda da casa. Morando com meus pais, conseguirei viver com tranquilidade.

— Aqui há paisagens ótimas para você retratar.

— Como sabe que eu pinto paisagens?

— Tenho um de seus quadros. Um amigo da Amanda nos convidou para um *vernissage,* e imagine minha surpresa quando soube que a artista era você. Ela se apaixonou por um quadro que mostrava uma mulher andando na praia num fim de tarde.
— Larissa!
— Isso mesmo. Por que esse nome?
— Foi uma jovem que eu conheci quando passei férias no Guarujá. Ela saía toda tarde para andar na praia, e eu a via do apartamento em que estava. Um dia, resolvi descer e conversar com ela. Ela me autorizou a dar seu nome ao quadro.
— Ela viu o quadro?
— Não, ela não pôde ir à inauguração. Dias depois, quando foi à galeria, o quadro já tinha sido vendido. E a pessoa que o comprou não podia deixar o quadro na exposição porque...
— Iria viajar para Paris.
— Isso mesmo. Que coincidência! Eu não o vi lá. Ainda tem o quadro?
— Precisei sair para substituir um piloto e não pude apreciar a exposição. O quadro está no meu escritório.
— A vida é estranha, não?
— Não. Talvez imprevisível. Gosto disso. De repente, a vida muda inesperadamente e nos traz a lugares onde já vivemos e acabamos encontrando pessoas que não víamos havia muito tempo. Essa é a graça da vida.
— É melhor eu entrar.
— Vou acompanhá-la e me despedir dos seus pais.
— Você vai voltar?
— Sim, vou fazer o projeto do jardim e recuperar seu ipê. Espero encontrá-la novamente. Você continuará o tratamento aqui ou irá para São Paulo?
— Ainda não sei. Se eu encontrar o que preciso aqui, não voltarei para São Paulo.
— A assistência médica em nossa cidade é muito boa. Tenho certeza de que você será bem tratada. Procure a doutora Marcela Campos. Ela é uma excelente oncologista. Sua mãe deve conhecê-la.
— Vou falar com ela. Obrigada por conversar comigo. Foi muito bom.
— Foi muito bom revê-la. Espero que você me acompanhe no tratamento do seu ipê. Tenho certeza de que ele vai florir e lhe trazer muitas alegrias. Você deveria retratá-lo.
— Antes e depois?

— Talvez. Depois você terá muita coisa para retratar.

O pai de Carolina encontrou-os quando voltavam para casa.

— Eu estava levando o refresco para vocês.

— Não se preocupe comigo, senhor João. Estou indo embora. Por favor, despeça-se da dona Maria Cândida por mim. Até breve, Carolina.

— Até logo, Felipe.

— Filha, tome um copo desse suco. Está geladinho, e, assim, você me faz companhia.

— O senhor acha que ele conseguirá salvar meu ipê, pai?

— Tenho certeza de que sim. Não quis admitir para ele, mas o jardim está precisando de manutenção. O jardineiro que tínhamos aqui não cuidou direito dessas plantas, e eu me envolvi com outras atividades da fazenda, então, acabei me esquecendo do jardim.

— Pai, você sabia que ele perdeu a esposa num acidente?

— Sabia. O pai dele me contou na época em que aconteceu. Eles lutaram muito para o Felipe se recuperar. Trabalhar com plantas e flores trouxe-o de volta à vida. Sabe, filha, viver é muito bom. O que precisamos é saber viver e aproveitar as chances que a vida nos dá. Por isso, devemos agradecer cada dia vivido e cada novo dia, quando acordamos de manhã. Não desista, filha. Você é muito jovem, e nós estamos aqui para ajudá-la.

— João?

— Sua mãe está me chamando. Vamos entrar?

— Papai, o ipê da Helena está lindo, mas o meu está com mal aspecto. O senhor acha que é porque estou doente?

Sem saber o que responder, ele argumentou:

— Filha, não acredite nessa bobagem de lenda. O jardim está malcuidado, e provavelmente é por isso que um dos ipês está mais bonito que outro. Agora, preciso ir atender a sua mãe. Você vai ficar aqui?

— Vou ficar aqui mais um pouco, pois assim posso ver o pôr do sol.

— Está bem, minha filha. Pense no que eu lhe disse e não se preocupe com os ipês. Logo, logo, eles estarão florindo e embelezando nosso jardim.

João Alberto fez um carinho na filha e foi atender a esposa.

— Você demorou. Está tudo bem com a Carolina?

— Sim, ela observou a diferença entre os ipês.

— Você não ligou a doença dela à árvore?

— Eu disse a ela que o problema era a falta de cuidado do jardim. Embora, às vezes...

— Isso é apenas uma lenda, João. Se você continuar a falar assim, ela perceberá, e nós precisamos ajudá-la com a realidade, não com histórias tristes. Esqueça essa lenda. Tenho certeza de que, quando o senhor Norio distribuiu as mudas de ipês aos moradores daqui, ele só queria que plantássemos e cuidássemos dessas árvores. Elas embelezam a cidade no início da primavera. Apenas isso.

— Você tem razão. Nunca pensei que passaríamos por uma situação como essa de nossa filha e talvez por isso eu tenha culpado a árvore.

— A vida é cheia de imprevistos. Precisamos estar atentos a ela e viver da melhor maneira possível.

— Você tem razão. Mas por que me chamou?

— Quero mudar a posição da cama no quarto da Helena, assim ela e a Isa terão mais espaço.

— Está bem, vamos lá.

Alguns dias depois.

— Tadashi, vou levar o projeto do jardim que a Helena me pediu. Você precisa vir comigo para explicar ao pai dela a mudança das mudas.

— Podemos ir depois do almoço? Tenho um assunto pessoal para tratar agora.

— Claro. Vou ligar e avisar que iremos às 14 horas.

— Perfeito.

— Posso ajudá-lo, Tadashi?

— Não, Felipe. Preciso conversar com meu pai. Até mais.

Tadashi saiu e foi à casa do pai.

— Papai, precisamos conversar.

— Sim, meu filho. Já imagino sobre o que seja.

— O senhor sabe que respeitei nossas tradições como a mamãe queria, mas não tenho mais vinte anos. Rever Helena despertou em mim um sentimento que estava adormecido.

— Meu filho, você diz que sempre respeitou nossas tradições, mas se recusou a fazer a vontade de sua mãe e se casar com a jovem Terumi. Sua mãe ficou muito triste e nunca desconfiou que o motivo de sua recusa era a moça brasileira.

— Pai, não seria justo casar-me com a Terumi para manter uma tradição quando meu coração pertencia a outra pessoa.

— Ela sabe dos seus sentimentos?

— Não, vim primeiro falar com o senhor. A mamãe não está mais entre nós, e eu quero que o senhor me libere desse compromisso de seguir tradições. Sempre os respeitei, e, mesmo sem ter a resposta da Helena, queria sua bênção para a decisão que eu tomar.

— Meu filho, as tradições não podem superar os sentimentos, principalmente quando eles são tão puros. Sua mãe temia que você sofresse, porque nosso modo de vida é diferente dos ocidentais, seguimos a religião budista... mas eu penso diferente. Acredito que temos muito a aprender e alguma coisa para ensinar. Siga seu coração, meu filho. Sempre estarei ao seu lado.

Abraçando o pai, Tadashi respondeu:

— Obrigado por entender e apoiar minha decisão.

※※

Após o almoço, Felipe e Tadashi dirigiram-se à fazenda como haviam combinado. Lá chegando, foram recebidos por Helena:

— Felipe, como vai?

— Estou bem, Helena, obrigado. Lembra-se do Tadashi?

— Tadashi! Que surpresa!

— Como vai, Helena? — perguntou Tadashi.

— Vou bem, obrigada. Não sabia que você trabalhava com Felipe. Como estão seus pais?

— Mamãe faleceu há três anos, e papai está bem.

— Não soube da sua mãe, meus sentimentos. É bom vê-lo. Entrem! Papai está esperando-os lá no jardim.

Felipe perguntou por Carolina, e Helena respondeu que ela havia ido à médica que ele indicara.

— Ela conversou com a médica por telefone naquele mesmo dia, e agendaram a consulta para hoje. Ela está esperançosa.

— Ótimo! A doutora Marcela é muito boa.

— Vamos ao jardim. Papai está ansioso para ver seu projeto.

Os três foram conversando, e, quando chegaram ao jardim, Tadashi foi atingido pela bola jogada por Isabela.

Helena gritou:

— Isa! Não falei para não jogar bola aqui?

A menina veio correndo e falando:

— Desculpe, mamãe. Não vi que vocês estavam aí.

— Tadashi, você está bem?

— A bolada foi forte, mas estou bem!

Olhando para Isabela, ele disse:
— Você joga bem, tem um chute forte.
— Adoro futebol! Me desculpe! Não pensei que tinha tanta força.
Felipe, que observava a cena, disse:
— Isabela, o Tadashi joga muito bem. Ele era goleador do nosso time.
O homem sentiu-se ruborizar e explicou:
— Éramos crianças e jogávamos na escola. Isso faz muito tempo.
Felipe retrucou:
— Não seja modesto.
Helena, que observava sem entender aonde aquela conversa chegaria, perguntou:
— Isabela, onde está seu avô?
— Ele está ao lado dos ipês, mamãe. Quer que eu vá chamá-lo?
Antes que Helena respondesse, Felipe adiantou-se e disse:
— Isabela, por que você não leva o Tadashi até seu avô, enquanto eu converso com sua mãe sobre o custo da reforma?
— Tudo bem! Venha, senhor Tadashi! É por aqui.
Assim que se afastaram, Helena perguntou:
— O que está acontecendo? Não consegui entender aquela conversa de jogador de futebol. Tadashi nunca jogou bola na escola.
— Eu sei que não, mas preciso lhe dizer uma coisa importante. Acho que você nunca percebeu que ele é apaixonado por você.
Helena sentiu o rubor surgir em suas faces.
— Então era verdade?
— O que era verdade?
— Que ele não se casou por minha causa. A Terumi nunca mais falou comigo, e eu nunca soube o motivo.
— A mãe dele queria o casamento para cumprir as tradições japonesas, mas ele não concordou. Desculpe-me por me envolver nessa história, mas sei o que ele sente. Vê-la despertou em Tadashi a antiga paixão.
— Felipe, ele nunca me falou dos sentimentos dele. Daqui a alguns dias, vou embora... O que posso fazer?
— Não sei, Helena. Só você pode decidir se quer dar a ele uma chance ou se é melhor deixar tudo como está. Só não lhe dê esperanças de algo que não vai acontecer.
— Meu pai vem vindo. Vou deixá-lo conversando com ele e vou encontrar a Isabela e o Tadashi.

Capítulo 3

— Senhora Carolina, a doutora Marcela já vai atendê-la. Por aqui, por favor.

— Posso acompanhá-la, querida?

— Por favor, Matilde. Não sei se conseguirei responder a tudo que ela perguntar, e você está sempre comigo. Mãe, se a senhora quiser, pode vir também.

As três entraram no consultório e foram recebidas por uma médica jovem com um sorriso nos lábios.

— Boa tarde. Por favor, sentem-se nas poltronas laterais. Carolina, sente-se aqui para que possamos conversar. Quero que me conte sem reservas o que aconteceu com você. É muito importante para o tratamento a confiança que desenvolveremos como médica e paciente.

— Boa tarde, doutora. Não sei se terei forças suficientes para falar, por isso pedi à minha sogra e à minha mãe que me acompanhassem.

— Fez bem. É um momento difícil, e a companhia de pessoas queridas é um dos melhores remédios para o tratamento. Vamos conversar como duas amigas. Quero saber tudo. Você nasceu aqui em nossa cidade?

— Sim, nasci aqui há trinta e quatro anos. Quando terminamos o colégio, eu e minha irmã fomos estudar em São Paulo. Ela estudou administração, e eu, artes.

— Você conseguiu sucesso na profissão?

— Sim, gosto muito de pintar paisagens, vendi alguns quadros e tenho outros expostos na galeria da minha sogra.

— Você é casada?

Os olhos de Carolina encheram-se de lágrimas, e a médica percebeu que falar sobre o casamento seria um assunto bem delicado. Pegou uma caixa de lenços e entregou-lhe:

— Não tenha pressa. Preciso conhecê-la para determinar o tratamento, mas sei respeitar seu tempo.

Matilde tentou aproximar-se, mas a médica fez um sinal para que ela permanecesse onde estava. Um pouco mais calma, Carolina respondeu:

— Desculpe-me, mas não consigo evitar as lágrimas. Fui casada durante oito anos. Esperamos para ter nosso primeiro filho, e, como eu não conseguia engravidar, procurei ajuda médica... Foi quando descobrimos o câncer. Foi muito difícil para o Miguel aceitar minha doença. Ele não aguentou e, quando a empresa lhe ofereceu um cargo no Canadá, acabou me deixando. Ele me disse adeus alguns dias depois de realizada a minha cirurgia. Comecei a fazer quimioterapia, mas não suportei o resultado do tratamento. Me sinto horrível. Me olho no espelho e não me reconheço na mulher em que me transformei. Queria desistir de tudo, mas minha sogra não permite. Ela é espírita e conseguiu me convencer de que negar o tratamento seria como abrir mão da vida de maneira suicida. Voltei para a casa dos meus pais e sinceramente não sei se conseguirei viver assim: dependendo deles, vendo-os sofrer enquanto vou morrendo aos poucos.

— Quem lhe disse para me procurar?

— Felipe Carvalho. Ele me disse que você era uma excelente oncologista.

— Bem, eu trabalho nessa área há muito tempo. Tenho quinze anos de profissão e já vi muitos casos iguais ao seu. Seu marido não foi o único homem que não conseguiu entender e auxiliar a esposa num momento tão difícil. Concordo com sua sogra. Também sigo o espiritismo e acredito em reencarnação, que é onde encontro explicação para nossa evolução pessoal. Eu e Felipe nos conhecemos há bastante tempo. Ele passou por momentos muito difíceis quando a Amanda morreu. Ele não queria morrer; queria entender por que tinha acontecido aquela fatalidade.

"Nós nos reunimos com outras pessoas que estudam a espiritualidade, e, com o tempo, ele conseguiu reagir, entender que temos um tempo aqui na Terra e que, quando esse tempo termina, voltamos para casa, digamos assim. Nada nos prende aqui além do tempo determinado em nosso destino. Viver é algo sagrado, rico, importante. Se a vida nos coloca diante de uma grande prova é porque sabe que conseguiremos passar por ela. Procure pensar nisso. Você recebeu uma vida de presente, um grande presente de Deus. Agradeça a oportunidade de viver aqui entre nós. Faremos tudo para ajudá-la a superar esse momento difícil."

— Falar assim parece fácil, mas por quê comigo? Nunca fiz mal a ninguém, não há nenhum caso dessa doença em minha família... Por que tinha de ser eu a ficar doente?

— Provavelmente, para você aprender a dar valor à vida. O câncer não precisa ser hereditário, Carolina. Há pessoas que são propensas a ter a doença. Temos muitos casos de cura como também temos casos de pacientes que desistem do tratamento. É difícil, reconheço, mas espero que você consiga aceitar a doença e lutar por sua vida. Quando a pessoa luta com coragem, fé e esperança de que vai se curar, o tratamento surte efeito. Não posso lhe prometer que você viverá até os cem anos, ainda não vi seus exames e preciso que você faça outros que vou pedir e, principalmente, que esteja disposta e queira lutar. Você é jovem, tem muita vida pela frente, tem uma família que a está amparando... Lute, e trabalharemos juntas para vencer a doença. Entregue-se a ela, e eu não irei tratá-la. Posso indicar outros profissionais para você. A decisão é sua.

Matilde e Maria Cândida ouviam em silêncio sem saber o que fazer. A médica estava certa. Carolina precisava reagir. Aguardaram a resposta da jovem, temendo que ela desistisse do tratamento.

— Doutora, você foi dura. Passei por outros médicos, e nenhum deles falou assim comigo. Eu não quero outro profissional. Quero que você cuide de mim, mas quero que me prometa que será verdadeira em tudo o que disser sobre minha doença e me ajude principalmente a não fraquejar, a encontrar forças para suportar esse tratamento e a conseguir aceitar a mulher na qual me transformei.

— Carolina, pode contar comigo. Será preciso que você faça novos exames para que eu consiga determinar o tratamento. Estarei sempre à sua disposição. Pode me telefonar sempre que precisar. Agora, olhe-se no espelho com carinho, não com olhos críticos. É uma fase. A doença modificou seu corpo, mas não seu coração. Você é uma artista, seus olhos e suas mãos estão perfeitos. Use-os para pintar, desenhar, para retratar o belo. Seu corpo voltará ao normal. Talvez não ao que era antes. Talvez seja necessária uma reconstrução, mas você sempre estará aí. As pessoas que a amam conseguem enxergar a mulher que você é; outras, ao contrário, só verão deformidades, então, ignore-as. Olhe o presente que é estar viva e lute por sua vida. Você se sentirá mais forte à medida que o tratamento prosseguir. Sei que venceremos essa doença, mas será uma batalha a ser lutada por nós duas. Agora, passemos para a outra sala, pois quero examiná-la.

Quando elas saíram da sala, Maria Cândida perguntou:
— Matilde, o que você achou dessa médica?
— Gostei dela. É uma mulher forte e fará muito bem a Carolina.
— Em alguns momentos, a entonação da voz dela mudava. Você consegue me explicar o porquê disso?
— Ela é estudiosa da doutrina espírita. Provavelmente, algum espírito a acompanhe. Talvez seja por isso.
— Eu não sei nada sobre isso. Não sei se posso acreditar no que você está dizendo.
— Cândida, depois que meu marido morreu, eu encontrei amparo na doutrina espírita. Heitor era um homem muito bom, e, de repente, o coração dele parou. Ele morreu em meus braços. Quando isso aconteceu, me desesperei, fiquei revoltada com Deus e com o mundo até que uma amiga me trouxe de volta à realidade. Miguel tinha dez anos, e eu não sabia o que fazer para criá-lo. Não trabalhava naquela época, meus pais moravam em Manaus, e nós vivíamos em São Paulo. Felizmente, Aurora me trouxe de volta à realidade. Me mostrou que eu poderia trabalhar, criar meu filho e, principalmente, me ensinou a aceitar a morte. Foi difícil, não nego, mas consegui. Frequento o mesmo centro espírita há anos e auxilio sempre quem precisa de mim para algum trabalho. Lá, fazemos festas para crianças, preparamos cestas de Natal... Não tenho nenhum dom para os trabalhos espirituais, mas ajudo sempre que me pedem. Foi lá onde encontrei paz.
— É difícil aceitar que essas coisas possam acontecer na nossa família. Quando Arthur morreu, achei que a Helena voltaria a viver conosco. Na época, a Isabela tinha dois anos. Sinceramente, não sei como minha filha encontrou forças para viver, trabalhar, criar minha neta. Sinto falta dela, conversamos mais pelo telefone do que pessoalmente, mas ela está bem. Agora esse problema com a Carolina. Ela ficará morando conosco, e eu não sei como ajudá-la.
— Com carinho, atenção, não deixando que ela se deprecie, incentivando-a a pintar, a retomar a vida que ela tinha antes. Meu filho não foi justo com ela. Deixou-a e aceitou a separação sem nenhuma vergonha. Eu me revoltei com ele, briguei, chamei-o de fraco, de covarde, mas depois, conversando com Aurora, ela me fez ver que talvez a separação tenha sido o melhor caminho para os dois. As pessoas são diferentes, reagem de forma diferente diante de um problema grave como uma doença, um acidente e até com a perda de alguém que lhe é caro. Não aprendemos a conviver e aceitar a morte como uma coisa natural. Você segue alguma religião?

— Sim, sou católica.
— Católica como?
— Não entendi.
— Vai à missa, estuda a Bíblia, faz orações, tem fé em Deus?
— Não vou com frequência à missa, não li toda a Bíblia, mas rezo toda a noite e tenho fé em Deus.
— Cândida, ter fé significa acreditar que o melhor vai acontecer. Você não precisa ir à igreja todos os dias, mas reze agradecendo todas as graças que recebe diariamente. Peça que Ele a oriente para saber agir com sua filha, com as coisas que acontecem no seu dia a dia, e agradeça sempre. Os problemas que surgem em nossa vida não acontecem para nos destruir, ao contrário. Acontecem para nos mostrar que temos força para enfrentá-los. Helena superou a perda do marido, foi em frente. Carolina está com dificuldade, e nós devemos ajudá-la, não questionar os desígnios de Deus.
— Os espíritas acreditam em reencarnação, em voltar para pagar erros cometidos em outras vidas. Você também é assim?
— Você está generalizando. Quem lhe disse isso?
— Eu ouvi uma conversa na igreja. Duas pessoas estavam conversando e queriam perguntar ao padre Mauro sobre isso.
— Ele respondeu?
— Não sei. Fiquei sem graça quando elas perceberam que eu estava ouvindo a conversa e saí da sala em que estávamos.
— Bem, não sei o que o padre respondeu, mas posso dizer-lhe, com base no que li e em minha visão de mundo, que acredito, sim, em reencarnação, mas não como forma de refazer ou resolver erros do passado. Acredito na evolução do ser humano, que espíritos evoluídos venham nos ajudar a crescer espiritualmente e nos ensinar a compreender a vida e as pessoas à nossa volta. Repito: essa é minha opinião. A doutora Marcela pode ter uma explicação melhor, mas, quanto ao padre Mauro, eu não sei o que lhe diria. A Igreja não aceita a reencarnação, e todos nós sabemos disso. Se você quiser, posso emprestar-lhe alguns livros para que se aprofunde no assunto.
— Não quero mudar de religião.
— Cândida, não estou falando de mudar de religião. Espiritismo não é religião. Pense no assunto, e depois voltaremos a conversar.
Nesse momento, a médica e Carolina entraram na sala.
— Filha, você está bem?
— Sim, mamãe. Estou um pouco cansada, apenas isso.

— Senhora Cândida, pedi alguns exames que serão necessários e ficarei com os que sua filha me trouxe para estabelecer o tratamento que seguiremos. Recomendei a Carolina que se alimentasse bem, o que não significa comer em grande quantidade. Vocês moram numa fazenda?

— Sim, não é muito grande, mas consumimos somente produtos produzidos lá: leite, ovos, verduras, frutas.

— Ótimo. Carolina, agora é com você. Procure descansar, mas não se esconda no quarto. Saia, tome um pouco de sol, se alimente bem e procure realizar alguma atividade. Leia, volte a pintar, dê um motivo para sua vida. Você deve tomar os remédios que prescrevi, e, assim que os exames ficarem prontos, telefonarei para agendarmos uma consulta. Se sentir qualquer incômodo, entre em contato comigo.

— Obrigada, doutora. Vou procurar seguir seus conselhos e fazer o tratamento que me indicou.

Marcela abraçou Carolina, que sentiu um calor brando. Olhando diretamente nos olhos da paciente, a médica disse:

— Vá em paz e se cuide com carinho. Venceremos essa batalha, confie.

Carolina sorriu e, virando-se para a mãe e a sogra, disse que poderiam ir embora.

Saindo do consultório, Cândida não deixou de observar que, na despedida da filha, a voz da médica estava novamente modificada. Matilde apenas sorriu.

※

— Felipe, tem certeza de que, fazendo essas modificações, os ipês florescerão da mesma maneira?

— Sim, a terra onde foi plantado o rosa está sem preparo. Precisa de terra nova, um pouco de adubo e de cuidado com a irrigação. Foi o senhor quem plantou as duas?

— Não, o amarelo foi o pai do Tadashi quem plantou. Ele me deu o ipê quando a Helena nasceu. O rosa, eu comprei e plantei ao lado do amarelo.

— Então está explicado: a forma de plantio foi diferente.

— Acredita mesmo nisso? Tenho várias árvores e plantas aqui na fazenda. Acha que eu não saberia plantar um ipê?

— Eu não disse isso. O senhor tem várias árvores frutíferas plantadas em uma área específica da fazenda, e o solo, com certeza, foi preparado para recebê-las. Os ipês estão no jardim junto com plantas de menor porte.

Por sinal, algumas precisam de poda. Quem cuida das árvores e quem cuida do jardim?

— Tenho alguns empregados que cuidam do pomar e dos vegetais. O Natalino cuida deles. Do jardim não tenho alguém fixo. Quem vinha aqui era um empregado de sua floricultura.

— Senhor João, quando eu me associei ao Tadashi, ele estava com um sério problema com os empregados. O senhor deve ter sido prejudicado por esse atendimento ruim, mas lhe asseguro que agora nós estamos cuidando dos projetos de jardinagem e tendo sucesso. Vamos deixar seu jardim em ordem.

— Olha, Felipe, faça como achar melhor, mas cuide desse ipê-rosa. Se precisar, compre uma árvore nova. Eu arcarei com os custos. Preciso ver minha filha voltar a sorrir e ter ânimo para viver. Olhar essas árvores, ver que a Helena está bem, mas a Carolina pode morrer por causa dessa doença maldita, me deixa com muita raiva. Por que Deus permite que uma pessoa que nunca fez mal a ninguém passe por isso?

— Senhor João, quando sofri o acidente e Amanda morreu, eu também me revoltei com Deus. Ele me tirou a mulher que eu amava, a profissão que era minha vida, me deixou sem nada. Eu precisei de ajuda psicológica e, principalmente, espiritual para entender por que eu tinha que passar por aquilo. Sabe... não somos donos do tempo nem das pessoas com quem vivemos. Cada um tem um destino a cumprir, uma missão. Às vezes, para cumprir nosso destino, precisamos ser tirados de uma situação a que estamos habituados e nos vemos num torvelinho de emoções, situações que nos dão medo, mas temos que enfrentá-las e seguir em frente. Deus está naqueles corações que nos ajudam a seguir em frente, que nos estendem a mão para que nos levantemos, que nos abraçam e nos fazem ter certeza de que sempre estarão ao nosso lado, nos amparando e nos ajudando a vencer os desafios que a vida nos impõe. Não se revolte com Deus. Converse com Ele, peça-Lhe que mostre o que fazer para ajudar a Carolina. Tenho certeza que Ele atenderá ao seu pedido.

— Obrigado por suas palavras, Felipe. Você é tão jovem! E me perdoe por ter esquecido sua perda. Agora me recordo da morte do meu genro... Minha filha Helena seguiu em frente e conseguiu criar a Isabela. Eu fiquei indignado com a doença da Carolina e não percebi que vocês também passaram por momentos terríveis.

— Não precisa se desculpar, eu entendo. Como lhe disse, já passei por momentos muito difíceis e estou aqui, inteiro, acreditando que posso ser feliz, encontrar outra pessoa e formar uma família. E esteja certo de que farei tudo o que estiver ao meu alcance para ajudá-los.

Nesse momento, ouviram vozes e risadas. Tadashi, Helena e Isabela vinham ao encontro deles. Percebendo a emoção do pai, Helena abraçou-o e perguntou:

— Está tudo bem?

— Sim, filha, está. Conversei bastante com o Felipe e me emocionei. O que ele me disse me ajudou a entender os problemas de nossa família. Quero que você e sua irmã saibam que farei tudo o que puder para ajudá-las.

Helena abraçou o pai, e Isabela aproximou-se de Felipe e disse:

— Não estou entendo nada, mas você estava errado.

Felipe abaixou-se para ficar na altura da garota e perguntou:

— O que eu falei de errado?

— O senhor Tadashi não é bom jogador de bola.

Todos riram da inocência da criança, e Helena propôs que entrassem na casa para beber um suco porque a tarde estava muito quente. Enquanto ela preparava um lanche, Isabela discutia futebol com Felipe e o avô. Tadashi ofereceu-se para ajudar Helena, e a conversa sobre as opiniões da menina alegraram a todos.

Carolina, Matilde e Cândida chegaram e participaram da alegria que estava instalada na casa naquele momento. Quando os rapazes se despediram, Carolina pediu para falar com Felipe:

— Você gostou da médica?

— Sim, Felipe, obrigada. Ela foi dura num primeiro momento, mas me deu esperança de que posso me curar. De todos os médicos pelos quais passei, ela foi a única que me fez ver que posso voltar a viver, mesmo com a dificuldade criada pela doença.

— Carolina, não desista de lutar. Você é jovem, bonita, e tem um futuro lindo pela frente. Aproveite a chance que a vida está lhe dando, agarre-se a ela e viva. Viver é a melhor coisa que existe.

— Mesmo estando assim?

— Esse "assim" é temporário. Cuide-se, siga o tratamento, pinte, saia, ande pela cidade, venha conhecer minha floricultura. Se você quiser, lhe mostrarei lugares lindos para que aproveite seu talento como pintora. Lugares que eu só descobri quando decidi voltar a viver. É só você me dizer quando quer ir que eu a levarei.

— Puxa, Felipe, me perdoe. Tenho o ocupado com minha dor e me esqueço de que você passou por momentos talvez mais difíceis do que o meu. Vou seguir seu conselho e o da doutora Marcela. Vou lutar e viver.

— Você disse bem: passei. Estou vivo, e Amanda deve estar em um bom lugar, acolhida por espíritos de luz. Ela era uma pessoa muito especial, e sou grato a Deus por tê-la conhecido e ter vivido com ela por oito anos. Agora, preciso viver minha vida! Decidi me dedicar a uma nova profissão e quero fazer o melhor. Projetar jardins que deixem as pessoas encantadas com a beleza das flores e plantas e, principalmente, ajudar quem precisar de mim.

— Posso lhe dar um abraço?

— Claro.

Carolina abraçou Felipe e sentiu o mesmo calor brando que sentira quando abraçou a médica. Despediram-se, e ele prometeu voltar dentro de alguns dias para iniciar os trabalhos no jardim da fazenda.

No carro, voltando com Tadashi para floricultura e notando que o amigo estava quieto, Felipe perguntou:

— Como foi sua conversa com Helena?

— Nós conversamos pouco, pois a menina ocupou mais nossa atenção. Ela é muito inteligente, tem o raciocínio rápido. Ela me falou da morte do marido e do trabalho que a mantém ocupada e longe da família. Foi só.

— Acha que ela pretende mudar para cá?

— Certamente não. Ela deixou claro que gosta muito do que faz, tem uma vida boa e não quer alterar nada.

— Sinto muito, Tadashi. Sei o quanto você gosta dela, mas, ao que parece, ela não tem interesse em você.

— Foi melhor assim. Não quero criar esperança sobre algo que não posso ter. O pai dela concordou com o projeto do jardim?

— Sim, vou providenciar o material e iniciar o trabalho dentro de alguns dias. Você vai me ajudar nesse projeto?

— Se você não se importar, vou auxiliá-lo na floricultura. Não quero ir à fazenda e rever a Helena. Não poder dizer-lhe o que sinto dói muito. É melhor ficar afastado.

— Você quem sabe, meu amigo.

Capítulo 4

À noite, depois de todos da família se acomodarem, João Alberto perguntou:

— Cândida, como foi a consulta? A Carolina gostou da médica?

— A médica me pareceu competente, passou confiança para Carolina, examinou-a e pediu mais alguns exames, que ela fará amanhã. Agora, uma coisa está me incomodando. A médica é espírita e, quando fala, a voz dela muda.

— Como assim muda?

— Não sei explicar. Fica mais firme, confiante. Você precisa ouvi-la falar para entender. Matilde gostou dela e também está seguindo essa doutrina. Não sei o que pensar, afinal, somos católicos.

— Cândida, eu não conheço muito o espiritismo. Tenho alguns conhecidos que frequentam um centro espírita que, por sinal, fica perto da floricultura do Felipe. Se você quiser, posso conversar com eles.

— Você faria isso? Ficarei mais tranquila, pois tenho medo dessa coisa de espíritos.

João sorriu e respondeu:

— Cândida, isso é bobagem. Eu conversei com o Alfredo, pai do Felipe. Ele frequenta esse centro. Depois do acidente, foi lá onde ele encontrou apoio para orientar o filho. Se eu não estiver enganado, os dois o frequentam.

— Por que você nunca me falou nada?

— Porque não houve oportunidade, apenas isso. Agora vamos dormir, pois estou cansado e amanhã sua neta quer andar a cavalo. Preciso de disposição para acompanhá-la!

Sorrindo, Cândida concordou:
— É mesmo. Nossa neta é muito alegre, tem muita energia. É muito bom que ela esteja aqui. Boa noite, João.
— Boa noite, meu bem.

※※※

Na manhã seguinte, Isabela levantou-se cedo, procurou pelo avô e perguntou se já poderiam andar a cavalo. A avó respondeu:
— Primeiro, tome seu café com leite. Depois, você poderá andar pela fazenda com seu avô. Sua mãe está dormindo?
— Não, vovó. Ela está falando no telefone com alguém do trabalho dela. Terminei! Posso ir procurar o vovô?
— Você sabe onde é a cocheira?
— Sei. Ele me mostrou ontem.
— Então, vá. Mas antes me dê um beijo.
Enquanto Isabela abraçava a avó, Helena entrou na cozinha e disse:
— Bom dia. Aonde você vai?
— Vou andar a cavalo com o vovô. Eu falei pra senhora ontem, lembra?
— Lembro, mas vá com cuidado e não atrapalhe seu avô quando ele precisar conversar com o pessoal que está trabalhando.
— Pode deixar, mãe.
— Sua filha é uma menina de ouro!
— É sim, mãe. Tenho muita sorte. Com tudo o que passamos depois da morte do Arthur, ela é meu motivo maior para levantar da cama todo dia. O papai saiu cedo?
— Sim, ele não deixa o serviço na mão dos empregados. Acompanha a ordenha das vacas, o trabalho na horta, no pomar. Anda pela fazenda toda diariamente.
— A Isabela não vai atrapalhá-lo?
— Não, é uma alegria ela estar aqui. Mas e a escola?
— Esta semana não haverá aula. É um período que eles dão de descanso próximo ao dia das crianças.
— Ela disse que você estava falando com alguém da empresa. Já estão pedindo para você voltar?
— Não, mãe, ao contrário. Me pediram para ver uma área aqui que está disponível para venda. Vão abrir uma filial, e aparentemente o prefeito daqui está dando incentivos fiscais para quem quiser investir na cidade. Mais tarde, irei à prefeitura tratar disso. E a Carolina?

— Ela ainda está dormindo.

— Ontem, nós conversamos. Ela gostou da médica. O que senhora achou?

— A doutora Marcela está confiante e disse que o tratamento depende da sua irmã. Foi firme, até um pouco dura com sua irmã, mas a Carolina gostou dela. Matilde também está animada! Espero que não seja só uma primeira impressão. Vocês conversaram sobre o tratamento que ela está fazendo?

— Sim, depois da cirurgia, ela começou a fazer quimioterapia, mas ficou desanimada com os efeitos colaterais do tratamento e com o aspecto físico. Precisamos ajudá-la, mamãe. Ela está entrando em depressão.

— Eu também achei. A separação a abalou muito. Nunca imaginei que Miguel fosse capaz de abandoná-la num momento como esse.

— É difícil, mas nós não podemos abandoná-la. Se realmente minha empresa vier para cá, pedirei que me transfiram, pois assim poderei ficar com vocês.

— Deus a ouça. Seria maravilhoso ter vocês duas aqui comigo.

— Vou terminar de me arrumar e tratar disso. A senhora precisa de alguma coisa?

— Não, filha. Espero que você obtenha sucesso.

— Obrigada, mamãe.

Chegando à prefeitura, Helena foi rapidamente encaminhada à secretária do prefeito:

— Bom dia. Eu poderia falar com o senhor Hélio?

— Seu nome é...?

— Helena Andrade. Não marquei hora, mas a empresa para a qual trabalho me pediu que viesse falar com ele agora pela manhã. Desculpe, mas nós não nos conhecemos? Você não é a Terumi?

— Sou eu mesma. Achei que você não me reconheceria, afinal, foi embora há tantos anos.

— Quinze anos.

— E vai se mudar para cá?

— Não sei. Depende do que ficar acertado entre a empresa onde trabalho e a prefeitura. Eu gostaria de voltar a viver aqui.

Terumi não respondeu e pediu que ela a aguardasse. Algum tempo depois, Helena foi atendida pelo prefeito.

— Senhora Helena, bom dia! Seu diretor, o senhor Agostinho, me disse que viria conversar comigo.

— Bom dia, senhor Hélio. Ele me pediu que viesse até aqui para ver uma área que está disponível para a implantação de uma indústria. Se estiver dentro do projeto de nossa empresa, pretendemos adquiri-la e montar uma filial aqui.

— Isso é muito importante. Nossa cidade precisa crescer, e sua empresa me parece o tipo ideal. O material que produzem não é poluente, e certamente a implantação seria rápida.

— Nosso maquinário é bem moderno, e nos preocupamos muito com o bem-estar dos nossos empregados. Estamos no mercado há mais de quinze anos e nunca tivemos problema com órgãos ambientais.

— Isso é ótimo. Quando gostaria de ver a área?

— Se for possível, agora mesmo. Ficarei aqui apenas alguns dias, então, o que o senhor puder agilizar me ajudará muito.

Ele pediu que Helena aguardasse e, saindo da sala, voltou acompanhado de um rapaz. Em seguida, fez as apresentações:

— Senhora Helena, este é Ricardo, nosso secretário de obras. Será ele quem a acompanhará ao terreno e posteriormente à imobiliária que está tratando da venda do imóvel.

Helena disse:

— Muito prazer. Podemos ir agora ver o terreno?

— O prazer é meu. Claro! Hélio, poderia avisar a Terumi que saí para cuidar desse imóvel?

— Pode deixar. Senhora Helena, espero que o imóvel a agrade e que sua empresa possa se estabelecer em nossa cidade.

— Obrigada, senhor Hélio. Até mais tarde.

Não passou despercebido a Helena o jeito como o engenheiro tratara o prefeito, mas ela evitou perguntar para não criar um constrangimento entre eles.

— A senhora conhece nossa cidade?

— Ricardo, posso chamá-lo assim? Pode me chamar de Helena. Nasci aqui, e, quando terminamos o colégio, eu e minha irmã nos mudamos para São Paulo para cursar a faculdade. Meus pais moram aqui, estou de passagem.

— A cidade cresceu, mas não o tanto que gostaríamos. O parque industrial é pequeno, e muitos deixam a cidade para morar na capital ou em cidades vizinhas maiores que a nossa. Hélio está fazendo um trabalho muito bom, mas carecemos de pessoas interessadas em investir em nossa cidade.

— Vocês estão oferecendo incentivos fiscais?

— Sim, mas não na proporção que estão nos pedindo. O terreno tem que ser comprado do proprietário. A prefeitura não pode doá-lo e indenizar o proprietário. Não temos verba para isso, e alguns empresários não querem entender nossa dificuldade.

— Acredito que esse não seja o problema da minha empresa. Já faz algum tempo que estão falando em aumentar a produção, mas existem algumas regras que precisam ser respeitadas.

— Chegamos, Helena. Veja, não é tão longe do centro da cidade e a área residencial está a uma distância que considero adequada para não recebermos reclamação de barulho, trânsito pesado etc.

— Realmente, é muito bem localizada. Em nossa empresa, o processo de produção é informatizado, e os caminhões que transportam nosso material, tanto os insumos quanto os produtos finalizados, não são de grande porte.

— Essa região já possui toda infraestrutura necessária para que vocês possam trabalhar. É só acertar a compra do terreno e começar a construção.

— Você conhece o dono desse imóvel? Será fácil negociar com ele?

— Acredito que sim. Você deve conhecê-lo. É o senhor Norio Kato.

— O dono da floricultura dos ipês?

— Não, ele é o pai do Tadashi. A floricultura agora é do filho e de um sócio, Felipe Carvalho.

— Posso lhe fazer uma pergunta pessoal?

— Pode, mas o que...

— Você pediu para avisar a Terumi que iria sair. Ela é sua esposa?

— Sim, nos conhecemos quando vim trabalhar aqui na prefeitura. Estamos casados há três anos. Por quê?

— Eu e a Terumi estudamos juntas.

— Interessante. Podemos ir à imobiliária ou prefere ir mais tarde?

— Eu gostaria de ir direto lá, assim volto para casa e ligo para meu diretor já com todas as informações de que ele precisa para negociar a compra do imóvel.

— Ótimo, então vamos até lá! Não fica longe daqui.

— Bom dia, mamãe.

— Oi, filha, dormiu bem? Venha, vou esquentar seu leite.

— Dormi bem. Fazia tempo que não tinha uma noite de sono tão tranquila. Você está sozinha?

— João e Isabela estão andando pela fazenda e Helena foi ver um imóvel que a empresa onde ela trabalha pretende comprar. Matilde ainda não veio aqui. Carolina, você gostou da médica?

— Sim, achei-a muito segura, me passou confiança e me tratou de uma forma diferente. Não sei explicar direito. Passei por bons médicos, mas não sentia neles essa força.

— Força?

— Sim, uma força que me fez acreditar que posso me curar. Antes de chegar aqui, uma amiga da Matilde me disse que eu deveria acreditar em um recomeço para minha vida. Não entendi bem o que ela quis dizer, mas, hoje, quando acordei, comecei a pensar no que doutora Marcela me falou e alguma coisa dentro de mim me fez sentir que posso recomeçar. Posso voltar a pintar, olhar o mundo de forma diferente, sem o peso da doença.

Ouvindo a campainha, Cândida retrucou:

— Deve ser sua sogra. Continuamos essa conversa depois?

— Não, mamãe. Vamos falar com ela. Matilde precisa retornar aos afazeres dela.

Depois de cumprimentá-las, Matilde elogiou:

— Você está com uma fisionomia melhor hoje!

Cândida perguntou:

— Quer tomar café conosco?

— Só um cafezinho. Eu comi no hotel.

Carolina esperou que a mãe e a sogra se sentassem e prosseguiu:

— Eu estava falando com a mamãe que a médica me passou confiança em relação ao tratamento e que hoje, quando acordei, me lembrei daquela frase da Aurora: "Acredite em um recomeço de vida". Acho que agora entendi o que ela quis dizer.

Matilde e Cândida ouviam atentas.

— Vou me tratar aqui, cuidar não só da minha saúde, mas do meu trabalho. Quero voltar a pintar, cuidar de mim e aproveito para pedir-lhe, Matilde, que volte às suas atividades. Você não é responsável pelo que me aconteceu.

— Mas como você ficará sozinha?

— Não estou sozinha, estou na casa dos meus pais. Voltarei a pintar e retomarei minha vida, que parou no dia em que soubemos da minha doença. E você precisa retornar à galeria. Se possível, gostaria que vendesse as duas telas que estão lá. Assim que eu tiver trabalhos novos, lhe enviarei.

Com lágrimas nos olhos, Matilde levantou-se, abraçou a nora e disse:

— Estou muito orgulhosa de você. Tinha certeza de que conseguiria se reerguer. Farei o que me pede, mas não me afastarei de você. Nos falaremos por telefone, e, sempre que possível, virei vê-la.

— Obrigada, Matilde. Com o carinho de vocês, o trabalho da doutora Marcela e essa força que eu nem sabia que tinha, vou vencer essa doença e recuperar minha vida.

Comovida, Cândida abraçou a filha. As três continuaram conversando animadas com a forma como Carolina estava se colocando no comando de sua vida.

※

Helena e Ricardo chegaram à imobiliária e foram prontamente atendidos. O corretor passou todas as informações de que ela precisava, explicando que a venda do terreno estava condicionada à manutenção dos ipês existentes no terreno.

O proprietário fazia questão daquela cláusula, uma vez que as árvores estavam plantadas ali havia muitos anos. Helena estranhou que Ricardo não tivesse dito nada, e ele explicou que não sabia dessa cláusula.

— Você não sabia da cláusula, e, quando olhamos o terreno, não reparei nos ipês.

— Talvez não os tenha visto porque estão nos fundos — explicou o corretor. Existe uma cerca que divide aquela parte da propriedade. O senhor Norio não quer que as árvores sejam derrubadas.

— Bem, eu preciso ver melhor a área para explicar isso ao meu diretor. Não podemos adquirir um imóvel que tenha problemas quando estivermos construindo o galpão principal.

— Não se preocupe, senhora Helena. As árvores estão plantadas de forma que não irão atrapalhar qualquer construção.

O corretor tornou:

— Senhor Norio, não me avisaram que estava aqui.

— Soube que havia uma pessoa de fora interessada em comprar meu terreno e vim aqui para saber quem era. Fico contente que seja a senhora. Se quiser, podemos voltar ao terreno, e eu lhe mostrarei onde as árvores estão plantadas.

— Sim, gostaria de vê-las. Podemos ir agora?
Ricardo argumentou:
— Preciso voltar à prefeitura, não poderei acompanhá-la.
— Não há problema. Irei com o senhor Norio.

O corretor prontificou-se a acompanhá-los. Estava curioso para ver as árvores e ansioso para concluir a venda, que lhe renderia boa comissão.

Chegando ao terreno, Helena procurava olhar com atenção para localizar os ipês. Sabia que era época de floração, então, deveriam estar bem visíveis. Como nada visse, perguntou:

— Senhor Norio, onde estão as árvores?
— Vamos por este lado, e a senhora poderá vê-las.

Olhando com atenção, ela viu uma construção antiga, com uma parte demolida, e logo atrás estavam as árvores. Viu ipês-amarelos, rosas e brancos, alguns floridos, outros com sinais de que estavam perdendo as flores. Juntos, formavam um lindo jardim.

— Não prestei atenção neste lado. Vi a construção, mas ela impede que vejamos as árvores do que eu deduzo ser a entrada principal.

— Sim, essa casa foi construída por meu pai. Meu avô veio para este país para começar uma vida nova, pois viver no Japão estava muito difícil. Ele e dois irmãos mais velhos trouxeram as famílias e toda a riqueza que possuíam para começar uma vida nova aqui. Os irmãos foram para o Sul, mas meu avô preferiu ficar em São Paulo. Trabalhou na lavoura de café durante alguns anos e depois adquiriu esse terreno onde meu pai construiu nossa casa e plantou as mudas de ipês que ele comprou de um viajante. Meu avô trouxe mudas de cerejeiras, mas o solo não foi bom para as plantas. Eu e meus irmãos mais velhos ajudamos na lavoura. Além dos ipês, plantávamos morango e algumas verduras.

— Eu não conhecia sua história e fiquei curiosa. Foi ele quem começou a distribuir mudas de ipês quando as crianças nasciam?

Sorrindo, Norio respondeu:

— Não, eu decidi dar as mudas aos moradores daqui. Eram muitas, e minha família foi bem recebida aqui. Na época da guerra, muitas pessoas sofreram pelo simples fato de terem nascido no Japão. Aqui não passamos por isso. As pessoas com quem eles conviviam souberam entender que minha família chegou aqui antes da guerra começar e não poderia ser responsabilizada por atos do governo japonês.

— É uma história interessante. Mas por que o senhor quer manter esse jardim? Não seria melhor transferi-lo para outro lugar? Impor isso como cláusula de venda pode impedir que ela se concretize.

— Senhora Helena, essas árvores estão aqui há muitos anos. Tirá-las daqui seria condená-las. Mantendo-as no terreno, a árvore dará beleza à sua construção, os operários poderão descansar à sua sombra, e, sendo pessoas daqui da nossa cidade, conhecem o nosso trabalho. Tenho certeza de que a senhora saberá convencer seu diretor de que vale a pena manter o jardim. A empresa não precisará fazer a manutenção necessária. Nós manteremos esse espaço sempre em ordem, mostrando a beleza dessas árvores. Não haverá custo para sua empresa.

— Sendo assim, creio que o senhor tem razão. De fato, as árvores são lindas! Levarei uma cópia da planta do terreno para os diretores da minha empresa e acredito que fecharemos negócio. Faz tempo que esse imóvel está à venda?

O corretor, que até aquele momento só ouvia, respondeu:

— Faz dois anos. A senhora é a primeira pessoa que se interessa realmente em comprá-lo. Tivemos algumas ofertas por ele, mas o senhor Norio não se interessou em vendê-lo.

Norio explicou:

— Na vida, tudo tem um momento certo para acontecer. Tenho certeza de que esse negócio será bom para mim e para a senhora. Sei que conhece o que se convencionou chamar nessa cidade de "a lenda dos ipês". Por esse motivo, acredito que saberá convencer os compradores. Peço-lhe licença para trabalhar na limpeza dessa área, o que venho fazendo há alguns dias. O senhor a acompanha?

— Claro, senhor Norio. Senhora Helena, podemos voltar?

O corretor e Helena não conversaram no caminho de volta. Chegando à imobiliária, ele perguntou:

— O que ele quis dizer com a "lenda dos ipês"?

— O senhor não é daqui?

— Não, mudei para cá há oito meses.

— O senhor Norio presenteava cada criança que nascia com uma muda de ipê e dizia que elas deveriam cuidar da planta para ter contato com a natureza. Com o tempo, alguns moradores morreram, e suas árvores tiveram o mesmo destino. Assim, começou a lenda de que o tempo da árvore era igual ao tempo de vida da pessoa que tinha recebido a muda do ipê quando nasceu. Mas isso é uma lenda. Foram algumas coincidências, nada mais. Algumas pessoas são supersticiosas, acreditam em qualquer coisa sem verificarem a veracidade.

— Interessante. Não tinham ainda me contado essa história.

— Esse assunto já foi mais comentado. Hoje não se dá tanto valor a essa lenda.

— Acha que sua empresa vai concordar com o pedido dele?

— Acredito que sim. Na matriz, a preocupação com o meio ambiente é grande. Temos um jardim muito bem-cuidado, e todo o lixo é reciclado. Aqui, não teremos que nos preocupar com isso. O jardim está pronto, e o senhor Norio se propôs a cuidar dele. Encaminharei essa documentação para meu diretor e, assim que eu tiver a resposta, voltarei a falar com o senhor. Obrigada pela sua atenção.

— Fico à disposição da senhora.

CAPÍTULO 5

Helena chegou em casa e foi procurar o pai. Encontrou-o no jardim, com os olhos perdidos nas árvores ali plantadas.

— Pai, o senhor está bem?

— Oi, filha, não ouvi você chegar. Fico olhando essas árvores e não entendo por que uma está tão linda e a outra parece sem vida.

— Pai, não fique assim. O senhor está dando força para uma ilusão. Não se torture desse jeito. Carolina precisa de nosso apoio, do nosso carinho. Vê-lo assim a deixará preocupada.

— É difícil aceitar que ela tenha essa doença. Parece castigo de Deus.

— Não é castigo, é do organismo dela. A médica foi bem clara. A doença se desenvolve em algumas pessoas, em outras, não. Não acredito que Deus queira "castigar" alguém. Isso O coloca como um ser malvado, coisa que Ele não é.

— Você tem razão, desculpe. Estou muito triste e já nem sei mais o que estou falando.

Abraçando o pai, ela procurou confortá-lo:

— Entendo, pai. Tenho uma filha, e é difícil aceitar ou imaginar que ela tenha de passar por um problema tão grave. Mas vamos nos unir e procurar ajudar, combinado?

— Combinado. Vamos entrar. Sua mãe já deve estar com o almoço pronto.

— A Isabela cavalgou com você?

— Sim, ela é muito inteligente! Não precisa falar duas vezes. Ela aprende tudo rapidamente.

— É, ela é muito especial!

Pai e filha seguiram caminhando abraçados em direção à casa da família.

— Vovó, a mamãe e o vovô estão chegando, vamos comer?

— Vamos, minha querida. Você já lavou as mãos?

A menina saiu correndo e trombou com a mãe que vinha entrando em casa.

— Isabela, não corra dentro de casa!

— A vovó mandou lavar as mãos. Vocês demoraram, e estou morrendo de fome.

— Está bem, mas não corra. Você pode se machucar. Carolina ainda está dormindo?

— Não, filha, ela foi ao hospital com a Matilde para fazer alguns exames. Disse que depois daria uma passadinha na floricultura do Felipe. Mas venha. A comida vai esfriar.

Durante o almoço, Helena contou sobre a compra do terreno solicitado pela empresa onde trabalha e a exigência do proprietário do imóvel.

João disse:

— Não sabia que ele era o dono daquele terreno. É uma bela área.

— Enviei os documentos que a imobiliária me forneceu e veja que interessante, papai! No terreno há um jardim com vários ipês. Ele só venderá se o comprador se comprometer a manter o jardim, que será cuidado pelo senhor Norio.

Cândida perguntou:

— Senhor Norio é o pai do Tadashi?

— Ele mesmo. O cultivo dos ipês está ligado à vinda da família dele do Japão.

— Mas o ipê é uma árvore brasileira. Ele não deveria cultivar cerejeira?

— Sim, só que as mudas que o pai dele trouxe do Japão não se adaptaram ao solo da nossa região. Como eles foram bem recebidos pelos brasileiros, o pai do senhor Norio decidiu cultivar os ipês e presentear as crianças que nasciam aqui com uma muda da planta.

— Interessante. Mas nem todos cuidaram das plantas? — perguntou o pai.

— Não, e talvez por isso criaram a lenda de que o tempo de vida da planta era o mesmo da criança a quem era destinada. O que não faz sentido, porque muitas foram embora daqui e não deixaram ninguém responsável pela árvore. Nós temos as nossas porque o senhor cuidou delas.

— Isso mesmo. É uma pena que muitas árvores tenham sido abandonadas. A cidade teria um belo colorido no fim do inverno.

Isabela indagou:

— Mamãe, eu também posso ter uma árvore igual à sua?

— Pode, filha. Pedirei ao Felipe que acrescente uma muda de ipê na reforma do jardim, mas você deverá aprender a cuidar dela.

— E, quando eu não estiver aqui, quem vai cuidar da minha árvore?

João respondeu:

— Eu cuido, minha querida. Assim, quando você vier nos visitar, ela estará tão bonita quanto a da sua mãe.

Isabela levantou-se e, abraçando o avô, disse:

— Obrigada, vovô. Assim, eu e ela viveremos muitos anos.

Todos riram da inocência da garota e continuaram a conversar sobre o cultivo das plantas.

Matilde deixou Carolina na floricultura e perguntou como ela faria para ir embora:

— Não se preocupe. Pedirei uma carona ao Felipe ou chamarei um táxi. Vocês me deram muitos conselhos, e eu preciso retomar minha vida. Por favor, Matilde, volte para a galeria. Você tem que cuidar do seu apartamento e se cuidar também. Vá tranquila. Vamos conversando por telefone. Se eu precisar, vou chamá-la. Sua companhia tem me feito muito bem, mas não abandone sua vida para viver a minha.

— Tem razão. O que meu filho fez me incomodou muito, me sinto responsável por você e...

— Você não é responsável por mim nem pelas atitudes dele, Matilde. Miguel não conseguiu lidar com minha doença, e não podemos fazer nada sobre isso. Estou confiante nessa médica! Ela me passou segurança. É a primeira vez que acredito que posso sarar.

— Está bem. Vou fazer o que me pede. Daqui, irei para o hotel e seguirei para São Paulo. Se despeça de seus pais por mim. Pretendo passar na galeria e combinar com o Rafael a venda dos quadros que você deixou lá.

— Isso, Matilde. Vamos viver confiando no futuro. Preciso acreditar em tudo o que vocês me disseram e seguir em frente.

Sogra e nora abraçaram-se. Carolina desceu do carro e viu que Felipe as observava.

— Oi, Felipe. Não o tinha visto.

— Eu as vi conversando no carro e fiquei aguardando. Quando você fez menção de descer, me aproximei.

Felipe cumprimentou Matilde, que lhe disse que estava seguindo para São Paulo. ele pediu que ela aguardasse alguns minutos, voltou rapidamente para a loja e escolheu uma orquídea com a qual a presenteou.

— Para você enfeitar sua casa ou seu escritório.

— Obrigada, você é muito gentil. Cuidarei dela com muito carinho. Até breve.

Depois que Matilde partiu, Felipe convidou Carolina para entrar, levando-a para uma sala onde atendia visitantes.

— Quer beber suco ou água?

— Que lugar agradável! Quero água.

— Aqui está. Depois que me tornei sócio do Tadashi, resolvemos criar um espaço para receber quem nos visita para fazer orçamentos ou pedir orientações sobre como cuidar de uma planta. Esse espaço era um pequeno depósito. Trocamos a porta de madeira por esse portão, colocamos os bancos de ferro e decoramos com os arranjos que o Tadashi faz.

— São lindos. Você não faz arranjos?

— Faço alguma coisa, mas minha parte é cuidar de jardins, mexer com terra, trabalhar com ela para saber qual é o melhor adubo, a forma de irrigação, o tipo de planta que poderemos colocar no terreno e que trará alegria para quem aprecia jardins. Descobri nessa profissão um prazer que não imaginava ser possível. Mas e você? Como está?

— Estou mais confiante. A doutora Marcela me pediu alguns exames, que fiz agora de manhã, e depois resolvi vir conhecer a floricultura. Está bem diferente de quando fomos para São Paulo. Você foi muito gentil dando aquela orquídea para Matilde. É a flor preferida dela.

— Carolina, eu perguntei como você está.

Os olhos de Carolina encheram-se de lágrimas. Felipe aproximou-se, e, quando a abraçou, um choro convulsivo tomou conta dela.

— Desculpe. Não queria chorar, eu...

Colocando o dedo em seus lábios para silenciá-la, Felipe respondeu:

— Eu provoquei seu choro. Chorar faz bem, alivia a alma. Você está vivendo um momento muito difícil, mas viva um dia de cada vez. Coloque seus objetivos e desejos de forma que possa realizá-los sem pressa. Venha, vamos nos sentar aqui.

— Felipe, é difícil. O tratamento é longo, meus pais estão sofrendo, Matilde está dividida entre me ajudar e tentar entender o filho... Eu confio na médica, mas olhe para mim. Estou muito diferente da jovem que você conheceu, da mulher que me transformei. Por que isso tinha que acontecer comigo?

Felipe continuou abraçado a ela e, fazendo um carinho em seu ombro, virou-a para que ficasse diante dele. Explicou:

— Carolina, não consigo explicar por que você está passando por essa dor, por esse sofrimento, mas aprendi que a vida nos coloca em situações que temos que viver porque temos força e coragem para isso. Você é uma mulher bonita, não duvide disso, e tem um talento maravilhoso. Coloque-o novamente nas telas que você pinta. Faça o tratamento com coragem. Nós acreditamos que você vai superar toda essa dor, e quero que saiba que estaremos sempre ao seu lado. Passei por uma grande dor, diferente da sua, não tenha dúvida, mas passei e sei que você também conseguirá. Acredite nisso. Acredite em você, viva um dia de cada vez e verá que ficará mais fácil do que ficar imaginando o que pode acontecer no futuro. O futuro é amanhã, e amanhã é outro dia para ser vivido, com emoções não previstas, sol ou chuva, frio ou calor. Não temos como saber.

— Obrigada, Felipe. Você está certo. Eu estava retendo as lágrimas, pois não queria chorar diante dos meus pais. Sei que eles estão sofrendo e não quero lhes dar mais preocupação. Vou seguir seu conselho: viver um dia de cada vez. Espero que o tratamento traga o resultado que desejo. Vou tentar voltar a pintar. Aqui é um lugar muito bonito, me senti em paz.

— Você pode vir aqui sempre que quiser e usar essa sala para pintar, para ler ou simplesmente descansar, refazer as energias. A doutora Marcela já disse qual tratamento você fará?

— Ainda não, mas acredito que voltarei a fazer quimioterapia. O tratamento tem efeitos colaterais, dá resultado, mas, depois da aplicação, eu passo muito mal.

— Se você quiser, posso acompanhá-la pelo menos na primeira sessão.

— Não, não vou tirá-lo dos seus afazeres. Se você permitir, venho ficar um pouco aqui nessa sala depois do tratamento e antes de voltar para casa.

— Pode vir sempre que quiser. Está mais tranquila?

— Sim, obrigada. Foi muito bom ter vindo aqui.

— Quer conhecer a floricultura? Depois, eu a levo para casa.

— Quero. Não estou te atrapalhando?

— De forma alguma. Venha! Vou mostrar-lhe meu local de trabalho e a estufa onde o Tadashi cria esses arranjos.

— Mãe, a Carolina telefonou e avisou que está na floricultura do Felipe.
— Eu estava ficando preocupada. Que bom que eles estão juntos.
— Juntos?
— Sim, não quis dizer juntos como casal. Felipe sofreu muito com a perda da esposa e talvez consiga fazer sua irmã entender que o sofrimento pode não passar totalmente, mas que podemos viver com ele sem nos deixarmos abater, sem desistirmos de viver.
— É, tem razão. O tempo passa, a dor vai diminuindo, mas não nos esquecemos.
— Filha, você não tem vontade de refazer sua vida? Digo, de se casar novamente?
— Não, mãe. Depois que o Arthur morreu, precisei seguir em frente com minha dor e as dificuldades que apareceram. Nós ficamos juntos por quatro anos, ele era um bom marido, carinhoso, foi um bom pai. É uma pena que para Isabela a lembrança do pai esteja cada vez mais distante.
— Ela fala sobre ele?
— Às vezes, ela pergunta. Lembra quando tem as reuniões escolares, principalmente o Dia dos Pais. Depois se envolve com estudo, brinquedos e acaba esquecendo. Eu mantive as fotos dele visíveis durante um tempo, mas me faziam sofrer, então, deixei uma no quarto dela e guardei as outras.
— Você não se revoltou com o que aconteceu?
— Não, mãe. Cada um tem um destino. Entendo que o tempo dele terminou, que era necessário que ele partisse, e que eu precisava cuidar da Isabela, da nossa casa, do meu trabalho. Não pense que não foi difícil. Foi muito! Chorei durante muito tempo até perceber que ele morreu, mas eu tinha que continuar vivendo. Quando tive essa consciência, ficou mais fácil aceitar a morte dele e seguir em frente.
— Você acredita que poderá reencontrá-lo um dia?
— Quando eu morrer?
— Sim. Eu comecei a ler um livro que a Matilde deixou aqui cujo tema é a reencarnação.
— Não sei, mamãe. Nunca me interessei por esse assunto. Mas me deixe ver o livro. Quem sabe não desperta minha curiosidade?

Alguns dias depois, Helena estava colocando as malas no carro para voltar para casa, quando Carolina se aproximou-se e perguntou:

— Quando nos veremos novamente?

Abraçando a irmã, Helena respondeu:

— Em breve! Prometo que não ficarei mais distante de você. Amanhã, voltarei a trabalhar e saberei se decidiram pela compra do terreno do senhor Norio. Se confirmarem a aquisição, pedirei a transferência para cá.

— Mas sua vida está lá, tem a escola da Isabela e...

— E aqui tem você, o papai e a mamãe. Tenho ficado muito longe de vocês. A Isabela gostou muito daqui, já fez até amigos. Não teremos problema em nos adaptar a viver aqui. E você vai ficar morando com eles ou pretende ter sua casa?

— Ficarei aqui, pelo menos até terminar essa fase do tratamento. Amanhã, farei minha primeira sessão de quimioterapia e, como já passei por isso, sei quais são os efeitos colaterais. Felipe se ofereceu para ir comigo, mas não quero tirá-lo da floricultura.

— Ir sozinha não é pior?

— Não, fui sozinha nas outras vezes. A mamãe me acompanhou na última consulta, e a médica a orientou sobre como me ajudar se eu passar mal.

— Minha irmã, coragem! Tudo isso vai acabar, e você voltará a viver sem a sombra dessa doença.

Carolina abraçou a irmã e não respondeu. Ainda não conseguia aceitar a doença e tentava entender por que ela estava passando por aquele mal.

— Isabela, vamos. Já coloquei tudo no carro.

— Estou indo. Adeus, vovô. Me manda uma foto do meu ipê quando ele for plantado?

— Mando, querida. Faça boa viagem e obedeça à mamãe.

— Tchau, vovó!

— Boa viagem, meu bem! Espero que vocês voltem logo.

— Vamos voltar! Nas férias, virei pra cá ficar com vocês.

Depois de acomodar Isabela no carro, Helena despediu-se dos pais.

— Mãe, se precisar de ajuda com a Carolina, me avise. Não me deixe sem saber o que está acontecendo aqui com vocês e com ela.

— Vá em paz, minha filha! Ficaremos bem. Não deixarei de telefonar para você. Boa viagem. Que Deus te acompanhe.

— Obrigada, mamãe. Até breve.

Logo depois da partida de Helena, Felipe e Tadashi chegaram com as primeiras mudas de plantas que seriam colocadas no jardim.

— Bom dia, senhor João. Viemos preparar a terra e colocar as primeiras mudas.

— Bom dia, Felipe! Bom dia, Tadashi. Por pouco vocês não pegaram a Helena e a Isabela aqui. Elas acabaram de sair.

Percebendo o embaraço de Tadashi ao ouvir que Helena havia partido, Felipe perguntou:

— Ela voltará nas férias da filha?

— Sim. Está pensando em se mudar para cá, se a empresa onde ela trabalha comprar o terreno do senhor Norio. Não sabia que aquela área era do seu pai, Tadashi.

— São terras que ele herdou do meu avô. Ele acredita que a venda será efetivada.

— Vai ser bom para nossa cidade! Isso aqui precisa crescer para os jovens não irem embora.

Felipe acrescentou:

— Então, vamos trabalhar. Precisamos aproveitar esse dia de sol antes que ele esquente demais e tenhamos mais trabalho com a terra.

João ajudou-os a levar algumas ferramentas para o jardim, e continuaram a conversar sobre as necessidades da cidade em que viviam.

Algum tempo depois, Carolina foi até eles levando água e suco gelado.

— Mamãe pediu para eu trazer. Está muito quente, e já faz algum tempo que vocês estão sob esse sol.

Felipe respondeu:

— Obrigado, Carolina. Estamos terminando essa primeira etapa. E você? Como está?

— Estou bem. Amanhã será minha primeira sessão de quimio. Tadashi não estava aqui com o papai?

— Estava, mas os dois foram até o pomar. Parece que há algum problema com as laranjeiras. Você quer que eu a acompanhe?

— Não, Felipe, obrigada. A mamãe irá comigo. A doutora Marcela acredita que, como é a segunda fase do tratamento, posso não ter tantos efeitos colaterais. Farei uma sessão a cada quinze dias. Nos dias em que eu não estiver em tratamento, posso ir à floricultura e usar aquela sala que você me ofereceu para pintar?

— Claro que sim. Está à sua disposição.

— O Tadashi não se importa?

— Não, ele ficou animado quando eu falei que você iria usá-la e que talvez pintasse aqueles arranjos que ele faz.

— Que ótimo. Vou providenciar o material de pintura e depois combino com você. Agora vou entrar. O sol está muito forte. Vejo você depois?
— Sim. Quando terminarmos, vou me despedir.

Capítulo 6

— Miguel, chegou este envelope para você. Veio do Brasil, mas não é da nossa empresa.

— Eu sei do que se trata.

— Não vai abri-lo?

— Sim, mas gostaria de ficar sozinho, Aline.

— Desculpe, não quis ser invasiva. Vou deixá-lo sozinho.

Aline saiu da sala de Miguel e não escondeu a irritação. Estavam saindo juntos havia alguns meses, e ela acreditava que, quando os papéis do divórcio chegassem, ele comemoraria. A expressão que viu no rosto de Miguel quando lhe entregou o envelope, contudo, não foi de alegria.

Gabriel, colega que a conhecia havia muito tempo, perguntou:

— O que houve? Você entregou o envelope para ele?

— Sim, e ele me pediu para ficar sozinho. Não gostei dessa reação.

— Aline, você está com muita pressa. Ele está separado há oito meses, e nós acompanhamos o problema da esposa dele antes de sermos transferidos para cá. Você não espera que Miguel entre em outro relacionamento tão cedo, espera?

— Gabriel, nós estamos saindo há três meses, e ele nunca fala da ex--mulher. Agora que chegou a documentação do divórcio — e tenho certeza de que é esse o conteúdo do envelope —, ele me pede para deixá-lo sozinho. Será que mudou de ideia? Se arrependeu de tê-la deixado? Que eu saiba, ela estava muito mal.

— Você está ouvindo o que está dizendo? Você já a imagina morta e enterrada, e eu conheço várias pessoas que fizeram o tratamento contra o câncer e estão vivendo muito bem. Miguel não teve coragem de enfrentar a doença da esposa, mas isso não significa que ele não tenha carinho por ela. Ficaram casados durante oito anos, se eu não estiver enganado.

— Tudo bem, tem gente que sobrevive a essa doença, mas, desde que ela adoeceu, Miguel tem me procurado para desabafar e agora, que finalmente ficará livre desse casamento, me pede para deixá-lo sozinho.

— Então, deixe-o sozinho. Vamos trabalhar que nosso gerente em breve estará aqui. Espere que ele a procure, não rasteje atrás do Miguel e preste atenção no que ele é capaz de fazer quando surgem problemas sérios.

— O que você quer dizer com isso? Está insinuando que eu também posso ficar doente e que ele me abandonaria?

— Não estou insinuando nada, apenas estou lhe dizendo que, quando surge um problema sério, o Miguel se fecha. Eu não vivo com ele, mas já o vi fazer isso mais de uma vez. Você o conhece há um ano, começou um relacionamento com ele há pouco tempo, mas eu o conheço há muitos anos. Minha mãe e a mãe dele são muito amigas, e trabalhei com Miguel durante cinco anos antes de sermos transferidos para cá. Procure observá-lo melhor. Ele é um cara fraco.

— Não acredito em você. Temos saído juntos, e Miguel é uma ótima companhia. É divertido, gosta de cinema, teatro. Com ele, a vida não é monótona.

— Sim, quando não tem que lidar com problemas de saúde, por exemplo. Você é quem sabe da sua vida. Já falei o que penso, então, faça como quiser.

Aline, Gabriel e Miguel trabalharam juntos no Brasil e foram transferidos na mesma época para a matriz da empresa no Canadá. Engenheiros capacitados foram aprender e desenvolver novas tecnologias que seriam aplicadas na filial brasileira. Deveriam ficar fora do Brasil por um período de cinco anos.

Miguel não conseguiu lidar com a doença de Carolina. Sentiu-se mal quando ela manifestou os sintomas da doença e não acreditava que ela conseguiria se curar. Tentou explicar sua dificuldade para o sogro, que foi duro com ele, o chamou de covarde, o acusou de não gostar verdadeiramente da sua filha e disse que preferia que os dois se separassem, pois assim ela voltaria para casa e ele e a mulher cuidariam de Carolina.

Matilde também não mediu as palavras quando o repreendeu por suas atitudes. Em vez de cuidar da esposa e acompanhá-la, ele saía de casa e ficava na casa de amigos. Ela chegou a pedir ao filho que procurasse ajuda terapêutica, pois não achava normal o que Miguel fazia. Acreditava que ele devia ter algum trauma por causa da morte do pai e por isso estava fugindo daquela situação.

Miguel, porém, não deu ouvidos à mãe e, quando confirmaram sua transferência para o Canadá, aceitou a proposta de imediato. Ele conversou com Carolina, que concordou que o marido fosse embora, mas disse que queria o divórcio.

— Por que você quer a separação? Não estou entendendo.

— Miguel, você não quer me acompanhar no tratamento que preciso fazer, e eu tenho ficado sozinha ou com sua mãe todas as vezes em que passo mal... Agora, você vem me falar de uma transferência para o Canadá... É melhor que terminemos nosso casamento, pois assim cada um seguirá sua vida.

— Se você quer assim, o que faremos com nossa casa?

— Podemos vendê-la. Assim que os papéis do divórcio forem assinados, eu farei a transferência de sua parte para o banco que você indicar. Não se preocupe que não vou lesá-lo. Podemos conversar com o doutor Marcondes amanhã mesmo, e assim resolveremos tudo com rapidez para que você possa partir para o Canadá.

— E você vai fazer o quê?

— Irei para a casa dos meus pais e lá resolverei o que fazer. Minha cirurgia está marcada para depois de amanhã. Só depois da alta hospitalar, saberei como estou e o que deverei fazer.

— Seus pais moram no interior. Acha que terá atendimento médico adequado? Você poderia ir comigo para o Canadá.

— Miguel, você sabe que isso não é possível. Além do mais, lá você me trataria de forma diferente do que faz agora? Com meus pais, eu terei o apoio da minha família. Quanto ao atendimento médico, se não tiver lá, procurarei alguma cidade próxima ou voltarei para São Paulo. Resolverei isso depois.

— Está bem. Amanhã, então, conversaremos com nosso advogado, e pedirei a ele que agilize os documentos que eu preciso assinar. Viajarei para o Canadá dentro de uma semana.

Olhando para o envelope em sua mesa, Miguel recordava-se da última semana que vivera com Carolina. A conversa com o advogado, a proposta de venda da casa, a internação e a cirurgia da esposa. Ele não conseguia olhar para ela. Carolina estava abatida. Fora necessário retirar uma mama, e ele não tinha coragem de olhar para o corpo da esposa, que certamente ficara deformado. Ela teria de fazer quimioterapia, e Miguel sabia dos efeitos colaterais. Lera a respeito.

A documentação da separação deveria estar no envelope. Estava tudo acabado. Quando ele a conheceu na galeria de Matilde, Carolina era uma jovem alegre, cheia de vida, tinha muito talento para pintura e seus quadros faziam sucesso. Miguel apaixonou-se por ela, e logo se casaram. Esperaram um tempo que ele achou necessário para terem um filho e, como ela não conseguia engravidar, foram procurar um médico para descobrir a causa.

Miguel imaginou que Carolina fosse estéril, mas jamais passara por sua cabeça que ela estivesse com câncer. Causaram-lhe um choque a constatação da doença e tudo que se seguiu depois: exames médicos, remédios que a faziam passar mal, a espera pela cirurgia. Aquela jovem que ele conhecera não existia mais. Carolina perdeu o gosto pela pintura, a alegria e espontaneidade que sempre teve, chorava muito, e ele não conseguia ajudá-la. Queria de volta a mulher com quem se casara, não aquela que estava à sua frente.

Miguel pensou em Aline. A colega o ajudara a superar a separação e era uma boa companhia, mas, agora, sabendo que o divórcio estava confirmado, ela provavelmente esperava que ele oficializasse a união dos dois. Miguel, contudo, não tinha certeza se queria um novo casamento. Se Aline também adoecesse, ele não suportaria, e, diferente de Carolina, que decidira pela separação e entendera que ele não sabia lidar com a situação, a moça não o trataria da mesma forma.

Miguel telefonou para o advogado da empresa, que estava à disposição dos funcionários para resolver problemas particulares, e esperou que ele chegasse para abrir o envelope e ver seu conteúdo.

Quando doutor Rodrigo chegou, Miguel colocou-o a par da sua situação, e, juntos, analisaram os papéis do divórcio.

— Miguel, está tudo em ordem. Aqui está o comprovante da venda da casa e o valor que lhe cabe. É só informar onde quer que depositem o dinheiro. Já que você mantém uma conta no Brasil, pode pedir que creditem o valor nela e pedir que lhe enviem o comprovante. Como você tem acompanhado essa conta?

— Eu acompanho pela internet. Quanto a isso não haverá problema. O dinheiro pode ficar lá. Quando eu retornar ao Brasil, resolverei o que fazer.

— Então, meu caro, agora é seguir em frente. Você tem notícias de Carolina?

— Sim, minha mãe está sempre com ela e me informa o que está acontecendo. Carolina voltou para a casa dos pais no interior de São Paulo.

— Você não tem vontade de vê-la, falar com ela, saber como está o tratamento?

— Não, não consigo lidar com essa doença, doutor. Carolina mudou muito. Ficou triste, perdeu o gosto pela vida. Minha ex-mulher era alegre, otimista, cheia de vida, por isso não consigo viver com o que ela se tornou depois de descobrir a doença.

— Muito bem, é a sua vida. Você é quem decide o que fazer. Precisa de mais alguma coisa?

— Não, doutor. Obrigado.

Rodrigo saiu da sala e encontrou-se com Gabriel.

— Você está ocupado, ou podemos conversar enquanto tomamos um café?

— Nunca recuso um café! Essa rotina do trabalho é muito estressante.

Quando entraram na sala do café, Rodrigo serviu os dois e perguntou:

— Você conhece o Miguel há muito tempo?

— Há uns cinco anos mais ou menos. Nós trabalhamos juntos na filial do Brasil, mas disso você já sabe. Por que a pergunta?

— Como ele pôde abandonar a esposa num momento delicado como o que ela está passando? Não consigo entender.

— Miguel sempre foi muito frio, e o considero até mesmo covarde para enfrentar esse tipo de situação. Acredito que isso tenha a ver com a perda do pai. Ele tinha dez anos, e o choque deve ter sido grande.

— Ele não procurou ajuda?

— Terapia?

— Sim, é o mais aconselhável.

— Não, ele não quer nem ouvir falar. Diz que é bobagem e, quando toco no assunto, ele se irrita, então, não falei mais sobre isso.

— Ele segue alguma religião?

— Não sei. Nunca conversamos sobre nossas crenças, mas sei que a mãe dele é espírita.

— Você a conhece?

— Sim, ela e minha mãe são muito amigas. Minha mãe frequenta o centro espírita perto de onde mora desde que foi inaugurado. Fazem um trabalho muito bonito lá. Quando eu estava no Brasil, ajudava e assistia às palestras sempre que podia. Depois que vim para cá, não encontrei mais ninguém falando sobre o assunto e achei que aqui ninguém estudasse a espiritualidade.

— Eu tenho um grupo de estudos. Nós nos reunimos todo sábado. Se você quiser participar, é só ir à minha casa no sábado por volta das dezenove horas. Pensei em convidar o Miguel, mas, do jeito que você falou, é melhor não falar com ele por enquanto.

— Irei com certeza, doutor Rodrigo. Obrigado pelo convite. Posso lhe fazer uma pergunta?

— Sim...

— Quem frequenta esse grupo?

— Formamos esse grupo quando eu estava fazendo mestrado aqui no Canadá. Meu pai é um estudioso da doutrina espírita, e eu sempre me interessei pelo assunto. Conversando com alguns amigos, eles também quiseram conhecê-la, e acabamos nos reunindo todos os sábados. Temos conversas ótimas depois da sessão, e é sempre muito proveitoso. Você vai gostar do pessoal. Se quiser levar sua namorada, fique à vontade.

— Obrigado pelo convite! Irei às reuniões, mas sozinho. Ainda não conheci nenhuma mulher aqui que me incentivasse a ter um relacionamento. Minhas amizades são só profissionais.

— Está bem, Gabriel. Até lá então. Você tem meu endereço?

— Tenho.

Despediram-se com um aperto de mão, e Gabriel voltou para sua sala. Vendo-o, Aline avisou-o de que o gerente havia chegado e queria conversar com ele.

— Obrigado, Aline. Já irei à sala dele.

Na sala do gerente, já estavam Miguel e outros quatro engenheiros.

— Tenho uma informação nova para vocês! Nosso grupo está adquirindo uma empresa no Brasil, e o trabalho que vocês estão desenvolvendo aqui será aplicado na linha de produção a ser inaugurada dentro de seis, oito meses. Eles estão adquirindo um imóvel onde instalarão sua filial, e trabalharemos nela com nossa tecnologia. Teremos um período de adaptação, para conhecer os funcionários, a linha de produção, enfim... Para que o projeto dê certo, preciso que otimizem o tempo de vocês ao máximo. Quando retornarem ao Brasil, já serão realocados em nossa nova filial. Daremos tempo a todos de se organizarem, de verem onde irão morar e também se é do interesse de vocês voltarem ao Brasil e trabalharem no novo empreendimento.

Gabriel perguntou:

— Vamos produzir peças como as que fazemos aqui? É uma concorrente?

— Não é uma concorrente; é um novo segmento do nosso grupo. O material que usaremos é semelhante ao nosso, por isso precisamos saber se encontraremos todos os fornecedores necessários para desenvolvermos esse trabalho. É uma empresa familiar, cujo presidente era o pai. Ele faleceu no ano passado, e os filhos não têm interesse em continuar o negócio. Como o grupo que administra a empresa já estava tratando de abrir uma filial, projeto que havia sido desenvolvido pelo presidente da companhia, decidimos mantê-lo. Nos pareceu um excelente investimento. Quero ouvi-los. Gabriel?

— Acho ótimo desenvolver um projeto novo, mas gostaria de obter mais informações.

— Vou entregar-lhes uma cópia do dossiê que montamos, e vocês terão tudo de que precisam. Caso tenham alguma dúvida, venham falar comigo. Não deixem nenhum detalhe escapar. Só poderei ir ao Brasil depois que tudo estiver pronto. Antes disso, não terei como viajar. Miguel?

— Somos obrigados a voltar ao Brasil e trabalhar no novo projeto?

— Não, vocês estão sendo avisados em primeira mão porque foram transferidos do Brasil aqui para Canadá. Quem quiser ficar aqui e mudar definitivamente terá seu contrato de trabalho mantido, e as vagas remanescentes serão ocupadas por engenheiros que já trabalham nessa empresa.

"Mais alguma dúvida? Pelo sorriso, acredito que estejam cheios de dúvida, mas os aconselho a lerem o material que entregarei agora para que conversemos melhor depois. Hoje é quinta-feira. O que acham de nos reunirmos na segunda-feira, às nove horas da manhã?"

Alguns engenheiros concordaram, pois estavam animados para voltar ao Brasil e, principalmente, trabalhar em um projeto novo. Gabriel comentou com Miguel:

— Pelo jeito, você não pretende voltar ao Brasil.

— Não, Gabriel. Quero refazer minha vida aqui e gostei muito deste país. Além disso, voltar ao Brasil significa reviver situações que prefiro esquecer.

— Você é quem sabe. O doutor Rodrigo me convidou para uma reunião na casa dele. Ele é espírita e reúne um grupo de estudos toda semana. Gostaria de ir comigo?

— Não, sou católico. Não acredito em espíritos.

— Está bem. Ele me perguntou sua religião, mas nunca o ouvi falar em ir à missa.

— Por favor, vamos mudar de assunto. Preciso mostrar-lhe a peça que eu estava desenvolvendo. Está com uma medida errada.

Capítulo 7

Carolina chegou ao centro de oncologia para sua primeira sessão de quimioterapia. Cândida, percebendo o nervosismo da filha, segurou o braço dela e disse:

— Filha, não tenha medo. Estou aqui e sei que você é forte para passar pela quimio e retomar sua vida. Não deixe o medo tomar conta de você.

— Obrigada, mamãe. Estou nervosa, pois, só de lembrar o que passei nas primeiras sessões em São Paulo, começo a tremer.

— Tenha fé. Você precisa acreditar que vai superar essa doença. Já ouvi muitas pessoas dizerem que a cura está dentro da gente, da nossa força de acreditar em recuperar a saúde. Você vai conseguir.

Carolina apenas sorriu, e juntas entraram no local. A recepcionista atendeu-as com um belo sorriso:

— Bom dia, você é Carolina?

— Sim. Minha sessão é agora às dez horas.

— A doutora Marcela está aguardando. Venha. Vou levá-las até ela.

Quando entraram na sala de quimioterapia, mãe e filha surpreenderam-se com o que viram. A sala era decorada com tons de rosa e bege, havia uma antessala com aparelho de televisão, livros e revistas, além de uma mesa com chá, café, suco de laranja e biscoitos.

Dirigindo-se a Cândida, a recepcionista explicou:

— A senhora deve esperar aqui. Pode servir-se de chá ou café, como preferir. Os livros e as revistas estão à sua disposição. Carolina, por favor, venha comigo.

— Até daqui a pouco, filha.

A recepcionista, notando a palidez da paciente, disse:

— Vamos para a sala de quimio. Lá saberá como será feito o tratamento. Está tudo bem com você?

— Desculpe, eu já passei por isso e estou com medo.

— Dizer que é normal não é correto, mas trabalho aqui há bastante tempo e tenho visto muitos casos de cura. Só quem abandona o tratamento ou descobre a doença muito tarde não consegue sucesso, apesar de alguns pacientes nos surpreenderem. Por isso, eu a aconselho a tentar se acalmar e acreditar na cura. Isso vai ajudá-la.

Carolina apenas sorriu e novamente demonstrou surpresa ao entrar na sala onde faria a quimioterapia. A médica já a esperava:

— Bom dia, Carolina. Como você passou esses dias?

— Bom dia, doutora. Passei bem, mas estou muito nervosa hoje.

— Venha, sente-se aqui, acomode-se bem e, antes de começarmos, faremos um exercício respiratório. Feche os olhos, respire fundo. Isso, mais uma vez. Mantenha a respiração nesse ritmo, os olhos fechados, não pense em nada ruim, procure recordar-se de coisas boas, dos lugares que você conheceu e retratou em seus quadros.

"Quando se sentir mais calma, abra os olhos e aprecie o ambiente onde você está. Não tenha pressa. Só colocarei o soro quando eu sentir que você está bem."

Carolina fez o que a médica orientou e sentiu-se relaxar. Abriu os olhos e espantou-se com o que viu:

— Nossa! Que sala agradável! Não tinha reparado quando cheguei. As paredes são de um rosa suave, e você tem um dos meus quadros!

— Sim, foi um presente de um amigo nosso. Ele achou que você ficaria mais confortável num ambiente que a fizesse recordar de seu trabalho. Você tem muito talento.

— Felipe...

— Ele mesmo. É muito atencioso! Veja as plantas delicadas que temos aqui.

— São dele também?

— Não, os arranjos são feitos pelo Tadashi. Eles sempre trazem novos arranjos e muitas vezes presenteiam nossas pacientes. Você me parece melhor, podemos começar?

— Podemos, doutora. Obrigada pela compreensão.

— Não precisa me agradecer. Tento deixar minhas pacientes bem tranquilas, pois sei como esse tratamento é difícil. Mas tenha certeza de que venceremos essa doença juntas. Agora, vou aplicar o soro. Você pode ouvir música. Há um fone do seu lado direito. Aqui nesse botãozinho você regula a altura que quer ouvir. Se preferir uma revista ou mesmo um livro, temos vários aqui à sua disposição. A Cíntia, nossa recepcionista, mostrará uma pequena relação. Você escolhe o que lhe agradar, e ela traz. Fica a seu critério. Nesta sala, não temos aparelho de televisão, pois assim as pacientes podem conversar ou simplesmente relaxar enquanto fazem o tratamento.

— Doutora, hoje eu prefiro apenas ouvir música. Não estou com disposição para leitura.

— Como você quiser. Pronta? Podemos começar?

— Sim, podemos começar.

A médica colocou o cateter para ministrar os medicamentos e auxiliou Carolina com os fones de ouvido. Fez-lhe um sinal avisando-a de que sairia da sala, mas que ela não ficaria sozinha. Uma enfermeira já estava indo ficar perto dela.

Carolina fechou os olhos e concentrou-se na música que ouvia para esquecer o medo que estava sentindo. Procurou manter a calma e a confiança no trabalho e na orientação da doutora Marcela.

A médica saiu da sala e foi falar com Cândida. Explicou-lhe como estava sendo feito o tratamento e que sempre começavam a sessão com um exercício de relaxamento para eliminar um pouco da tensão que a quimioterapia provoca.

— Obrigada, doutora. Ela está muito nervosa, e não estou conseguindo lidar bem com isso.

— Dona Cândida, sei que é difícil, mas vocês precisam confiar em mim e no tratamento. Ela vai superar essa doença. Serão necessárias algumas sessões de quimio, mas é a depressão que pode atrapalhar o tratamento.

— Depressão?

— Sim, ela precisa retomar a vida dela, pintar, sair, ler, conhecer pessoas novas, ocupar o tempo. Não deixe a tristeza tomar conta de Carolina nem da senhora. É muito comum o cuidador acabar tendo uma crise de estresse por "absorver" a doença da pessoa que está cuidando. A senhora não deve descuidar de si. Também é importante que se dedique às tarefas que vinha fazendo ou procure alguma atividade. Não é saudável viver num ambiente de tristeza.

— Eu não sei o que fazer.

— Como era sua vida antes de a Carolina chegar?

— Bem, eu participava das atividades do centro comunitário, cuidava da casa e iria começar um curso de decoração natalina para criarmos enfeites de Natal com materiais descartáveis. É um trabalho que a primeira-dama quer fazer.

— Então, volte às suas atividades e não se deixe abater. Carolina ficará bem! Tenho confiança no meu diagnóstico e não quero vê-la sofrendo as consequências de um desgaste emocional. Combinado?

— Obrigada, doutora. Confio na senhora e farei o que me pede.

— Pode ter certeza de que sei o que estou fazendo e também, sem querer ser pretenciosa, sei do que vocês precisam. Estou na medicina há mais de quinze anos, já vi muita coisa, e o sucesso do tratamento depende muitas vezes da vontade do paciente. Por isso, peço que confie em mim e siga minhas orientações.

— Eu farei o que me pede. Se sentir que estou fraquejando, posso vir procurá-la?

— Venha, não deixe a depressão chegar primeiro. Agora, voltarei para o consultório e mais tarde virei ver como a Carolina está. A senhora pode ficar aqui. Se precisar sair para fazer alguma coisa, sua filha não estará sozinha.

— Hoje, eu ficarei. Aqui é um lugar agradável. Vou ler este livro.

— Ótima escolha. Pode levá-lo para concluir a leitura. Só lhe peço que o devolva depois ou traga alguma contribuição para nossa pequena biblioteca.

Cândida concordou, e a médica despediu-se dela. Já a estavam chamando para atender uma paciente que acabara de chegar.

Helena estava em sua sala na empresa onde trabalhava e pensava na irmã. Sabia que seria sua primeira sessão de quimioterapia e decidiu que falaria com ela assim que chegasse em casa. Queria acompanhar o tratamento da irmã. Não a deixaria sozinha nesse momento de incerteza.

A secretária entrou e disse a Helena que ela estava sendo chamada para uma reunião. Nesse momento, ela lembrou-se do compromisso em que discutiriam a compra do terreno e aproveitaria para, uma vez concretizado o negócio, pedir para a transferirem para a nova filial.

Agostinho, o diretor da empresa, reuniu os gerentes de departamento e pediu a Helena que explicasse a localização e o que seria necessário para a aquisição do terreno. Todos estranharam o pedido do proprietário de manter o jardim dos ipês, mas ela adiantou que a solicitação não atrapalharia em nada a construção do prédio onde seria instalada a indústria.

Depois da explicação de Helena, Agostinho informou a todos que a empresa fora vendida a um grupo canadense. A notícia surpreendeu a todos.

— Nosso presidente me passou essa informação ontem. Ele virá no fim da semana para São Paulo. Segunda-feira, nos reuniremos para que ele converse pessoalmente com todos vocês. A compra do terreno para a construção da filial que iríamos abrir está confirmada. Helena, pode tratar da aquisição. Conheceremos os novos proprietários em breve. Preciso que cada um de vocês tenha os dados atualizados de metas, previsões, quantidade de funcionários, despesas, enfim, tudo o que cada departamento necessita para realizar sua atividade. Eles manterão a empresa em que trabalhamos hoje e trarão tecnologia e maquinários novos para a que seria nossa filial.

Helena perguntou:

— Mas quem é a empresa que comprou a nossa? Não podemos saber?

— Por ora, não, Helena. Essa informação será passada por nosso presidente. O que posso lhes adiantar é que a matriz fica no Canadá e há uma subsidiária aqui no Brasil. A compra da nossa empresa é um novo investimento que os proprietários querem fazer. Peço-lhes que não fiquem especulando quem comprou ou não e evitem comentários com os demais funcionários para não preocupá-los. Não há previsão de corte de pessoal. Obrigado a todos e, se precisarem conversar, estarei à disposição de vocês.

Os funcionários levantaram-se para sair, e Helena permaneceu sentada, aguardando para conversar com Agostinho. Quando ficaram a sós, ela disse:

— Vou providenciar a compra do imóvel e gostaria de pedir transferência para essa filial. Com a venda da nossa empresa, acha que será possível atenderem ao meu pedido?

— Helena, vou tratar disso, mas acredito que só na próxima semana poderei lhe dar uma resposta. Não fiquei surpreso com a venda da empresa. Com a morte do pai do nosso presidente, eu tinha certeza de que ele a venderia. Ele tem negócios fora do Brasil e não tem interesse em manter essa indústria.

— Mas e os funcionários? É possível garantir que não serão demitidos? Alguns dos nossos gerentes estão perto de se aposentar. Acha que eles ficarão tranquilos?

— Com certeza não, mas é algo que não posso controlar. Pretendo fazer o máximo para mantê-los e peço-lhe que, além de cuidar da compra do terreno, faça um levantamento dos funcionários com o máximo de dados que conseguir. Eles não pretendem fechar a empresa, ao contrário. Manterão nosso projeto de abertura da filial, mas não sabemos qual política de pessoal eles adotarão.

— Pode deixar. Quer esses dados para a segunda-feira ou antes?

— Assim que você conseguir. Se for possível, antes, assim eu já vou pensando no que fazer, principalmente com quem está em vias de se aposentar.

— Farei o possível. Se o tempo ficar apertado, vou enviando por e-mail o que estiver pronto, pode ser?

— Sim, Helena. Obrigado.

Carolina ouviu vozes e percebeu que havia outra paciente sendo atendida pela médica. A senhora olhou para ela e disse:

— Desculpe, eu falo alto. Espero não tê-la assustado.

— Não. Apenas achei que só havia meu tratamento hoje.

— Às vezes, ficamos sozinhas; às vezes, ficamos em duas ou três. Tudo depende do dia e do horário. Você é nova aqui?

— Eu nasci aqui, mas fui embora para São Paulo. Voltei agora por causa da doença e estou morando com meus pais. Talvez a senhora os conheça. Minha mãe chama-se Maria Cândida, e meu pai, João Alberto de Andrade.

— Não, pelo nome não. Não moro aqui; sou de Rovena[1], fica aqui perto. Comecei meu tratamento lá, mas fui transferida para cá para fazer a quimioterapia. Não há uma clínica como esta lá, e confesso que o tratamento com a doutora Marcela me animou muito. Sabe, na minha idade, parece que tudo é mais difícil.

— Acho que lidar com a doença é muito difícil. Pareço ser mais jovem, mas estou muito preocupada. Tenho medo dos efeitos colaterais. Eu fazia quimio em São Paulo, e foi um sofrimento.

— Desculpe, eu não me apresentei ainda. Meu nome é Consuelo, e o seu?

— Carolina.

— O tratamento é penoso, mas acredito que vencer a doença caiba a cada um de nós. Você vai conhecer a Ivete, que também faz quimio aqui. Ela é uma jovem de vinte e três anos, que descobriu a doença por causa de uma febre que acreditaram ser motivada por apendicite, mas, quando

---

[1] Cidade fictícia.

fizeram exames mais completos, encontraram o tumor. Ela é alegre e traz essa alegria para todos nós. Você não deve desanimar. Essa é minha quinta sessão, e devo ir até a oitava. Depois, farei novos exames para saber como estou e tenho fé de que estarei curada. A fé é uma das nossas melhores armas para aceitar a doença e também conquistar nossa cura.

— A senhora consegue aceitar a doença?

— Não me trate por senhora, apenas por Consuelo. As doenças existem, e muitas vezes não conseguimos entender por que nos atingem, mas, se deixarmos o sofrimento de lado e lutarmos pela vida, sei que venceremos. E essa vitória nos tornará mais fortes para vivermos nossos sonhos. Meu filho está morando no Canadá, minha nora está grávida, e eu quero conhecer meu neto. Estou lutando para que isso aconteça. Imagine, é meu único filho! Não posso morrer. Preciso viver com saúde para brincar com essa criança, que sei que trará alegria para todos nós.

— A senhora, desculpe, Consuelo, você está certa. Tenho me deixado levar pelo sofrimento, e estou com muita dificuldade para reagir a tudo o que me aconteceu. Meu marido foi embora, e nos separamos porque ele não conseguia conviver comigo quando soube que eu estava com câncer. Abandonei meus projetos e vim morar com meus pais. Tudo agora será um recomeço, e isso está me assustando. Estou horrível. Eu me olho no espelho e não me reconheço.

Vendo que lágrimas desciam pelo rosto de Carolina, Consuelo aconselhou:

— Não tenha medo, você é jovem, vai conseguir. Viva um dia de cada vez e não tenha pressa. Você não voltará a ser a mulher que era antes da cirurgia, pois está nascendo em você uma nova mulher, forte, decidida e capaz de superar qualquer obstáculo. A parte física será reconstituída, você verá. Não se deixe abater. Chorar nos alivia a alma, mas não deixe que a tristeza tome conta da sua vida.

Carolina secou as lágrimas e passou a respirar como a médica havia lhe ensinado. Depois de algum tempo, tornou:

— Consuelo, você tem razão! Preciso reagir. Você me disse algo em que eu ainda não havia pensado. Não serei mais a mesma, mas posso ser outra pessoa.

— Sim, você retomará sua vida. A mama que foi retirada poderá ser reconstituída, os cabelos e as sobrancelhas crescerão naturalmente e sua pele voltará a brilhar. Nesta cidade, há profissionais dedicados a essa reconstituição. Temos aula de maquiagem, acesso a perucas, lenços, uma infinidade de produtos que nos fazem nos sentir melhor, que trazem de volta nossa vaidade e a vontade de ficarmos bonitas. Além do mais, você é muito jovem. Tem tudo o que é preciso para ter uma vida feliz.

— Acha que eu conseguirei? Já tinha ouvido falar de pessoas que ajudam quem tem essa doença a se produzir, a se maquiar, mas não sei a quem procurar.

— Está com seu celular aí? Vou lhe passar o telefone da Iara. Ela vai ajudá-la.

Carolina sorriu e anotou o telefone da pessoa que deveria procurar. Terminando a sessão de quimioterapia, recebeu algumas orientações da médica e deixou a clínica acompanhada da mãe, falando dos conselhos que recebera de Consuelo, sem mencionar, contudo, a conversa sobre os cuidados físicos que a mulher indicara.

CAPÍTULO 8

Alguns dias depois, Carolina foi até a floricultura para usar a sala oferecida por Felipe. Foi recebida por Tadashi, que a acompanhou e lhe explicou que haviam feito uma pequena modificação no cômodo para que ela pudesse ficar à vontade para pintar os quadros que desejasse.

— Obrigada, não queria lhe dar trabalho.

— Não é trabalho algum. Esta sala quase não é usada, e ter alguém aqui aproveitando esse espaço só nos dá prazer. Eu e Felipe reformamos a floricultura, e um de nossos objetivos era ajudar quem se interessasse por jardinagem. Havíamos pensado em usar esse espaço para ensinar o manejo com as plantas a novos jardineiros. A procura pelo trabalho foi pequena, então, tê-la aqui agora mostra que a ideia que tivemos de criá-lo não foi em vão.

— Mesmo eu não aprendendo jardinagem?

Tadashi sorriu e respondeu:

— Você fará mais que isso! Colocará sua arte junto com nosso trabalho, com as flores para encantar as pessoas. Esses arranjos que eu faço são únicos. Se você retratá-los, serão lembrados para sempre. Agora vou deixá-la, pois preciso preparar as mudas que levaremos para a fazenda do seu pai.

Algum tempo depois, Felipe, acompanhado de uma jovem morena, entrou na sala:

— Tadashi, veja quem veio nos visitar... Carolina, eu não sabia que você estava aqui...

Carolina respondeu:

— Você disse que eu poderia vir quando quisesse. Meu material chegou ontem, então, resolvi começar a trabalhar.

— Ótimo. Você gostou da mudança que fizemos?

— Sim, ficou muito boa. Mas você chegou chamando pelo Tadashi e deixou sua visita na porta...

— Desculpe. Iara, entre, por favor. Esta é Carolina, a amiga de que lhe falei. Ela vai pintar os quadros dela aqui neste espaço.

Iara riu do embaraço de Felipe e, sem se intimidar, dirigiu-se a Carolina dizendo:

— Muito prazer! Felipe me falou muito do seu trabalho. Ele doou o quadro "Larissa" para o Centro de Oncologia. Foi lá que eu vi e fiquei encantada com sua arte. Você conseguiu colocar na tela a expressão daquela jovem. Vendo o quadro, parece que a qualquer momento ela dirá alguma coisa para quem está ali admirando-a.

— Obrigada, Iara. Eu geralmente pinto paisagens, mas aquele foi um momento especial.

— Você tem outros quadros?

— Sim, tenho dois que estão na galeria da minha sogra em São Paulo. Vendi outros, mas já faz algum tempo que não retrato nada. Fiquei doente e perdi a vontade de trabalhar com a pintura.

Felipe, que acompanhava o diálogo entre as duas moças, pediu licença para retirar-se, afirmando que traria um suco para elas beberem, uma vez que estava muito calor.

Rindo, Iara comentou:

— Engraçado! Nunca havia visto o Felipe atrapalhado assim.

Como Carolina não respondeu, Iara continuou:

— Conheci o Felipe algum tempo depois que a esposa dele faleceu. Não nasci aqui; vim para cá há alguns anos para fazer um tratamento de quimioterapia, acabei fazendo amigos e não quis voltar para São Paulo. Aqui, a vida é mais tranquila.

— Você trabalha com o quê?

— Sou esteticista e maquiadora. Sabe, quando vi meus cabelos caírem por causa da quimio, decidi que não descuidaria da minha aparência. Eu trabalhava numa indústria como secretária, e, quando fiquei doente, me afastaram. Com o tempo, percebi que não me aceitariam de volta, então, usei o tempo que eu tinha para estudar técnicas de maquiagem e embelezamento da pele. Assim, pude ajudar mulheres que estavam fazendo quimio e outras que sofreram queimaduras, maus-tratos e outras enfermidades.

Nesse momento, Carolina lembrou-se do conselho de Consuelo:

— Então era de você que a Consuelo estava falando?

— Acredito que sim. Consuelo é minha cliente! Nós nos conhecemos há muito tempo. Quando ela falou com você?

— Na minha sessão de quimio, há alguns dias. Eu anotei seu telefone, mas não tive coragem de procurá-la. Não sei por que devo mudar minha aparência... Essa doença acabou comigo, e não vejo o que possa ser feito para melhorar.

— Olha, Carolina, pois eu vejo, e não estou falando isso para conquistar mais uma cliente. Estou dizendo isso porque sei que, quando conseguimos olhar no espelho e ver a mulher em que nos transformamos depois de passar por essa doença, nossa autoestima melhora e o tratamento faz mais efeito. O que não é justo é você simplesmente ignorar a mulher que está dentro de si e desprezar o corpo que recebeu quando nasceu. Somos responsáveis por nosso corpo, por nossa paz interior, por nossa vida. Desistir de viver não nos leva à cura e não é justo para com os dons que recebemos quando nascemos. Estamos aqui para evoluir, não para regredir.

— Você fez quimioterapia e ficou boa?

— Sim, fiz radioterapia primeiro, e depois foram necessárias algumas sessões de quimioterapia. Eu não conheço sua história, mas vou lhe contar a minha. Quem sabe vai ajudá-la. Descobri um tumor no ovário num exame de rotina. O médico me aconselhou a remover e disse que tudo ficaria bem. Ele me tranquilizou. Teria de lidar com os riscos comuns de uma cirurgia, mas tudo ficaria bem. Não foi o que aconteceu. Quando começaram a cirurgia, encontraram outro tumor, e foi necessário retirar meu ovário, meu útero, enfim, fizeram o que chamam de histerectomia. Mesmo com a retirada dos órgãos, a quimioterapia foi necessária. Eu estava sozinha na época. Meus pais já haviam falecido, e eu estava concluindo a faculdade. Como já trabalhava nessa época, não tive problemas financeiros. Havia optado por não me casar antes de estar bem financeiramente, e, por fim, a estabilidade financeira que eu almejava me trouxe até aqui.

"Vendi a casa em que eu morava e comprei uma aqui perto. Foi a melhor coisa que eu fiz. A doutora Marcela cuidou muito bem de mim, e eu conheci o Felipe no centro espírita que frequentamos. Aqui fiz amigos e tenho ajudado as pessoas que precisam de um atendimento especial. Embora tenha sofrido com a doença, descobri uma forma de ter uma vida melhor do que a que eu tinha anteriormente. A doença me ajudou a me encontrar e encontrar prazer e alegria em viver."

— Por que você está parado aí com essa bandeja nas mãos?
— Estou observando a Iara falar com a Carolina.
— A Iara está aqui?
— Sim, chegamos juntos aqui. Ela veio falar com você sobre as orquídeas, eu as apresentei e as deixei conversando. Ontem, encontrei com o senhor João Alberto. Ele me disse que a Carolina fez a primeira sessão de quimio, e, embora não tenha passado mal como das outras vezes, estava muito desanimada.
— Ela gostou da mudança que fizemos na sala. Eu a deixei sozinha para cuidar das mudas da fazenda. Talvez seja melhor irmos até lá, elas estão quietas.
— Tem razão, vamos.
— Meninas, trouxe um suco de laranja feito agora para vocês se refrescarem.

Iara foi a primeira a falar:
— Que ótimo! Estamos precisando. Está quente muito quente.
— Iara, você veio falar comigo sobre as orquídeas?
— Sim, Tadashi. Quero mais duas.
— Venha comigo. Vou lhe mostrar as que chegaram.
— Vou, mas antes preciso falar uma coisa. Carolina, aqui você encontrará amigos, pessoas que sempre nos dirão uma palavra amiga, uma palavra de otimismo. A doutora Marcela atende várias pessoas, e muitas vezes organizamos um café lá na clínica para confraternizarmos. É um encontro de amigos pensado para que passemos algumas horas conversando sobre amenidades e nos esqueçamos de que temos, como dizem, uma "doença ruim". Esses encontros têm feito muito bem ao grupo de pacientes que ela atende. Não deixe de participar do próximo. Você tem meu telefone e pode me procurar quando sentir vontade ou mesmo disposição para ir. Até logo.

Dizendo isso, Iara aproximou-se de Tadashi, e os dois saíram da sala em silêncio. Quando chegaram ao espaço das orquídeas, ele perguntou:
— Você não foi muito dura com ela?
— Não sei, Tadashi. Talvez. Sabe, me incomoda ver uma pessoa jovem, talentosa, se entregar à doença sem lutar e desistir de viver. A vida é um dom precioso. Não podemos desperdiçá-la. Ela não precisa me procurar para que eu tenha mais uma cliente. Há o Flávio, o Kaique, a Nelma, todos se dedicam a auxiliar as pessoas que passam por esses tratamentos agressivos. Ninguém precisa se esconder, se sentir infeliz ou se martirizar

por causa de uma doença. Precisa, no entanto, lutar para tornar-se saudável, por si e também pelas pessoas que convivem com ela.

— Acho que você tem razão. Agora ela vai conversar com o Felipe. Vamos ver como Carolina vai se comportar.

— Desculpe, acabei falando muito pra você também. Vamos ver as orquídeas.

※

— Felipe, você trouxe essa moça aqui para ela me conhecer e tentar me convencer a fazer algum tratamento de beleza? Talvez seja melhor eu ir embora e trabalhar em casa. Você também deve ter vergonha da minha aparência.

Dizendo isso, Carolina começou a guardar o material que havia colocado sobre a mesa de trabalho. Felipe segurou as mãos dela e, olhando em seus olhos, disse:

— Eu jamais faria isso, Carolina. Quando cheguei à floricultura, já encontrei Iara aqui. Não sabia que você estava aqui, e ela veio comprar orquídeas. Quero que saiba que jamais tive vergonha da sua aparência. Você é uma mulher linda; só não quer admitir isso. Está deixando a doença tomar conta de você, e isso é algo que eu e as pessoas que estão à sua volta não queremos. A Iara é muito sensível a esse tipo de problema. Ela passou por muita coisa e lutou muito para chegar onde está. Aqui há vários profissionais dedicados a ajudar quem passa por cirurgias deformantes, queimaduras, quimioterapia e outras doenças que causam deformidades. Eu gosto muito de você, então, por favor, grave o que estou lhe dizendo: quero vê-la bem e sei que você conseguirá vencer essa doença. Miguel não teve coragem de ajudá-la, mas eu estou aqui e estarei sempre que precisar de mim.

Percebendo que Carolina começara a chorar, Felipe abraçou-a e disse com ternura:

— Você é muito importante para mim. A vida nos separou e agora nos uniu novamente. Conte sempre comigo.

Ainda soluçando, Carolina respondeu:

— Felipe, eu não sei o que fazer da minha vida. Tudo tem sido muito difícil. Não encontro forças para superar essa doença, não consigo me olhar no espelho que dirá tentar me maquiar ou qualquer outra coisa. Será que ninguém consegue entender isso?

— Nós entendemos, mas não queremos deixá-la se abater. Você é mais forte que a doença. Vamos dar uma volta! Está perto da hora do almoço. Vou levá-la a um lugar que talvez você não conheça. Pode deixar seu material aqui.

— Está bem. Vou lavar o rosto e já o encontro.

— Vou avisar o Tadashi.

Os dois saíram, e Felipe levou Carolina a um restaurante próximo a uma pequena represa. Enquanto aguardavam uma mesa, ele propôs que andassem pelo jardim e mostrou-lhe uma queda d'água que havia ali. Ela formava um lago, e, como as águas eram límpidas, era possível ver os peixes nadando.

— Que lugar bonito, eu não conhecia. Esses peixes são carpas?

— Sim, o dono do terreno aproveitou a queda d'água para fazer um lago e colocou algumas carpas que logo se reproduziram. O restaurante pertence à família dele. O fundador faleceu e agora os filhos cuidam dessa área e do atendimento às pessoas que vêm aqui. Pescar é proibido, mas muitos vêm apenas para tirar fotografia. Já fizeram até fotos para revistas de moda. É bem popular, mas é necessária a autorização dos proprietários. Você gostaria de pintar essa paisagem?

— Sim, o lugar é maravilhoso. Você acha que eles permitiriam?

— Certamente. Vamos falar com o Fernando, pois é ele quem cuida daqui. Para você não vir sozinha, podemos agendar para o dia em que venho fazer a manutenção dos jardins. O que acha?

— Seria ótimo, mas não quero lhe dar trabalho. Hoje, já o tirei de sua rotina e nem o agradeci ainda. Desculpe-me. A doença e tudo o que tem acontecido me tiraram o chão. Não sei mais como agir.

Segurando as mãos de Carolina, Felipe respondeu:

— Não se preocupe com nada agora nem fique se desculpando. Quero vê-la bem. Vamos almoçar e depois conversaremos com o Fernando. Procure relaxar um pouco, viver um dia de cada vez e não se sinta obrigada a fazer coisas. Tenho certeza de que logo você estará melhor e assumirá sua vida como tem que ser.

— Em São Paulo, me aconselharam a fazer terapia... Achei que conseguiria superar tudo sozinha, mas está cada dia mais difícil.

— A terapia ajuda. Eu fiz durante um tempo e foi muito bom.

— Por que você parou?

— Meu terapeuta adoeceu, e interrompemos as consultas. Comecei a trabalhar com o Tadashi na floricultura e a frequentar o centro espírita, que me ajudou muito, então, não voltei para a terapia. Encontrei o doutor Arnaldo algumas vezes, conversamos e combinamos que eu o procuraria se sentisse necessidade de conversar. O trabalho na floricultura me ajudou muito, e acabei me ocupando com a jardinagem, o que me fez muito bem. Por isso tenho insistido para que volte a pintar, Carolina. Venha a lugares como este em que estamos, pois tenho certeza de que isso vai ajudá-la. E, se resolver fazer terapia, converse com a doutora Marcela. Certamente ela poderá indicar um bom profissional para atendê-la.

— Obrigada, Felipe, você tem razão. Vamos almoçar. Vou conhecer o Fernando e depois ligarei para a doutora Marcela. Preciso recomeçar e me permitir ser auxiliada por todos vocês.

Carolina terminou de falar e sorriu. Felipe, então, abraçou-a e foram juntos para o restaurante. Ele sentiu que, enfim, a moça começava a reagir.

Alguns dias depois.

— Helena, sua transferência foi aprovada, e nossos diretores querem saber quando você pode mudar-se para cuidar da construção e montagem da nova filial. Eu disse a eles que você tem uma filha em idade escolar e talvez não fosse possível sua ida imediata.

— Agostinho, você tem razão. Estamos no fim do ano, e Isabela ainda tem aula. Acredito que poderei me mudar em meados de dezembro. Talvez pudéssemos mandar outra pessoa cuidar do início das obras. Já contrataram a construtora?

— Ainda não. Querem alguém de lá mesmo. Você conhece alguém que possa nos ajudar?

— Conheço. Tenho amigos que residem lá e acredito que não teremos problemas. Vou telefonar para eles e lhe darei um retorno ainda hoje.

— Ótimo! Assim que você tiver essa informação, conversaremos com o doutor Sandro. Ele precisa informar os novos diretores.

— Você sabe quando eles virão aqui assumir a empresa definitivamente?

— Eles estão decidindo quem virá gerenciar. Acredito que, dentro de uma semana ou dez dias, já tenhamos um novo gerente. Logo em seguida, iniciaremos as mudanças.

— Está certo. Vou providenciar o que você precisa.

Helena voltou para sua sala e telefonou para Felipe.

— Felipe, bom dia. Como vai?

— Tudo bem, Helena! E você? Como está a Isabela?

— Estamos bem. Eu conversei ontem com a Carolina, e ela me disse que está pintando quadros inspirada nos arranjos florais do Tadashi.

— Sim, estão fazendo um belo trabalho. Tadashi praticamente decorou o jardim de um cliente nosso, e sua irmã está pintando um quadro inspirada no trabalho dele. Fará muito sucesso.

— Com certeza. Ela precisa seguir em frente, e nada melhor do que trabalhar com arte como ela está fazendo. Posso lhe pedir um favor?

— O que você precisa?

— Minha empresa comprou o terreno do senhor Norio, não sei se você soube.

— Soube. O Tadashi comentou.

— Preciso da indicação de uma construtora para iniciar o trabalho. Serei transferida para essa filial, mas só poderei ir em dezembro. Assim, iniciando o trabalho de construção do galpão que precisaremos para colocar nossas máquinas, ganharemos tempo.

— Há duas construtoras aqui. Vou pegar os telefones e os nomes dos responsáveis. Enviarei hoje ainda para seu e-mail.

— Obrigada, Felipe! E obrigada pelo que tem feito por minha irmã.

— Não precisa me agradecer. Gosto muito da Carolina e quero vê-la bem.

— Ok, até breve.

— Até.

CAPÍTULO 9

— Gabriel, você vai mesmo para o Brasil?
— Vou, Aline.
— Só você decidiu ir?
— Não, dois engenheiros da produção e o doutor Rodrigo irão também.
— Não sabia que ele iria. Rodrigo não tem família aqui?
— Não, ele é solteiro e o pai dele mora no Brasil. Rodrigo veio estudar aqui e, quando recebeu o convite para trabalhar em nossa empresa, acabou ficando. Ele está aqui há cinco anos.
— É bastante tempo.
— E você e o Miguel? Não querem voltar ao Brasil?
— Miguel não quer nem ouvir falar. Você sabe que estamos juntos, então, não vou me transferir enquanto ele quiser ficar aqui.
— E sua família? Você não tem ninguém lá?
— Tenho meus pais e dois irmãos, mas prefiro viver aqui. Não quero voltar. Converso com eles por telefone, por Skype. Estou bem aqui.
— Você é quem sabe. Estou feliz porque vou rever minha mãe. Sinto falta do meu país. Vim pra cá para trabalhar e me aperfeiçoar, mas não me vejo morando aqui definitivamente.
Aproximando-se, Miguel disse:
— Vocês sabiam que a empresa que compramos é onde minha ex-cunhada trabalha?
— Não, como você soube?
— Nosso gerente acabou de me informar. A filial para onde você irá ficará na cidade onde os pais dela moram: Várzea do Leste.

— Por isso você resolveu não ir? — perguntou Aline.

— Você sabe que não. Soube disso agora. Não pretendo voltar ao Brasil.

Gabriel explicou:

— Olha, Miguel, para mim, não faz diferença. Acabei de comentar com a Aline que quero voltar ao meu país, rever minha mãe, os amigos que vivem lá. Além disso, vou trabalhar num empreendimento novo, desenvolver novas técnicas de trabalho e fim.

— É você quem sabe. Aqui teria condições de progredir mais, ganhar mais.

— Há coisas mais importantes do que ganhar mais.

Aline indagou:

— O doutor Rodrigo também vai. Quem vai cuidar da área jurídica?

Gabriel esclareceu:

— Provavelmente o Charles. Eles trabalham juntos.

— Mas ele não é brasileiro. Como faremos se tivermos algum problema para resolver no Brasil? — questionou Aline.

— Ele trabalha com o doutor Rodrigo. Naturalmente, está familiarizado com a legislação brasileira. Acredito que não haverá problema. De qualquer forma, vocês podem conversar com nosso gerente. Ele certamente dará as orientações necessárias, e, agora, se me dão licença, preciso terminar os relatórios que estou fazendo. Tenho de entregá-los no fim da tarde.

Quando ele se afastou, Aline comentou:

— Por que será que o doutor Rodrigo resolveu ir para filial do Brasil? Ele mora aqui há muito tempo.

— Não faço ideia. Depois conversaremos com nosso gerente e saberemos como ficará o atendimento jurídico. Por enquanto, não precisamos nos preocupar com nada, só com o trabalho e os passeios que quero fazer aqui. Falando nisso, consegui as entradas daquele show a que você queria assistir.

— Que ótimo! Quando iremos?

— Amanhã. Consegui bons lugares e, por favor, não quero falar em mudança para o Brasil, combinado?

— Combinado, Miguel. Como você quiser.

Algum tempo depois.

— Mamãe, nós iremos para a casa da vovó amanhã?
— Sim, filha. Você está contente?
— Mas e nossa casa, minha cama, meus brinquedos?
Helena sentou-se ao lado da filha e disse:
— Isabela, a mamãe vai trabalhar em uma nova empresa, então ficaremos uns dias na casa da vovó. Assim que eu alugar uma casa, viremos buscar todas as nossas coisas e as levaremos para lá. Você passará as férias com seus avós, depois irá para uma nova escola e terá novos amigos. Talvez seja difícil no início, mas tenho certeza de que, com o tempo, você estará tão bem lá como está aqui.
— Vou sentir saudade dos meus amigos. Eles podem me visitar? Você fala com a mãe da Carmem e da Célia?
— Claro, filha. Falarei com elas, e vocês poderão conversar por telefone sempre que quiserem.
— Será que elas não vão me esquecer?
— Os amigos nunca esquecem uns dos outros, mesmo que fiquem afastados. Felipe e Tadashi, por exemplo, eram meus amigos quando éramos jovens como você. Quando passamos alguns dias na vovó em outubro, você viu que eles não se esqueceram de mim nem da tia Carolina?
— Sim, mamãe. Será que meu ipê já cresceu?
Rindo, Helena respondeu:
— Não sei, veremos amanhã. Agora, mocinha, para cama! Levantaremos cedo.

Helena e Isabela chegaram à fazenda próximo ao horário do almoço. A garota desceu do carro, beijou a avó e correu em busca do avô, que estava no jardim.
— Vovô?
— Oi, minha querida! Já chegaram! Cadê sua mãe?
— Ela está tirando as malas do carro. A vovó está com ela.
— Então, precisamos ajudá-las.
— Não, vô. Primeiro, quero ver minha árvore.
— Venha comigo. Está aqui, olhe.
Isabela olhou para a pequena árvore, que fora plantada recentemente:
— Vô, não parece uma árvore. É muito pequena.
Rindo, ele respondeu:

— Ela é uma muda, querida. Uma planta bebê, para você compreender. Com o tempo e os cuidados que daremos a ela, se transformará numa bela árvore.

— Como a da mamãe?

— Sim, só que com flores brancas.

— Ah! Entendi.

— Vamos lá para dentro agora? Quero ver sua mãe.

Logo depois, João Alberto abraçou a filha e disse rindo:

— A Isabela achou que a árvore dela estaria do tamanho da sua.

— Ela veio falando o caminho todo sobre isso. O jardim já está pronto?

— Sim, e vocês tinham razão: o ipê-rosa estava precisando de tratamento correto.

— Que bom, papai. E a Carolina?

— Ela tem ido todos os dias à floricultura do Felipe. Eles praticamente montaram um estúdio para sua irmã lá. Você já tirou tudo do carro?

— Sim, só faltava essa bolsa. Vamos entrar.

— Mamãe, eu vi meu ipê. Ele ainda é um bebê, mas vai crescer e ficar igual à sua árvore.

Abraçando a filha, ela disse:

— Vai, sim. Você precisa cuidar bem dela.

— Vou cuidar, mamãe.

— Agora vá lavar as mãos, pois a vovó já está nos chamando para almoçar.

— Mãe, a Carolina não virá almoçar?

— Não, Helena. Hoje ela está no Mirante pintando a queda d'água. Se você quiser, podemos ir até lá depois do almoço. É um bom passeio.

— E como ela está?

— Está bem melhor. Acorda cedo, faz caminhada e, depois do café, vai para a floricultura, almoça na cidade e vem para casa à tarde. Está participando de alguns encontros organizados por uma moça chamada Iara. Você vai conhecê-la. As duas tiveram um começo meio difícil, mas se tornaram amigas.

— Vir para cá fez bem pra ela.

— Sim. Não sei o que você vai pensar, mas uma vez por semana ela vai ao centro espírita com o Felipe.

— O que eu poderia pensar? Se faz bem a ela, por que ela não deveria ir?

— Você não se importa?
— Mamãe, por que eu me importaria? Nunca tive a oportunidade de ir a um centro espírita, mas conheci pessoas que frequentavam e trabalhavam num centro que há em São Paulo. Você foi com ela?
— Não. Não consigo aceitar bem essa história de reencarnação.
— Mamãe, não é uma questão de aceitar e sim de conhecer a doutrina espírita. Com nossa mudança para cá, quero estudar a doutrina e, se for possível, ir com Carolina ao centro. Conheço pessoas que conseguiram apoio psicológico e sei de muitos trabalhos que são feitos para ajudar os mais necessitados.
— Está bem. vamos almoçar, e outra hora conversaremos sobre isso.
Como combinado, Helena, Cândida e Isabela foram ao Mirante encontrar Carolina. Isabela foi a primeira a vê-la:
— Mamãe, aquela é a tia Carolina?
— É, filha. Ela está diferente. Vamos lá cumprimentá-la.
Carolina, atenta à pintura que estava fazendo, não percebeu a chegada das três. Não querendo assustá-la, elas aguardaram olhando a paisagem. Isabela observava tudo encantada.
— Mãe, como é bonito aqui. Será que podemos vir aqui nadar?
— Não sei, filha. Precisamos perguntar para sua tia. Ela deve conhecer o dono desse restaurante.
Carolina, ouvindo vozes familiares, parou o que estava fazendo e disse surpresa:
— Vocês estão aqui! Por que não me chamaram?
Helena respondeu:
— Ficamos com receio de assustá-la, e a Isabela está tão encantada com a paisagem que ficamos aqui observando esse lugar, que é realmente lindo. Mamãe, por que nunca viemos aqui?
Cândida explicou:
— Quando vocês viviam aqui, este lugar não tinha essa estrutura. Havia a queda d'água, mas era difícil andar por aqui. Acho que a Carolina sabe explicar melhor que eu.
— Tia, podemos nadar aqui?
Abraçando a sobrinha, ela respondeu:
— Infelizmente, não, querida. A lagoa é funda, e tudo aqui é parte do restaurante. Se todos que viessem aqui decidissem nadar, não teríamos toda essa tranquilidade. Quem vem almoçar aqui pode andar, pois há uma trilha ali embaixo. Dá pra chegar perto da lagoa e ver os peixes, mas é só.

Helena argumentou:

— É um lugar muito bem cuidado. Faz tempo que você está pintando aqui?

— Venho uma vez por semana. Costumo vir às sextas-feiras, mas ontem eu tive um encontro com o pessoal da quimio, então, decidi vir hoje. Achei que vocês chegariam no fim da tarde. Vou guardar meu material de pintura, e podemos ir para casa.

— Quem a trouxe?

— Hoje eu vim de táxi. Ah, ali está o Fernando. Venham. Vou apresentá-las a ele.

Fernando aproximou-se e perguntou se Carolina precisava de ajuda com o material.

— Não, Fernando. Minha irmã está aqui. Vou para casa com ela, mas, antes, vou apresentá-las: minha irmã Helena, minha sobrinha Isabela e minha mãe Maria Cândida.

Maria Cândida comentou:

— Você fez um belo trabalho aqui. Eu lembro que era um terreno íngreme.

Fernando explicou:

— Sim e com várias restrições do pessoal do meio ambiente. Herdei esta área, e era difícil construir um prédio ou um comércio porque se trata de uma área de preservação, então, pensei no restaurante. Poderíamos arrumar, digamos assim, o entorno da queda d'água e aproveitar a outra parte do terreno para montar um negócio rentável. Fizemos um trabalho em conjunto, que atendeu às minhas necessidades e às do município. Vocês gostariam de tomar um suco ou um refrigerante?

Cândida respondeu:

— Não, Fernando. Está ficando tarde, e eu preciso ir para casa. Mas vou falar com João Alberto para virmos almoçar aqui no domingo. O que vocês acham?

Todas concordaram e se despediram garantindo que voltariam no dia seguinte.

No carro, Helena comentou:

— Carolina, você está bem-disposta, com uma cor boa! Como está se sentindo?

— Estou bem, o tratamento está indo bem. Não tenho tido tantos problemas como nas primeiras sessões de quimio, e o grupo de apoio tem me ajudado muito.

— Grupo de apoio?

— Sim, somos em cinco mulheres, de idades, vidas e, lógico, histórias diferentes. A doutora Marcela nos incentiva a esse convívio, pois a troca de experiências é muito rica. Conheci uma moça, a Iara, que não me causou uma boa impressão na primeira vez em que nos vimos, mas, depois de uma conversa que tive com o Felipe e de um segundo encontro que ocorreu na clínica, consegui entender o que ela queria.

— Como assim?

— Iara trabalhava numa grande empresa quando descobriu um tumor. Foi um tratamento complicado, e ela acabou deixando o trabalho. Depois disso, se mudou para cá e decidiu que viver era mais importante. Ela fez cursos de maquiagem e passou a fornecer perucas, lenços, enfim, tudo o que pudesse ajudar a melhorar a aparência e, em consequência, a autoestima de quem estivesse passando por um momento tão difícil. Meu começo com ela foi ruim, porque você se lembra de como eu estava deprimida. Mas depois comecei a perceber que Iara tinha razão e cheguei à conclusão de que ninguém iria ficar perto de mim se eu continuasse me lamentando. Então, decidi fazer terapia, cuidar da minha aparência, voltar a pintar e comecei a frequentar o centro espírita daqui. Felipe me convidou para assistir a uma palestra, e lá fui muito bem recebida. Fiz uma entrevista, em que me explicaram como são os trabalhos, e passei a ir toda semana ao centro. Tenho me sentido muito bem.

— Minha irmã, estou muito feliz ouvindo-a. Por que não me contou nada disso quando conversamos por telefone?

— Queria lhe fazer uma surpresa quando me visse! O que você achou da minha aparência?

— Está muito boa! Olha, preciso conhecer essa moça. Quando chegamos ao Mirante, a Isabela espantou-se ao vê-la. Você está muito bem.

Cândida, que estava ouvindo as filhas conversarem, disse:

— Helena, a Isabela dormiu.

— Mãe, ela está cansada da viagem. Já estamos chegando.

Capítulo 10

Helena acomodou a filha num dos quartos da casa e foi procurar a irmã. Encontrou-a na cozinha com a mãe, que, dizendo estar cansada, deixou as filhas conversando.

— Vou descansar um pouco até a hora do jantar. Vocês precisam de alguma coisa?

Carolina respondeu:

— Não, mamãe. Vá descansar. Mais tarde, nós cuidaremos do jantar.

Depois que a mãe se retirou, Helena perguntou:

— Carolina, agora me conte em detalhes. O que a fez mudar tanto em tão pouco tempo?

— Quando conheci a doutora Marcela, ela me disse de forma bastante enérgica que só trataria do meu caso se eu quisesse lutar pela vida. Concordei, mas tinha muitas dúvidas por causa do tratamento anterior que eu havia feito em São Paulo. Relutei em receber ajuda de um psicólogo, quando Matilde pediu que eu consultasse um. Enfim, eu não seguia nenhum conselho. Não tinha forças. Entende?

— Sim, continue.

— Aqui, com a ajuda do Felipe, consegui chorar, coisa que não fazia na frente de Matilde. Ele me fez ver que eu estava sendo injusta comigo. Quando fiz a primeira sessão de quimio, conheci uma senhora chamada Consuelo, que me contou que estava lutando contra a doença porque deseja conhecer o neto. O filho trabalha no Canadá, e a esposa dele está grávida. Não perguntei, mas ela deve ter o dobro da minha idade. Depois, conheci Iara, que foi dura comigo. Cheguei a ser grosseira com o Felipe, porque ele nos apresentou e acabamos discutindo.

"Quando cheguei em casa, tentei entender por que todos falavam pra eu me aceitar, cuidar da minha aparência, voltar a pintar, quando eu tinha certeza de que morreria por causa dessa doença. Chorei muito nesse dia. Nossos pais não estavam em casa, então, não sabem o que aconteceu. Quando consegui me acalmar, fiz um movimento com o braço e derrubei aquela caixinha de joias que Miguel me deu quando nos conhecemos. Ao me abaixar para pegar as coisas que tinham caído, encontrei uma medalha que havíamos ganhado quando fizemos a primeira comunhão, lembra? De um lado, havia um anjo e do outro, Nossa Senhora Aparecida."

— Lembro. Guardei a minha para dar a Isabela.

— Então, parei de chorar, rezei e pedi a ela que me mostrasse um caminho a seguir. Que me desse coragem para seguir em frente e força para lutar. Isso foi me acalmando e acabei dormindo segurando a medalha. Acordei duas horas depois, quando a mamãe veio aqui no quarto falar comigo. Ela se desculpou por ter me acordado, e eu respondi que não tinha problema, que me levantaria em seguida, e assim o fiz. Coloquei a medalha numa corrente que uso habitualmente, tomei um banho e não comentei nada para não preocupar nossos pais. No dia seguinte, levantei me sentindo melhor, abri a janela, e fazia um dia lindo. Felipe e Tadashi estavam trabalhando no jardim. Fui até lá me desculpar com eles pelo meu comportamento.

"Felipe foi muito gentil, disse que eu não me preocupasse e repetiu que o convite para trabalhar na floricultura estava de pé. Agradeci e decidi procurar Iara. Marquei um horário com ela, e essa foi uma das melhores coisas que fiz por mim. Ela me mostrou como fazer uma maquiagem leve, usar lenços ou uma peruca, como eu preferisse. Fomos à loja de uma conhecida dela, comprei roupas novas, enfim, cuidei de mim como não fazia há um ano, talvez um pouco mais. Passamos na floricultura, e, após receber elogios de Felipe, ouvi ele combinar com a Iara de irem o centro espírita para assistirem a uma palestra. Perguntei se poderia ir junto e fui prontamente atendida. Lá passei por uma entrevista, contei minha história e fui aconselhada a receber os passes de cura. Então, uma vez por semana, vou até lá com eles, assisto a uma palestra e depois recebo o passe. É um ambiente muito agradável, e as pessoas que trabalham lá são muito atenciosas. Me senti muito bem. Voltei a pintar e estou aprendendo a fazer ikebana[2] com o Tadashi."

Abraçando Carolina, Helena disse:

---

2 Técnica japonesa para montar vasos de flores.

— Minha irmã, estou muito orgulhosa de você. Eu tinha certeza de que você conseguiria superar essa fase. São ótimas notícias. Gostaria de conhecer Iara e frequentar o centro espírita. Você acha que é possível?

— Sim, vamos juntas. Depois que comecei a receber os passes, tenho me sentido bem melhor. Não deixo de agradecer toda noite à Nossa Senhora Aparecida, pois acredito que de alguma forma ela me guiou para esse caminho. Ainda tenho duas sessões de quimio pela frente, alguns exames, e, aí, saberei se estou livre ou não dessa doença. Estou confiante.

— Você vencerá! Tenho certeza disso. Você contou para Matilde?

— Sim, ela esteve aqui há uns quinze dias. Levou uma tela que estava pronta e me trouxe o pagamento das duas telas que foram vendidas. Ela disse que aconteceu uma situação engraçada. Que acordou um dia pensando em mim, nas telas que estavam na galeria e, chegando lá, decidiu mudá-las de lugar. Algum tempo depois, entrou em casal que estava passeando em São Paulo e tinha decidido visitar a galeria. Eles se encantaram com meus quadros e compraram os dois. Ela me telefonou eufórica, porque esses quadros estavam expostos havia meses e ninguém reparava neles. O mais interessante é que isso aconteceu dois dias depois de eu ter feito a oração. Será que foi apenas uma coincidência?

— É, minha irmã, como dizia Shakespeare: "Há mais mistérios entre o céu e a terra do que a vã filosofia dos homens possa imaginar".

— Isso mesmo. Estou com fome! O que acha de fazermos um lanche?

— Boa ideia. Vou acordar a Isabela. Ela já dormiu um bom tempo.

— Vou preparar tudo enquanto você cuida dela.

⇾⊁⇽

Gabriel e Rodrigo encontraram-se no aeroporto, pois viajariam juntos.

— Rodrigo, você também irá à empresa na terça-feira?

— Sim, dará tempo de descansarmos da viagem. O prédio da filial já está pronto? — perguntou Rodrigo.

— Está bem adiantado. Eu ficarei em São Paulo para conhecer o pessoal e acompanhar a compra do maquinário. Por que você está viajando agora?

— Eles me ofereceram um cargo no jurídico. Ficarei um tempo na matriz e depois também irei para a filial. Preciso me atualizar da legislação brasileira, pois muita coisa mudou. Esse tempo será bom para providenciar uma casa ou um apartamento. Não pretendo ficar morando em hotel.

— Você conhece a cidade para onde vamos?

— Só de nome, pois nunca estive lá. Pesquisei hotéis e pousadas. Há uns lugares bem simpáticos lá.

— Eu fiz a mesma coisa. Em São Paulo, ficarei com minha mãe e depois verei o que fazer. Miguel me disse que a ex-cunhada dele trabalha na empresa, você sabia disso?

— Ele deve estar falando de Helena Andrade, que trabalha no departamento administrativo e intermediou a compra do terreno onde a filial está sendo construída.

— Rodrigo, a família dela mora lá e a ex-mulher do Miguel também.

— Eu pensei nisso. Miguel me disse que eles se separaram e que a ex-esposa havia mudado para a casa dos pais para dar continuidade ao tratamento. — Rodrigo tornou.

— Será que é por isso que ele recusou a oferta de voltar ao Brasil? — perguntou Gabriel.

— Não sei. Ele conversou comigo quando tratamos da separação, mas depois não tocou mais no nome dela. Ele é muito fechado, e eu não quis invadir a intimidade deles.

— No lugar dele virão dois engenheiros da produção, o Altair e o Dantas. Dantas foi o primeiro a pedir transferência, pois a esposa dele está grávida e a mãe dele mora em Rovena, uma cidadezinha que fica bem próxima da nossa fábrica.

— Ela poderá viajar?

— Sim, pois já fez exames, e constataram que a gravidez está caminhando bem. Mas, se houver alguma demora, eles irão depois do nascimento do bebê.

— Estão chamando nosso voo. Vamos embarcar.

⊱❦⊰

Algumas horas depois.

— Gabriel, que surpresa! Por que não me avisou que viria? — perguntou Aurora, a mãe do rapaz.

— Para fazer uma surpresa para a senhora. Agora, me dê um abraço.

— Ah, meu filho! Que bom tê-lo de volta!

— Agora, ficarei aqui com a senhora, e poderemos matar a saudade.

— Mas, venha. Matilde, veja quem chegou!

— Gabriel, quanto tempo! Sua mãe tinha acabado de me contar que você tinha sido transferido para o Brasil.

O jovem abraçou-a e disse:

— O trabalho que estávamos fazendo era muito bom, a cidade era encantadora, mas voltar ao Brasil não tem comparação. Quando me perguntaram se eu queria voltar, não pensei duas vezes.

Aurora perguntou:

— Veio só você?

— Não, mãe. Eu, Rodrigo, nosso advogado, dois engenheiros, o Altair e o Dantas, voltamos ao Brasil.

Matilde perguntou:

— Não convidaram Miguel para voltar?

— Convidaram, mas ele não quis vir, dona Matilde. Ele disse que está bem colocado lá e que deseja ficar mais algum tempo. Da nossa turma, ele era o mais novo na matriz.

Aurora e Gabriel perceberam que Matilde se entristeceu, e o rapaz argumentou:

— Dona Matilde, não fique assim. Miguel ainda tem muito que aprender sobre o relacionamento com as pessoas. O que aconteceu com a Carolina mexeu muito com ele. Talvez a distância o ajude a compreender que tudo que nos acontece tem um propósito, e cabe a nós aguardar. A senhora sabe que a vida coloca tudo em seu devido lugar.

— Você tem razão. Interessante que sua mãe me disse a mesma coisa ainda há pouco. Ainda tenho dificuldade para entender como uma pessoa pode dizer que ama outra, mas, quando ela adoece, se afasta, vai embora e não cuida daquela a quem diz amar.

Aurora explicou:

— Não vamos julgá-lo, Matilde. Como costumo dizer, Deus sabe o que faz. Confiemos, então, em sua infinita bondade e vamos dar tempo ao tempo.

Gabriel completou:

— Isso mesmo, mãe. Agora, se me dão licença, vou tomar um banho. Mamãe, gostaria muito de comer sua comida.

Rindo, Aurora respondeu:

— Vá, meu filho. Vou fazer aquela macarronada de que você gosta. Quer ajuda com as malas?

— Não, eu cuido delas. Pode ficar tranquila.

— Matilde, você ficou triste.

— Aurora, será que algum dia verei meu filho novamente?

— Você tem falado com ele?

— Por telefone, em conversas rápidas, mas não é o mesmo que estar junto, poder abraçar, conversar olhando no olho, entende o que quero dizer? Não acredito que meu filho seja feliz.

— Matilde, não fique assim. O tempo mostrará a Miguel e a nós o porquê dessa separação. Agora venha comigo. Vou fazer uma macarronada e, se você não se importar, gostaria que fizesse aquela salada verde que só você consegue temperar como eu gosto.

— Você tem razão! Seu filho chegou, e isso é motivo de alegria. Vamos preparar uma refeição. Que tal abrirmos um vinho?

— Ótima ideia, minha amiga.

— Papai, cheguei. Onde você está?

— Que alegria vê-lo, Rodrigo! Por que não me telefonou? Eu teria ido ao aeroporto.

— Não quis lhe dar trabalho, pai. Dividi um táxi com o Gabriel. Mas me deixe lhe dar um abraço!

— Meu filho, que bom tê-lo aqui novamente! Ficará aqui comigo ou voltará para o Canadá?

— Ficarei aqui em São Paulo até a filial ser inaugurada. Depois, devo organizar o departamento jurídico lá, e aí veremos. Não sei se precisarei morar no interior. Lá há algumas pousadas, e acredito que poderei me adaptar. E, se houver necessidade de me mudar para lá, o que acha de morar comigo, pai?

— Não sei, filho. Moro nesta casa desde que me casei com sua mãe e não sei se me acostumaria a viver em outro lugar. Se ela estivesse viva, seria diferente.

Notando a tristeza nos olhos do pai, Rodrigo disse:

— Papai, você sabe que a morte não é o fim de tudo. Cadê aquele homem que me ensinou que a vida continua, que todos temos uma missão aqui na Terra e que poderemos nos encontrar em outra dimensão?

— Ah, meu filho! Há momentos em que me sinto muito sozinho... Não estou reclamando, pois sei que a vida continua e que sua mãe deve estar muito bem. Ela era uma mulher boníssima. Acho que estou envelhecendo e que a solidão está mexendo comigo. Só isso... Mas não falemos de tristeza! Você está aqui, ficará um tempo comigo, então, não estarei mais sozinho.

— Não mesmo, papai. Não pretendo voltar ao Canadá. Vou me estabelecer aqui. Quem sabe não encontro uma bela garota e lhe dou um neto?

Rindo, Daniel respondeu:

— Meu filho, nada me daria mais alegria. Quer descansar um pouco? Eu não estava esperando-o, mas podemos sair para jantar ou pedir uma comida. O que prefere?

— Que tal comermos uma pizza? Poderia pedir, enquanto tomo um banho, pai? Preciso me organizar com o fuso horário daqui.

— Vá, meu filho. Vou providenciar a pizza e um vinho para comemorar sua volta.

Capítulo 11

Enquanto estava morando com os pais, Helena empenhou-se nos trabalhos de construção do galpão da empresa. O maquinário viria de São Paulo e, em breve, seria instalado. Ela estava tranquila, porque a construtora que contratara concluíra toda a obra no prazo de dois meses como a matriz planejara. Josué, o responsável pelos operários, ofereceu-se para ajudá-la.

— Senhora Helena, quem virá trazer as máquinas e fazer a montagem?

— O pessoal da nossa matriz. Estou em contato com duas agências de emprego daqui. Consegui contratar funcionários para trabalhar conosco.

— Se precisar de ajuda para descarregar algum equipamento, posso dispor de alguns operários. Terminamos aqui, e só começarei outra construção dentro de quinze dias, então, estou com pessoal desocupado.

— Seria ótimo, Josué. Amanhã, meu gerente estará aqui com os engenheiros que conduzirão a fábrica. Depois de conversar com eles, falarei com você. Agradeço sua oferta. Parabéns pelo trabalho. Vocês fizeram tudo dentro do cronograma que traçamos, e não tivemos imprevistos que paralisassem a obra. Foi muito bom trabalhar com vocês.

— Eu que agradeço pela oportunidade de trabalhar com a senhora. Estávamos precisando de uma obra assim para alavancar os negócios. Fico à sua disposição. Amanhã, darei folga para o pessoal, mas estarei no escritório. Se precisar, é só me telefonar.

— Combinado! E, mais uma vez, muito obrigada pelo trabalho que vocês fizeram.

— Gabriel, você irá para a filial amanhã?
— Sim, Rodrigo. Agostinho vai nos levar para conhecer as novas instalações.
— Posso ir com vocês? Tenho conversado por telefone com Helena, e ela está fazendo algumas contratações. Quero acompanhar o trabalho dela.
— Vamos. Agostinho irá com o carro dele e eu irei com o meu. Ele quer voltar amanhã mesmo, mas eu terei de ficar. Os equipamentos chegarão, e eu quero acompanhar a montagem e instalação. Helena me disse que está tudo dentro do cronograma que fizemos.
— Sim, e como passou rápido! Irei com você. Ainda estou sem carro e vou aproveitar para conhecer a cidade. Onde nos encontraremos?
— Você precisa passar na empresa? Se não precisar, posso buscá-lo em sua casa. Quero sair cedo. Se possível, às sete horas da manhã.
— Perfeito! Vou esperá-lo. Preciso levar um material pra lá.
— Ótimo! Então, até amanhã.
— Até.

※※※

— Helena? É Agostinho. Tudo bem?
— Tudo bem, e com você?
— Tudo em ordem. Amanhã, irei para aí com o Gabriel e o doutor Rodrigo. Você já foi apresentada a eles?
— Não pessoalmente, mas temos conversado por telefone.
— Os móveis dos escritórios já chegaram?
— Sim, mas os montadores virão amanhã. Achei que vocês viriam na outra semana.
— Foi preciso adiantar a nossa ida. Há alguma sala que possamos usar?
— Sim, mas montagem sempre envolve barulho. Usaremos o espaço reservado ao refeitório. Tenho só o pessoal da limpeza e da portaria almoçando aqui para organizar os horários.
— Está bem, como você resolver. Deveremos chegar aí na hora do almoço.
— Espero-os aqui, então. Até amanhã.
— Até amanhã, Helena.
Helena procurou o responsável pelo pessoal contratado e acertou com ele o horário que precisaria do refeitório.

— Não haverá problema, dona Helena. Calculo que a senhora os levará para almoçar fora daqui.

— Sim, precisaremos do refeitório em ordem por volta da uma ou duas horas da tarde no máximo.

— Combinarei com o pessoal. Almoçaremos um pouco mais cedo, assim, por volta da uma da tarde o refeitório estará em ordem. A senhora quer que eu providencie café ou algum lanche?

— Seria ótimo. Poderia cuidar disso pra mim?

— Claro. Deixarei tudo em ordem.

— Obrigada. O pessoal da montagem virá amanhã, e não conseguiremos conversar se eles estiverem usando furadeira, martelo e outras ferramentas.

— Não se preocupe, dona Helena. Eu organizarei o refeitório e, quando a senhora estiver fora, acompanharei o trabalho dos montadores. O pessoal da limpeza virá amanhã, então, à medida que terminarem a montagem, começaremos a limpar e organizar as salas.

※※

No dia seguinte...

— Helena, como vai?

— Tudo bem, Agostinho? Fez boa viagem?

— Sim, saí bem cedo porque quero voltar hoje.

— Mas você veio sozinho?

— Gabriel e Rodrigo chegarão perto da hora do almoço. Vamos trabalhar aqui na sua sala?

— Por enquanto, sim. Depois do almoço, iremos para o refeitório. Lá, nós teremos mais espaço e não seremos incomodados com o barulho da montagem dos móveis. Mas venha! Vou lhe mostrar o galpão e as outras instalações. O pessoal da construtora trabalhou muito bem.

※※

Carolina acordou cedo para pegar o resultado do primeiro exame realizado depois da última sessão de quimioterapia.

— Filha, você quer que eu a acompanhe?

— Não, mamãe, estou confiante. Além do mais, a senhora está cuidando da Isabela.

94

— Cuidar da Isabela não é desculpa para não acompanhá-la. Ela está muito bem com seu pai. Essa garota foi uma bênção pra nós. Tornou-se uma companheira inestimável para ele.

— Helena me disse que está procurando um apartamento. Ela já conversou com você?

— Sim, e eu respondi que não havia pressa. Ela está ocupada com a montagem da empresa. Hoje, estarão aqui o chefe dela e duas outras pessoas que vieram do Canadá para trabalhar aqui.

— Do Canadá? Tem alguma coisa a ver com a empresa onde o Miguel trabalha?

— Não sei bem, querida, pois não conversei sobre isso com ela. Confesso que nem lembrei que o Miguel vive lá agora. Sei que um deles é advogado e o outro é engenheiro, mas não faço ideia de quem sejam.

— Depois, eu falarei com ela. Agora, vou me arrumar para ir ao consultório e mais tarde devo passar na floricultura. Preciso terminar uns arranjos que o Tadashi me ensinou.

— Está certo, filha, mas não deixe de me telefonar! Senão irei até lá para saber o resultado do exame!

Rindo, Carolina respondeu:

— Fique tranquila, mamãe. Eu telefonarei para a senhora.

— Felipe, você está me ouvindo?

— Desculpe, Tadashi. O que você disse?

— O que você tem hoje?

— Hoje, Carolina pegará o resultado do exame de sangue que foi feito depois da última sessão de quimio. Confesso que estou ansioso.

— Você vai acompanhá-la?

— Não, ela virá aqui depois da consulta. Mas o que você disse?

— Disse que precisamos comprar mais algumas orquídeas e que as rosas e os lírios chegaram. Preciso de ajuda para colocar as flores no barracão.

— Então, vamos! Assim eu paro de pensar na Carolina e estarei livre quando ela chegar. Hoje não tem nenhum orçamento para fazer?

Rindo, Tadashi explicou:

— Tem dois apenas, mas pode deixar que eu mesmo faço. Só me ajude a acomodar essas flores.

— Obrigado. Você é um amigo.

— Quando você vai falar com ela?

— Falar o quê?

— Como falar o quê, Felipe? Você é louco por ela.

— Você tem razão, mas ainda não tive coragem. Tenho medo de que ela não me aceite. Não sei se ela já esqueceu o Miguel.

— Como você mesmo disse um tempo atrás, correr o risco de levar um não é melhor do que ficar sofrendo. Então, o que está esperando?

— Tem razão. Tentarei falar com ela hoje. Você está certo. E, por falar nisso, você não falou mais sobre a Helena.

— A Helena só me vê como amigo, e não quero estragar nossa amizade. É diferente da maneira como a Carolina o trata. Acho que a volta dela me trouxe as lembranças de quando éramos adolescentes. O tempo passou, e eu mantive esse sentimento no meu coração. Preciso seguir em frente. Perdi muito tempo esperando e não quero constrangê-la. Ela sabe que não me casei com a Terumi por causa desse sentimento.

— É, Tadashi... o tempo é o melhor remédio para nos mostrar o caminho que devemos seguir.

— Sim, o tempo e a vida. A vida coloca tudo em seu lugar, só precisamos saber enxergar e acreditar que podemos ser felizes. Se eu não tivesse ficado tão preocupado com os desejos da minha mãe e tivesse me desligado desse sentimento que eu tinha pela Helena, talvez já estivesse casado e com filhos. Pelo menos agora tenho certeza do que quero fazer, e meu pai me liberou da promessa que eu fiz à minha mãe.

— Que bom, meu amigo. Tenho certeza de que você encontrará alguém que o fará muito feliz.

Os dois amigos continuaram a conversar enquanto trabalhavam com as flores.

※=※

Helena mostrou a Agostinho a construção do galpão onde ficaria a parte fabril, depois o refeitório e a área do jardim, onde estavam os ipês.

— Vocês aproveitaram a casa que havia aqui para fazer o refeitório?

— Sim, o engenheiro garantiu que a construção estava em bom estado, fez as reformas necessárias, assim, conseguimos montar o refeitório sem derrubarmos a antiga construção. Também não foi necessário mexer no jardim que fica bem em frente à porta do refeitório.

— Ficou ótimo. E o senhor que vem fazer a manutenção?

— O senhor Norio ficou contente por não termos derrubado a casa. Ele passou a infância dele e parte da do filho aqui. Ele virá aqui na semana que vem para cuidar do jardim. Quando a fábrica estiver funcionando, orientaremos os empregados a cuidarem das árvores. É ele quem mantém a tradição de doar uma muda de ipê para cada criança que nasce aqui.

— Interessante isso. E as pessoas recebem essas mudas e cuidam delas como se deve?

— Algumas, sim. Outras, contudo, explicam que não há espaço. Com a construção de condomínios, os apartamentos estão cada vez menores, e não dá pra plantar uma árvore. Ele não se aborrece com quem recusa o presente, pois entende a necessidade de cada um. Há um condomínio que será inaugurado dentro de dois meses, e a construtora plantará ipês no jardim e na calçada. As mudas serão fornecidas por ele.

— E você já se instalou?

— Ainda não. Comprei um apartamento nesse condomínio e, por enquanto, estou morando com meus pais. Vendi o apartamento em São Paulo e trouxe parte das minhas coisas pra cá. Os móveis eram embutidos, então ficaram lá mesmo. Quando me entregarem o apartamento, eu verei o que fazer.

— E sua filha?

— Está muito bem. Ajuda meu pai na fazenda, já fez alguns amigos e se adaptou bem à escola. Sinceramente, a vida está mais fácil aqui do que em São Paulo. Além do mais, consigo passar mais tempo com ela. Não perco tempo no trânsito. Foi muito bom ter vindo para cá.

— Rodrigo e Gabriel ficarão aqui? Será fácil hospedá-los?

— Sim, aqui há duas pousadas muito boas. Acho que eles vão gostar. Os dois ficarão aqui definitivamente?

— Gabriel sim, mas, como Rodrigo é do jurídico, acredito que não. Ele deverá ficar em São Paulo e vir aqui apenas quando for necessário.

Logo que retornaram para a área do escritório, Helena foi informada da chegada dos funcionários da matriz. Ela e Agostinho foram recebê-los, e ele fez as apresentações. Como estava se aproximando do meio-dia, decidiram almoçar e que, na volta, conheceriam as instalações e conversariam sobre as próximas providências a serem tomadas.

Capítulo 12

— Bom dia, Carolina. Desculpe a demora. Precisei atender uma paciente no hospital e acabei me atrasando. Como você está?

— Estou ansiosa. Sua secretária me disse que você se atrasaria, mas não se preocupe. Não tenho nenhum compromisso hoje.

— Aqui está o resultado dos seus exames. Todas as taxas estão dentro dos níveis normais, e eu gostaria que repetíssemos esses exames a cada seis meses. Se continuarem assim, podemos alterar para um ano.

— Que notícia boa, doutora! Eu estava preocupada com a possibilidade de haver algum outro problema.

— Está tudo bem. Como já conversamos, em geral, damos um prazo de cinco anos para dar alta, digamos assim, aos pacientes que fazem o tratamento que você fez. É importante que continue se alimentando bem e faça exercícios físicos, mas não precisa exagerar. Uma caminhada como você tem feito é suficiente. Como tem se sentido com a terapia?

— A terapia, meu trabalho, as idas ao centro, o carinho dos amigos, tudo o que tenho feito me ajudou muito. Não vou deixar a terapia, pois me sinto muito bem com esse acompanhamento. Vou a cada quinze dias e começarei a fazer acupuntura. Estou aprendendo a fazer arranjos de ikebana com o Tadashi. Minha vida mudou completamente depois que vim morar aqui. Além disso, sua atenção e dedicação me ajudaram muito.

— Não atribua a mim esse resultado, Carolina. Você quis se curar, procurou motivos para viver, e isso é muito importante no tratamento de qualquer doença. Você continua pintando?

— Sim, minha sogra quer fazer uma exposição. Estou pensando em colocar alguns arranjos de flores junto com os quadros.

— Muito bem, Carolina. Não deixe de me avisar. Faço questão de prestigiar seu trabalho. Agora, vida que segue! Aqui está o pedido dos exames que deverão ser feitos dentro de seis meses. Caso sinta alguma coisa, me procure.

— Obrigada, doutora Marcela. Vir pra cá, conhecê-la, fazer esse tratamento e conviver com as pessoas desta cidade me fizeram um bem enorme. Serei eternamente grata pela forma como você me incentivou a seguir em frente.

— Carolina, a vida é um bem precioso, o maior bem que possuímos. Cuide-se e viva com alegria. Não deixe os problemas se acumularem e infelicitá-la, pois tudo tem solução. Quando olhamos a vida com otimismo, fé e confiança, tudo dá certo. Aproveite esse momento e essa conquista.

— Obrigada, doutora.

Paciente e médica abraçaram-se e despediram-se. Assim que Carolina saiu, a secretária entrou na sala:

— Doutora Marcela, a paciente das onze horas preferiu vir no período da tarde. Como foi no hospital?

— A paciente está muito mal, e a família está desolada. Vou almoçar e voltarei logo. Atenderei os pacientes que já estão marcados e depois voltarei ao hospital.

— Carolina saiu daqui tão animada! Por que o tratamento não dá resultado igual para todas as pessoas?

— Cada pessoa é de um jeito. Depende do momento em que descobrimos a doença e da forma como o organismo do paciente responde ao tratamento. Carolina chegou aqui desmotivada, mas reagiu. E ela já vinha se tratando. A paciente que está no hospital demorou muito para procurar o médico, e, quando o fez, a doença já estava num grau muito avançado. Mas, vamos aguardar! Não somos donos da vida. Como dizem: "A vida a Deus pertence". Você ficará aqui?

— Sim, doutora. Eu pedi comida. Já deve estar chegando.

— Por favor, fique atenta ao telefone, e qualquer coisa me ligue, está bem?

— Pode ir tranquila, doutora. Se ligarem do hospital, eu avisarei a senhora imediatamente.

Carolina chegou à floricultura, e Felipe já a esperava à porta:

— Então, como foi?
— Foi muito bom, Felipe. Meus exames estão normais! Precisarei repeti-los a cada seis meses durante um período e depois serei acompanhada uma vez por ano. O prazo final são cinco anos. Só tenho a lhe agradecer por ter me incentivado a seguir em frente e me apresentado a doutora Marcela. Posso lhe dar um abraço?
— Mas é claro! Você não sabe como estou feliz com essa notícia.
Felipe abraçou-a e, afastando-se, disse sem soltá-la:
— Eu tinha certeza de que você conseguiria vencer essa doença e estou muito contente por participar deste momento de alegria. Sei que você será muito feliz e encontrará alguém que a ame e a valorize como pessoa, como a mulher maravilhosa que você é.
Olhando fixamente nos olhos de Felipe, Carolina acrescentou:
— Eu já encontrei esse alguém... e espero que esse reencontro seja para sempre.
Felipe sorriu e beijou Carolina de forma terna e apaixonada.
— Para sempre?
— Para sempre, Felipe. Será que eu me precipitei?
— Não, meu amor. Eu estava apenas esperando o momento certo para falar com você. Desde que nos reencontramos, você estava tão fragilizada e decepcionada com Miguel que eu temia que não quisesse se relacionar com ninguém. Mas a alegria que vi em seus olhos hoje, quando você chegou aqui, me incentivou a declarar meu amor. E também quero que seja para sempre.
— Confesso que estava em dúvida... Não sabia se sua atenção tinha a ver com minha doença ou se você realmente gostava de mim. Fazer terapia me ajudou a entender meus sentimentos. A rejeição do Miguel mexeu muito comigo, mas, depois desse tempo que passamos juntos, de nossas conversas e do resultado do tratamento, quero me dar uma nova chance de amar e ser feliz.
Carolina e Felipe trocaram mais um beijo longo e apaixonado. Nascia ali uma promessa entre duas pessoas que passaram por muitos problemas, mas que ganhavam da vida uma nova chance de felicidade.
Quando se separaram, Carolina disse que precisava telefonar para a mãe e informar o resultado dos exames. Depois, combinaram de almoçar juntos.

Helena estava almoçando, quando Felipe e Carolina chegaram ao restaurante. Eles aproximaram-se da mesa para cumprimentá-la, e ela apresentou-os às pessoas que a acompanhavam. Carolina lembrou-se de que conhecia Gabriel, mas apenas o cumprimentou. Em seguida, o casal afastou-se para ir a uma mesa separada dos demais.

Helena perguntou:

— Gabriel, você conhece minha irmã?

— Sim. Ela era casada com Miguel, não era? Eu os conheci quando ele foi trabalhar em nossa empresa. Acabei acompanhando o drama que eles viveram.

— Ele ainda mora no Canadá? — perguntou Helena.

— Sim, foi convidado a voltar ao Brasil, mas não quis. Rodrigo também o conhece.

— Desculpem-me. Eu sabia que ele tinha ido para o Canadá, mas não sabia para qual empresa trabalhava.

— Helena, não se preocupe. Foi bom ver que sua irmã está bem.

— Hoje ela pegou o resultado dos exames, e, pela felicidade que observei em seu rosto, deve estar tudo bem.

Agostinho disse:

— Helena, não se prenda a nós. Se quiser conversar com sua irmã, fique à vontade. Nós esperaremos por você.

— Obrigada, Agostinho. Vou conversar com ela.

Helena afastou-se e foi em direção à irmã. As duas irmãs abraçaram-se, e Carolina contou-lhe que o resultado dos exames fora animador e que ela e Felipe estavam iniciando um namoro.

— Não estou surpresa, pois tinha certeza de que isso aconteceria. Vocês formam um lindo casal. Parabéns, minha irmã! Desejo que seja muito feliz, pois você merece. Felipe, posso lhe dar um abraço?

— Pode, cunhada! Hoje é um dos dias mais felizes da minha vida.

Enquanto eles conversavam, Agostinho perguntou:

— Gabriel, o que está acontecendo? Quem é Miguel?

— Miguel é o ex-marido de Carolina. Quando soube que ela estava com câncer, ele não conseguiu ajudá-la. Quando a empresa ofereceu a Miguel uma vaga na matriz, ele aceitou imediatamente. Carolina tinha acabado de ser operada, quando ele partiu.

Rodrigo completou:

— Eles estão divorciados. Quando ele recebeu a documentação, eu verifiquei. Ela é uma mulher muito bonita e aparentemente está com aquele rapaz.

— Meu Deus, como um marido abandona a esposa nessa situação?
Rodrigo respondeu:
— Agostinho, nem todo mundo é forte o suficiente para ajudar o outro. Não devemos julgá-lo. Helena está voltando.
Gabriel perguntou:
— Helena, vou ser indiscreto e perguntar: sua irmã está bem? Ela superou a doença?
— Sim, Gabriel. Ela pegou o resultado dos exames hoje. Está curada. Terá de passar por aquele período de exames semestrais, mas está tudo bem.
— Que bom! É muito bom saber que ela está bem. A atitude de Miguel chocou muitos de seus amigos.
— Eu sei. Meus pais e a mãe dele também ficaram decepcionados, mas não devemos julgá-lo. Carolina está feliz, voltou a pintar, reencontrou a felicidade com Felipe, e isso é o mais importante. Vocês querem voltar à fábrica agora ou preferem passar antes na pousada para deixar as malas?
Gabriel respondeu:
— Podemos ir direto para a fábrica, assim, não atrasaremos o Agostinho, que pretende voltar hoje para São Paulo.
— Então, vamos. Depois, eu os acompanharei até a pousada. Não tenho certeza de que servem refeições lá, mas há bons restaurantes perto dela.
Chegando à fábrica, Helena levou-os para conhecerem o galpão, a área do escritório e o refeitório, onde trabalhariam provisoriamente. Gabriel e Rodrigo ficaram encantados com o jardim de ipês. Ela explicou o significado do jardim para o antigo proprietário do terreno e que ele mesmo faria a manutenção mensal do jardim, sem custo para a empresa.
Gabriel disse:
— São lindos. Foi muito bom não permitirem a derrubada das árvores.
Helena contou-lhes a lenda sobre as árvores, e Rodrigo a questionou:
— Ligaram a árvore à doença da sua irmã?
— Meu pai estava com essa crença, então, pedimos ao Felipe, aquele rapaz que estava com minha irmã e é um dos donos da floricultura, que cuidasse das árvores e do jardim da fazenda. Minha filha pediu que plantássemos um ipê para ela. Hoje, as árvores estão bem cuidadas e deverão florir no fim do próximo inverno.
— Você acredita nessa lenda?
— Não, isso surgiu porque o senhor Norio presenteava as crianças que nasciam na cidade com uma muda de ipê. A ideia era fazê-las cuidar da árvore e se interessarem pelas plantas. O resto foi só coincidência.

Agostinho e Gabriel, que só ouviam a conversa, ficaram interessados em conhecer mais sobre a cidade e a história dos ipês. Eles continuaram a conversar sobre as lendas e fantasias que algumas pessoas criavam e que, muitas vezes, influenciavam uma cidade inteira.

※※

A doutora Marcela estava atendendo a última paciente do dia, quando a secretária a interrompeu pedindo que a médica atendesse o telefone. Tratava-se de uma urgência do hospital. Ela atendeu à ligação e foi informada de que a paciente havia piorado.

— Estou atendendo minha última cliente. Chame um dos médicos de plantão para acompanhá-la. Daqui a pouco, estarei aí.

Iara, que estava em consulta, disse:

— Doutora, meu caso é só um retorno. Vá ao hospital. Eu remarcarei com sua secretária.

— Obrigada, Iara. Esse caso é grave.

A médica saiu rapidamente, e Iara conversou com a secretária:

— Obrigada, dona Iara. A doutora Marcela estava muito preocupada com essa paciente.

— Eu entendo. Ela é muito dedicada, e minha consulta é apenas rotina. Podemos remarcá-la.

— Tenho uma vaga para amanhã às dez horas da manhã.

— Estarei aqui, obrigada.

※※

Helena chegou em casa e encontrou a irmã preparando um chá.

— Você está bem?

— Sim, estou preparando um chá. Você quer?

— Sim, obrigada. Onde estão todos?

— Mamãe e Isabela foram ao mercado, e papai ainda está no pomar. Estão colhendo laranjas.

— Você contou a eles sobre o Felipe?

— Sim. Depois do almoço, viemos aqui para casa e conversamos. Eles ficaram muito contentes e nos desejaram muitas felicidades. Foi muito bom.

— Minha irmã, estou muito contente por você ter conseguido se curar, encontrado um novo amor e retomado sua vida. Temos muitos motivos para comemorar!

Carolina serviu o chá e perguntou:

— A empresa que está se instalando aqui é a mesma em que o Miguel trabalha? Por que você não me contou?

— Eu não sabia. Uma empresa canadense comprou a nossa aqui no Brasil, mas nem me passou pela cabeça que fosse a mesma empresa em que Miguel trabalha. Depois que vocês se afastaram da mesa, eu perguntei para o Gabriel se ele a conhecia, e ele falou do Miguel.

— Ele também virá trabalhar aqui?

— Não, ele não quer voltar ao Brasil. Gabriel e Rodrigo o conhecem por causa do trabalho que realizaram juntos. Espero que isso não atrapalhe seu relacionamento com o Felipe.

— Não, mana. Apenas fiquei surpresa, e Felipe percebeu. Contei a ele como conheci o Gabriel. Antes de começarmos a namorar, conversamos bastante sobre o Miguel e também sobre a Amanda. Não sei qual será minha reação se um dia voltar a vê-lo, mas de uma coisa tenho certeza: eu gosto muito do Felipe e de forma alguma pretendo reatar com Miguel. Ele me magoou muito.

— Minha irmã, eu a conheço bem e sei que você não ficaria com o Felipe se tivesse alguma dúvida sobre seus sentimentos. Acredito que ele pense da mesma forma. Se algum dia souber que Miguel está vindo para cá, eu a avisarei, e aí lidaremos com isso.

— Obrigada, Helena. Quando vim pra cá, acreditava que iria morrer, mas, graças ao apoio de vocês, comecei uma vida nova. Quero viver bem, aproveitar o que a vida tem pra me oferecer, sem medos, dores, e com a esperança de um belo futuro.

Abraçando a irmã, Helena afirmou:

— É isso, minha irmã! Não deixe o passado assustá-la e tenha certeza de que sempre estaremos ao seu lado.

Elas ainda estavam abraçadas quando ouviram a voz de Isabela e da mãe pedindo ajuda para tirar as compras do carro. Rindo, as irmãs foram atendê-las.

Capítulo 13

Marcela deixou o hospital tarde da noite. Estava aborrecida porque perdera a paciente. Apesar de já ter passado por momentos semelhantes, aquela perda mexera muito com ela. Parou o carro próximo à praça da cidade e deu vazão aos sentimentos. O choro chamou a atenção de Gabriel, que voltava de uma caminhada por estar sem sono.

Ele aproximou-se do carro temendo assustá-la e perguntou:

— Você precisa de ajuda?

Sem assustar-se com a presença de Gabriel perto do carro, Marcela levantou a cabeça, mas não conseguiu responder. Ele aguardou que a médica se acalmasse e, quando percebeu que o choro diminuía, perguntou novamente:

— Posso ajudá-la?

Ela respirou fundo e disse:

— Não, obrigada. Chorar me fez bem. Agora, posso ir para casa.

— Você não me conhece, mas, se quiser, posso chamar alguém para ajudá-la. Cheguei hoje a esta cidade e estou surpreso por você não ter se assustado.

— Outra hora, talvez. Agora vou para casa. Não se preocupe. Moro ao lado daquela pensão.

— Estou hospedado nela e voltando para lá agora, então, saberei se você chegou bem. Meu nome é Gabriel Martins. Vim trabalhar na fábrica canadense.

Ela apenas fez um sinal afirmativo com a cabeça, ligou o carro e seguiu em frente. Como dissera, Marcela morava em uma casa bem próxima à pensão, e Gabriel pôde vê-la descer do carro e abrir o portão da residência.

No dia seguinte, antes de ir para a fábrica, Gabriel aproximou-se da casa onde vira a médica entrar e observou que o carro ainda estava lá. Estranhando a atitude do colega, Rodrigo perguntou:

— Algum problema, Gabriel?

— Não. Apenas queria saber quem era a mulher que encontrei ontem à noite aqui em frente. Ela mora naquela casa. Vamos para a fábrica. Eu lhe conto tudo no caminho.

— Esta cidade é pequena. Provavelmente, você voltará a encontrá-la. E, de qualquer forma, já sabe onde ela mora.

— Olha, ela me impressionou. Alguma coisa muito séria deve ter acontecido, porque o choro era convulsivo. Quando ela se acalmou, seu olhar era de quem havia perdido alguém muito próximo ou muito querido.

Chegaram à fábrica junto com Helena, que, ao olhar para os dois homens, perguntou se havia acontecido alguma coisa em virtude do ar de preocupação que carregavam. Gabriel contou-lhe o que acontecera, e Helena lembrou-se imediatamente da doutora Marcela.

— É uma casa de muro amarelo? Não ao lado da pensão, mas duas casas depois?

— Isso mesmo.

— Você deve ter se encontrado com a doutora Marcela, a oncologista da cidade. Foi ela quem cuidou de Carolina. Pelo que você me contou, ela deve ter perdido uma paciente. Minha irmã comentou alguma coisa sobre ela ter se atrasado para o atendimento ontem. Não prestei muita atenção na hora porque estava cuidando da minha filha.

— Ela deve ser muito dedicada aos pacientes.

— Sim, e é uma mulher muito forte, que incentiva os pacientes de forma firme e os impulsiona a seguirem o tratamento. Teria que conversar com ela para saber o que houve.

— Quando formos embora à tarde, tentarei falar com ela.

— Hoje, talvez seja difícil. Não sei qual é a religião de vocês, mas nós, inclusive a doutora Marcela, frequentamos o Centro Espírita Caminho de Luz[3]. Provavelmente, ela estará lá.

Rodrigo indagou:

— Podemos conhecer o centro?

— Claro. Deixarei o endereço e lhes explicarei como chegar lá. Não é longe da pensão onde estão hospedados.

Gabriel perguntou:

---

3 Nome fictício.

— Você me apresentaria a ela? Fiquei muito preocupado.

— Sim. Vou lhe passar o endereço e o horário. Se vocês puderem chegar um pouquinho mais cedo, ficará mais fácil.

Nesse momento, a conversa foi interrompida por um funcionário que os avisava da chegada do primeiro caminhão trazendo o maquinário da fábrica.

— Iara, você está me ouvindo?

— Me desculpe, Tadashi. Eu estava longe!

— O que aconteceu?

— Uma amiga minha faleceu ontem. Ela descobriu que estava com câncer, mas não quis procurar ajuda nem contou para ninguém. Quando o marido descobriu, a doença já tinha atingido vários órgãos. Ela deixou dois filhos: um de quatorze e outro de doze anos. Eles estão inconsoláveis. Vim lhe pedir para fazer uma coroa para o velório.

— Puxa vida! Acontece cada uma. Em nome de quem devo enviar a coroa? Seu ou é da família dela?

— Da família dela. Nem perguntei se você faz coroa. Quando soube, só pensei em vir aqui e falar com você.

— Nós não fazemos, mas eu sei fazer. Farei uma e uns arranjos menores para colocar no túmulo. Quer me ajudar? Assim passa o tempo e a tristeza diminui.

— Obrigada, Tadashi. Você é um amor. Aqui está o nome da família.

Iara não percebeu o rubor no rosto do rapaz e logo começou a ajudá-lo a fazer a coroa de flores.

Quando Felipe chegou, a coroa estava pronta, e eles estavam terminando dois arranjos de flores. Tadashi explicou o que havia acontecido.

— Felipe, vou acompanhar a Iara. Ela está muito abalada.

— Pode ir tranquilo. Ficarei aqui na floricultura.

— Tenho alguns orçamentos para fazer. Não terminei os de ontem.

— Não se preocupe. Cuide de Iara. Ela está precisando de alguém junto dela.

À noite, Felipe, Carolina e Helena encontraram Gabriel e Rodrigo no centro espírita. Felipe comentou:

— Vocês também frequentam um centro espírita?

Rodrigo respondeu:

— Eu estudo a doutrina há muito tempo. No Canadá, tínhamos um grupo de estudo, e o Gabriel também participava dele. Quando chegamos aqui, acabamos interrompendo esse estudo, mas hoje, quando Helena mencionou que viria aqui, nós pedimos para conhecer o lugar.

— Vou apresentá-los ao nosso dirigente. Venham comigo.

Gabriel e Rodrigo acompanharam-no e foram apresentados a Pedro:

— Boa noite, Pedro. Deixe-me lhe apresentar Gabriel e Rodrigo. Eles chegaram recentemente à nossa cidade para trabalhar na fábrica canadense. Hoje, conversando com a Helena, pediram para conhecer nossa casa.

— Sejam bem-vindos! Nossa casa é simples, mas trabalhamos com muito carinho. Na recepção, vocês preencherão uma pequena ficha, passarão por uma entrevista e receberão o passe. Antes, fazemos sempre uma breve palestra.

Rodrigo agradeceu e explicou que ele e Gabriel estudavam a doutrina espírita com um grupo de amigos no Canadá e, no retorno ao Brasil, ainda não tinham encontrado um lugar para dar continuidade a esses estudos.

— Acredito que vocês gostarão daqui. Temos alguns grupos de estudos, e vocês conhecerão nossos trabalhos. Acredito que poderão nos auxiliar também.

Eles agradeceram, e, antes de saírem, Pedro perguntou:

— Felipe, a Iara não virá?

— Não. Uma amiga de Iara faleceu hoje. Ela e o Tadashi estão no velório acompanhando a família.

— Está bem. Eu mesmo farei a palestra hoje.

— Vou levá-los à recepção. Até já.

— Até já, e, mais uma vez, sejam bem-vindos à nossa casa.

Na recepção, encontraram Carolina e Helena conversando com a doutora Marcela. Quando apresentaram Rodrigo e Gabriel à médica, ela disse:

— Muito prazer, Rodrigo. Conheci o Gabriel ontem à noite. Obrigada por falar comigo naquele momento.

Gabriel respondeu:

— Não tem o que agradecer. Eu não fiz nada e poderia tê-la assustado. Fiquei preocupado porque você estava dirigindo.

— Ontem foi um dia muito triste. Mesmo com todo o preparo profissional e espiritual que eu tenho, perder uma paciente sempre mexe muito comigo. Essa paciente foi um caso muito difícil, porque ela não disse a ninguém que estava doente nem a família percebeu que tivesse algo errado. Nem sei o que dizer para vocês. Foi muito triste. Peço que me deem licença. Vou conversar com o Pedro. Outra hora, conversaremos melhor.

Carolina comentou:

— Doutora Marcela cuidou de mim e, graças ao tratamento e à força que ela me deu, à forma como me fez ver a importância da vida, me fez acreditar que eu poderia sarar. Hoje, estou aqui com vocês graças a ela. Por que será que algumas pessoas não se cuidam?

Helena respondeu:

— Não temos como saber. Cada pessoa reage de uma maneira às situações. Lembra-se de quando você chegou aqui achando que iria morrer? Nós a incentivamos, e a doutora Marcela foi dura com você, lembra?

— Sim, e graça a vocês estou aqui hoje.

— Cada pessoa age de uma maneira, então, não julguemos a moça que morreu. Vamos fazer uma prece e pedir que os bons espíritos a protejam e protejam a família dela.

Gabriel concluiu:

— Você está certa, Helena. Neste momento, a prece é o melhor remédio para todos.

Felipe disse:

— Já está quase na hora. Terminem aqui. Encontrarei com vocês no salão para assistir à palestra.

Uma vez no salão principal, todos que aguardavam a palestra foram convidados a fazer a oração do pai-nosso. Em seguida, Pedro comunicou-lhes que uma pessoa da comunidade havia falecido naquele dia.

— Era uma amiga nossa. Não frequentava nossa casa, mas sempre nos ajudava com donativos para os bazares e mantimentos para cestas básicas. Acredito que, neste momento, uma forma de auxiliá-la é fazendo uma prece. Como aprendemos em *O Evangelho Segundo o Espiritismo*, "as preces pelos Espíritos que acabam de deixar a Terra não objetivam unicamente dar-lhes um testemunho de simpatia, também têm por efeito auxiliar-lhes o desprendimento e, desse modo, abreviar-lhes a perturbação que sempre se segue à separação, tornando-lhes mais calmo o despertar"[4].

Os presentes ouviam com atenção as palavras do palestrante. Quando terminou, Pedro pediu a todos que rezassem novamente a oração do pai-nosso e depois os orientou a irem para a sala de passe.

---

4 KARDEC, Allan. O Evangelho segundo o Espiritismo. Cap. XXVIII, item 59. p. 349.

Rodrigo comentou:

— Que oração significativa! Eu leio muito, mas não me atento às preces.

Felipe explicou:

— As orações fazem bem a quem as faz e a quem as recebe. Muitas vezes, uma oração considerada simples, mas feita de coração, tem o dom de nos acalmar, trazer paz, diminuir e até acabar com a ansiedade em um momento de grande preocupação.

— Você está certo. Nós nos preocupamos tanto em conhecer a doutrina, que também é muito importante para a clareza do raciocínio, mas algumas vezes nos esquecemos de fazer uma prece.

— Rodrigo, aqui no centro realizamos um trabalho de doação de cestas básicas a um grupo de famílias necessitadas e, antes da entrega dos alimentos, reunimos todos aqui no salão para fazermos uma prece. Não questionamos a religião de ninguém; apenas rezamos com eles. Muitas pessoas nos procuram para ouvirem um conselho, pedirem ajuda para um parente, enfim, cada um tem um problema. Muitas vezes, apenas pelo fato de ouvi-los, conseguimos mostrar-lhes que não devem perder a esperança, que tudo tem um tempo certo para acontecer. Acredito que a prece nos inspira e conseguimos ouvi-los e dar-lhes a atenção de que tanto precisam.

Gabriel perguntou:

— Nós podemos ajudar de alguma forma? Talvez doando mantimentos?

Felipe respondeu:

— Sim, toda ajuda é bem-vinda. Quando vocês estiverem mais familiarizados com nossos cursos e a rotina da cidade, tenho certeza de que nos ajudarão muito.

Carolina aproximou-se e perguntou:

— Felipe, podemos levar a doutora Marcela para casa? Ela veio sem carro.

— Claro! Rodrigo, Gabriel, outra hora conversarei mais com vocês sobre nossas atividades. Não deixem de passar na secretaria. Pedro está aguardando vocês.

Eles despediram-se, e Carolina questionou:

— Atrapalhei a conversa de vocês? Estamos preocupadas com a doutora Marcela.

— Não se preocupe. Eu estava explicando como funciona o atendimento a famílias necessitadas, mas Pedro conversará com eles. A Helena irá conosco?

— Sim, elas estão nos aguardando perto do carro.

Felipe colocou o braço sobre os ombros de Carolina, e juntos foram pegar o carro para levar a médica para casa. No caminho, ela agradeceu:
— Felipe, obrigada. Eu tive um dia muito difícil hoje.
— Nós soubemos. Iara e Tadashi foram ao velório.
Carolina perguntou:
— Doutora, você foi tão firme comigo, me trouxe uma certeza de que eu ficaria curada... por que essa moça não a procurou?
A médica respondeu:
— Você queria a cura, Carolina. Tinha medo da morte, mas queria viver. Foi isso que a fez me procurar e seguir minhas orientações. Algumas pessoas desistem. Embora estejam amparadas pela família, não conseguem acreditar que podem sobreviver a uma doença, principalmente no caso do câncer. Minha paciente não sentia dores, então, achava que não era necessário fazer exames periódicos. Isso acontece com muitas pessoas, que, quando descobrem uma doença, ela muitas vezes já está em estágio avançado. Nesse contexto, existe uma grande possibilidade de a pessoa não sobreviver.

"Nós crescemos juntas, mas nos afastamos quando fui estudar medicina. Ela foi estudar administração, no entanto, não concluiu o curso. Casou-se, e eu a reencontrei quando vim trabalhar aqui. Eu a convidei várias vezes para fazer uma consulta, expliquei a ela a necessidade de realizar exames preventivos, mas não consegui fazê-la entender isso. O tempo passou, e, quando ela resolveu me procurar, já não pude ajudá-la. Isso me deixou muito abalada. Hoje, enquanto ouvíamos a palestra do Pedro, eu pensava em minha amiga e pedi aos nossos espíritos protetores que olhassem por ela. Que ela encontre paz onde quer que esteja. A paz que ela perdeu quando adoeceu e descobriu que não havia quase nada que pudéssemos fazer."

As palavras da médica emocionaram a todos. Felipe perguntou se ela ficaria bem, e Marcela respondeu que sim.
— Preciso apenas de uma boa noite de sono. A companhia de vocês me fez muito bem. Obrigada por virem comigo e ouvirem meu desabafo.
Carolina respondeu:
— Doutora, conte sempre conosco, afinal, eu a considero uma amiga muito querida.
Marcela abraçou-a, desejou uma boa noite a todos e entrou em casa.
Helena, que até aquele momento nada dissera, comentou:
— Às vezes, é difícil entender por que as pessoas não se cuidam... A vida é tão preciosa.

Felipe completou:

— A vida é preciosa, porém, para algumas pessoas é um fardo. Tudo depende de como e com quem vivem. Precisaríamos conhecer a história de cada um para entender por que agem dessa ou daquela maneira.

— Acha que tem a ver com vidas passadas?

— Não sei, Helena. Depois do acidente, eu demorei para me reencontrar. Meus pais me ajudaram, e alguns amigos não permitiram que eu entrasse em depressão. Levaram-me para conversar com Pedro lá no centro, me incentivaram a fazer terapia, até que eu mesmo decidisse viver e acreditar que, se não morri no acidente, provavelmente Deus tinha um plano para mim e eu não poderia decepcioná-lo. De alguma forma, minha fé me fez ver que eu tinha que reagir e voltar a viver. Eu acredito que, quando temos fé em Deus e cremos em um poder maior que guia nossa vida, conseguimos vencer qualquer obstáculo.

Carolina questionou:

— Por isso você insistiu tanto em me ajudar?

— Sim. Como já dissemos hoje, a vida é muito preciosa! E se Deus é bondade e amor, por que Ele permitiria que sofrêssemos tanto? Se estamos diante de alguma dificuldade é porque somos capazes de solucioná-la sem abrir mão de viver. Precisamos olhar tudo que está à nossa volta, ou seja, nossa família, nossos amigos, nossas conquistas, sejam elas sentimentais ou materiais, e valorizar e agradecer por tudo o que possuímos. Só assim encontraremos a felicidade.

Helena completou:

— Puxa, Felipe, que bom ouvi-lo! Quando Arthur sofreu o acidente, eu me desesperei e só não desisti de tudo por causa da Isabela. Na missa de sétimo dia, o padre Paulo explicou o significado da missa e como era importante continuar cuidando de parte da missão que ele não realizou: cuidar da minha filha. Ele disse: "A vida tem mistérios que desconhecemos. Se o tempo do Arthur terminou, o seu, Helena, precisa continuar". Aquelas palavras têm me acompanhado e, todas as vezes que um problema surge, elas voltam à minha cabeça como um mantra: "Você tem que continuar a viver".

Carolina disse:

— Nossa, Helena! Você nunca falou sobre isso.

— Eu estava chorando quando fui falar com ele na missa de sétimo dia de meu marido. Padre Paulo foi muito atencioso e me disse que ele mesmo faria a celebração. Perguntou se tínhamos filhos e se eu estava sozinha, porque, como eu não conseguia parar de chorar, ele ficou preocupado que alguma coisa pudesse acontecer comigo. Me serviu água, pediu que eu esperasse me acalmar e não interrompeu meu choro. Quando consegui me controlar, ele me abençoou e me acompanhou até a saída da igreja para ter certeza de que alguém me acompanharia. Aquilo me marcou muito porque já fui a algumas missas, e o religioso não foi tão incisivo como foi o padre Paulo.

— Era missa de sétimo dia só do Arthur?

— Sim, mas foi a primeira vez que ouvi palavras tão fortes e verdadeiras. Não estavam apenas me consolando; estavam me chamando à responsabilidade que eu precisava ter comigo e com a minha filha. Chegamos. Vocês vão entrar?

Felipe respondeu:

— Não, Helena. Vou me despedir de sua irmã e já vou embora.

— Então, boa noite pra vocês.

Felipe respirou fundo e comentou:

— Que noite!

— É mesmo, Felipe! Quantos desabafos, quantas histórias que não conhecíamos, quantas lições a serem aprendidas! Preciso lhe agradecer.

— Agradecer?

— Sim, por ter me ajudado a voltar a viver e a conviver com pessoas tão fortes. Exemplos a serem seguidos.

— Você também é uma mulher muito forte, senão não estaríamos aqui hoje. Agradeço a Deus que você tenha resolvido vir para nossa cidade e que pudemos nos reencontrar. Eu te amo.

Carolina abraçou Felipe e respondeu:

— Eu também te amo.

O casal permaneceu abraçado fazendo planos para o futuro. No céu estrelas brilhavam iluminando a noite.

Capítulo 14

Passados alguns dias, a fábrica ficou pronta para a inauguração.
— Helena, o pessoal de São Paulo confirmou a vinda amanhã?
— Sim, Rodrigo. Agostinho virá com nosso presidente, e, na próxima semana, receberemos o representante do Canadá. Eles confirmaram a chegada por volta das onze horas.
— Você acredita que o pessoal que contratamos será suficiente?
— Sim, mas, de qualquer forma, entrevistei mais algumas pessoas e deixei-as de prontidão. Se houver qualquer problema, poderemos chamá-los. O pessoal que contratamos foi treinado, e o Gabriel me disse que estão trabalhando bem.
— Dantas e Altair cuidarão da produção e do carregamento. Gabriel cuidará da administração, e você, da parte de pessoal. Os demais serviços são terceirizados. Acha que vocês conseguirão cuidar de tudo?
— Acredito que sim, Rodrigo. Serão ao todo cinquenta funcionários, e, como você está por dentro de tudo o que fizemos aqui, se houver algum problema resolveremos com facilidade. Se você não tivesse acompanhado a montagem e a contratação do pessoal, poderíamos ter alguma dificuldade.
— É, Helena. O serviço que terceirizamos também me parece bem de acordo. Você sabe quando o filho do Dantas nascerá?
— Ainda faltam dois meses.
— Ele mora em Rovena?
— Sim, é perto daqui. Eles optaram por morar em Rovena para ficarem perto da mãe dele. Altair é solteiro e conseguiu alugar um apartamento

num condomínio aqui mesmo em Várzea do Leste. Só teremos um turno de trabalho, o que não exigirá supervisores à noite.

— Acho que revisamos todos os detalhes da apresentação, concorda?

— Sim, Rodrigo. Amanhã, quando nosso presidente chegar, teremos todos os dados de que ele precisa. Os relatórios financeiros estão com o Gabriel, e Agostinho trará o plano de metas que a matriz traçou. Espero que nossas contratações nos permitam atendê-los.

— Helena, sinceramente, eu acho que estabelecer metas no início de uma produção é um pouco arriscado, mas...

— Sem mas. Faremos o possível para atingi-las. Precisamos confiar no nosso trabalho. Tenho certeza de que conseguiremos.

Gabriel aproximou-se e disse:

— Vocês estão combinando a apresentação? Meus relatórios estão aqui. Que tal encerrarmos o expediente e irmos jantar? Afinal, concluímos tudo o que nos foi pedido dentro do prazo determinado.

— Boa ideia. Helena, você nos acompanha?

— Não, Rodrigo, me desculpe. Jantar com minha filha é sagrado! Vou pegá-la na casa dos meus pais e depois vou para casa. Vejo vocês amanhã. Boa noite.

Gabriel observou:

— Rodrigo, você parece decepcionado.

— Tem razão, Gabriel. Eu gostaria que ela nos acompanhasse, mas sempre me esqueço de que Helena tem uma filha. Passamos o dia todo juntos e só conseguimos falar de trabalho. Gostaria de ter um tempo para conversar com ela sobre outros assuntos...

Gabriel sorriu:

— Eu o conheço há muito tempo e nunca o vi tão interessado em uma mulher.

— Ela é especial.

— Especial?

— Sim, é competente no trabalho, responsável, está sempre bem-humorada e não se abala quando precisamos fazer mudanças em algo que estava pronto. Não reclama e é linda.

— Não precisa continuar, você está apaixonado. Vamos jantar e conversamos no caminho do restaurante. Você disse a ela que pediu transferência definitiva para cá?

— Ainda não, pois Agostinho ainda não confirmou meu pedido. Estou aguardando a decisão dele para providenciar um apartamento e sair da pensão. E você? Vai continuar na pensão?

— Não, fui ver um apartamento ontem. Devo me mudar dentro de alguns dias. A pensão é ótima, mas não há nada como a nossa casa. Estou gostando muito desta cidade.

Os dois amigos seguiram para o restaurante onde iriam jantar e continuaram a conversar sobre a cidade e os planos que os dois tinham para o futuro.

※※※

Helena chegou à casa dos pais e foi recebida pela mãe:
— Desculpe o atraso, mamãe. Estávamos repassando a apresentação que faremos amanhã para nosso presidente. Cadê a Isabela?
— Está com a Carolina. Ela está aprendendo a fazer um arranjo de flores. Não se preocupe com a hora, pois ainda não jantamos.
— Vou vê-las e já pego a Isabela para irmos para casa.
— Jantem conosco, assim você não terá que se preocupar em fazer comida.
— Mamãe, eu agradeço! Será ótimo ficar um pouco mais com vocês.

Mãe e filha abraçaram-se e, enquanto Cândida foi terminar o jantar, Helena foi em busca da filha. Encontrou tia e sobrinha entretidas, prendendo um arame no caule de uma planta para fixá-la no arranjo que faziam. Ficou parada na porta aguardando ser vista por elas.

Vendo-a, Carolina disse:
— Entre, Helena. Estamos terminando.
— Mãe, olha que lindo. Estamos fazendo para você colocar em sua sala de trabalho.

Fazendo um carinho na filha, ela disse:
— Está lindo, amor. Colocarei em minha mesa. Esse arranjo era o que estava faltando em minha sala.

Carolina comentou:
— Tudo pronto para amanhã?
— Sim, repassamos a apresentação. Acredito que não ficou nada sem fazer.
— Ótimo. Mas e esse olhar triste?
— Isabela, eu ajudo a titia a terminar esse lado do arranjo. Vá ver se a vovó precisa de ajuda para arrumar a mesa. Precisamos jantar logo.

Isabela olhou para a mãe e disse:
— Já sei, você quer conversar com a tia, e eu não posso ouvir.

Rindo, Carolina respondeu:
— Isso mesmo, garotinha. Agora, vá ajudar a vovó.
Isabela saiu resmungando e foi queixar-se com a avó:
— Vovó, por que tenho que sair da sala quando minha mãe está falando com a tia Carolina?
Rindo, a avó respondeu:
— Não ligue, meu bem. Elas têm alguns segredos até para mim. Venha, vamos arrumar a mesa.

— Vamos, Helena! A Isabela já saiu e você ainda não me disse nada. O que houve?
— O Rodrigo voltará para São Paulo, e, quando me dei conta disso, fiquei aborrecida. Me acostumei tanto com a presença dele, com nossas conversas... As opiniões dele sempre fazem sentido. O trabalho flui com facilidade.
— Você está gostando dele?
— Acho que sim... me dei conta disso hoje. Nunca pensei em outro relacionamento depois que o Arthur morreu, sempre me senti suficiente, mas, depois que conheci o Rodrigo, alguma coisa mudou em mim.
— Já pensou em falar com ele?
— Não, nossas conversas são apenas sobre trabalho. Não sei explicar. Só sei que me senti triste quando percebi que ele iria embora. Além do mais, tem a Isabela. Preciso pensar nela.
Abraçando a irmã, Carolina disse:
— Lembra quando eu voltei pra cá sem esperança de vida e vocês me incentivaram a viver, a amar, a buscar minha felicidade? Agora é sua vez, minha irmã. Procure observá-lo nos dias em que ele ainda estiver aqui e, se surgir uma oportunidade, converse sobre os planos dele para o futuro. Quem sabe assim você não abre um espaço para o Rodrigo falar sobre algum sentimento que ele possa ter por você? Felipe e eu observamos vocês no centro. Ele sempre procura sentar-se ao seu lado, ouve com atenção o que você fala, olha pra você com carinho. Acho que ele não lhe é indiferente, minha irmã. Talvez falte apenas uma oportunidade para vocês conversarem.
— Será?
— Vamos! Como é que se diz? "A vida sabe o que faz", não?
— Está certo, Carolina. Vou observá-lo melhor.

— Ótimo! Agora vamos jantar, pois já estou ouvindo a voz do papai.

※※※

— Dona Helena, o senhor Agostinho e o senhor Sandro Albuquerque chegaram. Pediram para a senhora encontrá-los no jardim.
— Obrigada. Já irei até lá.
— Bom dia, Agostinho, senhor Sandro.
Agostinho respondeu:
— Bom dia, Helena. Sandro, esta é Helena, a responsável pelo administrativo.
— E a responsável pela aquisição do terreno para a construção da fábrica, não é mesmo? Parabéns! Você fez um excelente trabalho.
— Obrigada. Essa área foi um verdadeiro achado e atendeu a todas às nossas necessidades.
— Quem cuida do jardim é o antigo dono do terreno?
— Isso mesmo. Ele cuida dos ipês com muito carinho. O senhor Norio é morador antigo da cidade. Hoje, a floricultura que pertencia a ele está nas mãos do filho dele e de um sócio. Eles trabalham muito bem.
— Acha que ele faria um jardim fora daqui? Estou pensando em reformar o jardim da minha casa em Atibaia.
— Posso apresentá-lo ao senhor. Acredito que ele faça. Atibaia não é longe daqui.
— Ótimo, agora vamos ver a fábrica! Depois quero ver a apresentação que você e o Rodrigo fizeram.
— Venham por aqui. Vou mostrar-lhes a área fabril.
Helena explicou como as máquinas foram dispostas, quem trabalharia com elas e como o processo produtivo se desenvolveria. No caminho, encontraram Gabriel e Altair, e ela apresentou-os a Sandro, explicando o que cada um fazia.
O presidente da empresa parabenizou a todos. Estava muito satisfeito com a instalação da fábrica e pediu empenho a todos na fabricação e comercialização dos produtos. Teriam metas a cumprir, mas também um prazo maior do que tinham na matriz, uma vez que estavam começando a produção.
No escritório, depois da apresentação de Rodrigo e da verificação dos relatórios, Sandro tornou a parabenizar a equipe e explicou que em breve receberiam o presidente do grupo canadense. Ele visitaria as duas fábricas, matriz e filial, e talvez propusesse alguma mudança.

Sandro completou:

— Se forem necessárias mudanças, ele deverá mandar alguém do Canadá vir ajudá-los. Particularmente, acredito que não será necessário, mas vamos aguardar. Agostinho ficará responsável pela matriz aqui no Brasil, e eu me desligarei definitivamente dentro de trinta dias. Como vocês sabem, quando nossa empresa foi vendida, me pediram para ficar até esta filial ficar pronta. Tenho certeza de que vocês farão um bom trabalho. Se quiserem fazer alguma pergunta, fiquem à vontade.

Gabriel foi o primeiro a falar:

— Senhor Sandro, vim do Canadá e acredito que tudo o que foi feito aqui agradará o senhor William. Ele virá sozinho ou trará algum técnico?

— Pelo que me disse, virá com um técnico. Ele é muito interessado na parte fabril e tem acompanhado a parte administrativa através de relatórios, mas não quer ver o produto por foto; quer vê-lo pessoalmente.

— Isso é bom, pois nos dará segurança do que estamos fazendo. A produção será vendida aqui no Brasil ou ele pretende exportar?

— Acredito que haverá exportação de boa parte da produção.

Agostinho interrompeu a conversa:

— Se me dão licença, enquanto vocês conversam sobre a parte técnica, eu preciso falar com o Rodrigo e a Helena.

Sandro respondeu:

— Fique à vontade, Agostinho. Helena, se você puder me colocar em contato com o responsável pelo jardim, eu gostaria de falar com ele antes de voltar a São Paulo.

— Já vou telefonar e pedir que venha aqui.

Enquanto falava ao telefone com Felipe, Helena observava o rosto de Rodrigo, que sorria ao conversar com Agostinho:

— Agostinho, muito obrigado.

— Me explique por que você quer morar aqui.

— Gostei muito desta cidade, e posso fazer o trabalho da matriz aqui. Quando houver necessidade, irei a São Paulo. Todo nosso serviço é informatizado, então, não há problema quanto à localização do escritório do jurídico.

— Você tem razão. Bem, vou voltar à fábrica e ver se o Sandro quer almoçar.

Helena aproximou-se e disse:

— Felipe e Tadashi poderão vir agora à tarde. Vocês vão almoçar?

— Poderíamos ir juntos. O que acham? Vou chamar o Gabriel e o Sandro e nos encontramos aqui.

Quando Agostinho saiu, Helena perguntou:

— Serei indiscreta se perguntar o que houve? Você está sorrindo.

— Pedi para ser transferido para cá e fui atendido. Só irei a São Paulo quando algum assunto não puder ser resolvido a distância e para visitar meu pai.

O rosto de Helena iluminou-se, e, sorrindo, ela respondeu:

— É uma ótima notícia! Continuaremos a trabalhar juntos.

— Helena, eu...

Nesse momento, Agostinho chamou:

— Rodrigo, Helena, vamos almoçar?

Capítulo 15

Assim que retornou do almoço, Helena foi informada de que Felipe a aguardava.

— Boa tarde, Felipe. O Tadashi não viria com você?

— Oi, Helena. Houve um problema com a Iara, e ele foi ajudá-la.

Ela sorriu e comentou:

— Tenho observado que os dois estão sempre juntos. Eles estão namorando?

— O Tadashi é muito reservado, mas eu acredito que sim. Eles têm feito alguns trabalhos juntos, e confesso que ele está mais alegre, mais atento a coisas com as quais ele não se preocupava antes.

— Que ótimo, Felipe! Ele merece ser feliz, e a Iara é uma pessoa excelente. Passei a conviver com ela depois que me mudei para cá, e a ajuda que ela deu para Carolina foi muito importante. E confesso que saber que ele tinha uma paixão que eu não podia corresponder me incomodava muito.

— É, Helena... Ninguém manda no coração, mas nem por isso somos obrigados a ficar com quem não amamos. A sinceridade nesses momentos é a melhor coisa. Ficar com alguém por pena ou para não vê-lo sofrer só traz mais sofrimento.

— Fico contente que você pense assim. Agora venha! Vou apresentá-lo ao senhor Sandro. Ele quer reformar o jardim da casa em que mora em Atibaia.

Helena levou Felipe até a área de produção, onde todos os funcionários estavam concentrados e ouvindo as instruções dadas pelo presidente da empresa.

Enquanto aguardavam, Felipe fez um sinal para Helena e foi até o jardim onde estavam plantados os ipês. As árvores ainda estavam começando a florir e, observando o cuidado que o senhor Norio tinha com elas, tinha certeza de que, em breve, todas iriam se abrir em flores. Estavam no último mês do inverno, época propícia para iniciar a florada das árvores.

Algum tempo depois, Helena aproximou-se com Agostinho e Sandro. Depois de serem apresentados, Sandro perguntou:

— Você faria uma reforma no jardim da minha casa em Atibaia?

— Claro. Quando o senhor gostaria que eu fosse até lá?

— Seria possível amanhã? Sairei daqui direto para Atibaia, então, amanhã cedo estarei esperando por você. O jardim ficou muito tempo sendo cuidado por uma pessoa que só cortava o mato. Algumas plantas precisam de poda e outras, eu acredito, devem ser substituídas. Se possível, gostaria que você plantasse pelo menos um ipê-amarelo. Eu estou encantado com esse jardim.

— Estarei lá amanhã e, provavelmente, o senhor Norio me acompanhará. É ele quem cuida deste jardim e sabe exatamente qual é o local perfeito para fazer o plantio. Se houver algum problema com o solo, ele é a pessoa indicada para dizer o que devemos fazer.

Helena questionou:

— Felipe, ele ainda trabalha na floricultura? Achei que só você e Tadashi cuidassem do negócio.

— Nós cuidamos sim, mas, quando se trata de plantar ipês, gostamos de ouvi-lo. Além disso, para ele é sempre um prazer acompanhar o plantio. Na casa do seu pai não foi necessária a presença do senhor Norio, mas, depois que estudamos o solo e o caule do ipê que não floria, conversamos com ele antes de fazer a troca da árvore e o plantio do ipê da Isabela.

Sandro concluiu:

— Então, estamos combinados! Espero vocês amanhã por volta das nove horas?

Felipe respondeu:

— Estaremos lá.

Voltando-se para Agostinho, Sandro acrescentou:

— Agostinho, considero a visita encerrada. Parabéns a todos pela instalação desta unidade! Desejo que vocês sejam bem-sucedidos. Se precisarem de alguma orientação depois que eu me desligar da presidência da empresa, podem me procurar. Deixarei meu endereço com a Helena. Por favor, passe-o para o Felipe. Meus telefones vocês têm! Podemos ir embora.

Agostinho agradeceu a visita e também lhes desejou sucesso no novo empreendimento.

Depois que todos se foram, Helena comentou com Rodrigo:
— Conseguimos?
— Sim, todos fizeram uma apresentação excelente.

Gabriel aproximou-se e comentou:
— Meus amigos, agora é tocar essa produção. Em breve, receberemos o presidente da matriz canadense. Precisaremos ter uma boa quantidade de produtos estocados, que deverão corresponder às amostras que o Sandro levou. O senhor William é muito exigente e com certeza trará alguém da equipe de desenho e montagem para avaliar nossos produtos.

Rodrigo perguntou:
— Equipe de desenho? Será que ele virá com Miguel?
— Não sei. Miguel não queria voltar ao Brasil, mas com certeza não poderá se negar a acompanhá-lo.
— Você tem razão. Helena, você tem algum problema quanto a presença dele aqui?
— Não, aliás, não o vejo há anos. Só preciso ter a confirmação para prevenir a Carolina.

Rodrigo concluiu:
— Provavelmente, serei o primeiro a ser informado e não deixarei de avisá-los.

Gabriel completou:
— Meus amigos, o dia foi muito bom, mas vou para casa. Vejo-os na segunda-feira. Bom fim de semana.

Helena e Rodrigo desejaram-lhe um bom fim de semana, e ele perguntou:
— Você gostaria de almoçar comigo amanhã?

Helena sentiu-se ruborizar.
— Se você tiver algum compromisso com sua filha, não tem problema. Não quero atrapalhar.
— Não, Rodrigo, eu apenas não esperava o convite. É claro que podemos almoçar. Amanhã, a Isabela ficará com algumas amigas na casa do meu pai. Querem andar a cavalo, e ele vai ajudá-las. Irão cedinho para lá.
— Eu posso ir buscá-la. Só me diga onde.
— Pode ser na casa dos meus pais, às 13 horas?

— Perfeito! Estarei lá.
— Mas você já pegou seu carro?
— Sim. Como estou hospedado aqui perto, tenho vindo com Gabriel. Só falta alugar um apartamento, já que agora ficarei aqui definitivamente.
— Fiquei contente em saber que você continuará conosco. Se precisar de ajuda para alugar ou comprar um apartamento, conte comigo.
— Obrigado, Helena. Sua ajuda será muito bem-vinda.
— Você falou que veio de carona com o Gabriel, mas ele já foi. Quer que eu o deixe na pensão?
— Se não for atrapalhá-la, aceitarei. Do contrário, posso chamar um táxi.
— Não é incômodo algum. Vamos?

※※※

No dia seguinte, Rodrigo chegou no horário combinado à casa dos pais de Helena. Maria Cândida recebeu-o e, como havia sido avisada pela filha, levou-o ao jardim, onde um grupo de jovens montadas em seus cavalos aguardava a hora de sair a passeio.
— Boa tarde, Helena! Boa tarde, meninas.
— Boa tarde, Rodrigo. As meninas vão fazer um passeio a cavalo, e meu pai vai acompanhá-las. Papai, este é Rodrigo. Nós trabalhamos juntos na fábrica.
João Alberto, que ainda não montara em seu cavalo, cumprimentou-o:
— Boa tarde, Rodrigo. Muito prazer! Gostaria de nos acompanhar?
— Não, senhor João. Prefiro menos aventura. As meninas estão animadas! Bom passeio.
Todas agradeceram ao mesmo tempo, e Isabela disse:
— Oi, eu sou a Isabela. Sou filha da Helena.
— Muito prazer, Isabela.
— Você vai sair com minha mãe?
— Sim, nós vamos almoçar. Você se importa?
Olhando-o com bastante atenção, ela respondeu:
— Acho que não. Você parece ser um cara legal.
Rindo, Rodrigo respondeu serenamente:
— Obrigado, Isabela. Sua opinião é muito importante para mim.
Helena interveio:
— Vamos, Isabela! Seu avô está fazendo sinal para vocês seguirem.

— Está bem, mamãe. Tchau.

— Rodrigo, espero que a Isabela não o tenha aborrecido.

— De forma alguma. No lugar dela, também iria querer saber com quem minha mãe sairá. Sua filha é muito perspicaz.

— Sim, ela é muito observadora. Depois que Arthur morreu, não me relacionei com ninguém. Eu disse a Isabela que iria almoçar com um amigo do trabalho, e isso deve ter despertado a curiosidade dela.

— Seu pai parece ter bastante jeito com jovens.

— Na realidade, é a primeira vez que ele faz esse passeio. Embora tenhamos alguns cavalos, ele raramente sai com quem não é da família. Desde que nos mudamos para cá, a Isabela tem feito vários passeios com ele. Hoje é a primeira vez que as amigas dela vêm aqui.

— Elas estão acostumadas a montar?

— Pelo que disseram, já fizeram passeios como esse, mas em locais turísticos, hotéis-fazenda. Acredito que se sairão bem.

Cândida, que apenas os observava, comentou:

— A Isabela está fazendo muito bem para seu pai. A alegria dela é contagiante. João está mais disposto e me disse ontem que talvez abra um espaço para mais pessoas montarem em nossos cavalos.

— Temos cinco cavalos. Acha que são suficientes para passeios?

— Ele conversou com um funcionário daquela organização que cuida de crianças com deficiência motora... O tratamento chama-se equoterapia. Nossos cavalos são mansos e próprios para auxiliá-las nesse tratamento.

Rodrigo completou:

— Eu já li sobre esse tratamento. Parece que tem dado bons resultados com pessoas com deficiência físico-motora e também psicológica. Tem ajudado muitas crianças.

— Será ótimo para o papai. Já disseram quando começarão?

— Estão aguardando a autorização de algum órgão do governo, mas parece que é algo simples. Acredito que dentro de quinze dias, um mês, já tenhamos algum movimento aqui.

— E o tratamento será pago pela família da criança?

— Não, Rodrigo. Algumas famílias não têm recurso para custear o tratamento, então, não cobraremos nada.

— É uma ótima iniciativa, dona Cândida. Parabéns à senhora e ao senhor João.

— Obrigada. Faz bem ajudar a quem precisa.

— Mamãe, sairei agora com o Rodrigo. A senhora precisa de alguma coisa?

— Não, filha, aproveitem o dia. Já preparei um lanche para quando nossas amazonas chegarem.

Todos riram da expressão de Cândida e se despediram.

Enquanto se dirigiam ao carro, Rodrigo comentou:

— Seus pais são muito simpáticos, e esse trabalho que seu pai deseja realizar é muito importante.

— A fazenda não é grande, mas o lucro é suficiente para eles viverem bem, com conforto. Minha irmã está morando aqui com eles, e eu moro perto da fábrica. Para Isabela foi ótimo vivermos aqui, pois tenho mais tempo para ficarmos juntas. Ela fez amigos rapidamente e faz companhia para meu pai. Eles se dão muito bem. Não duvido que ela o ajude nessa empreitada.

— Será muito bom para o desenvolvimento de sua filha.

— Tenho certeza disso.

— E quanto a nós? Onde gostaria de almoçar?

— Vamos ao restaurante do Fernando! Aquele lugar é lindo.

— Por ser sábado, não é muito barulhento? Eu gostaria de um lugar onde pudéssemos conversar.

— Fique tranquilo, é um lugar lindo. Tem um jardim próximo à cachoeira. Lá, poderemos conversar à vontade.

⊱✦⊰

— Doutora Marcela, bom dia!

— Bom dia, Gabriel. Desculpe-me, não o tinha visto. Você caminha sempre por aqui?

— Sim. Como as ruas são planas, a caminhada é mais tranquila e aproveito melhor o exercício. Você vai trabalhar? Não quero atrapalhar.

— Não, hoje estou de folga e aproveitei para andar um pouco. Quer me acompanhar ou prefere andar sozinho?

— Eu costumo andar sozinho, mas vou acompanhá-la, assim podemos conversar. É raro eu vê-la fora do centro.

— Realmente! Eu me envolvo muito no meu trabalho e acabo não tendo vida social. Você e o Rodrigo se ambientaram bem aqui?

— Sim, esta cidade é muito agradável. Estou aguardando a entrega do meu apartamento naquele condomínio novo, o Condomínio dos Ipês. Você já foi lá?

— Não, mas vi um folheto de propaganda. Parece que será um local bem agradável. O senhor Norio fará o paisagismo?

— Sim, ele e o filho. Eles trabalham muito bem. E parece que não faltam ipês nesta cidade.

— Tem razão.

— Você é daqui?

— Não, sou da capital. Quando me formei, quis me especializar em oncologia. Enquanto fazia residência, me convidaram para trabalhar aqui. Achei desafiador e decidi vir. Trabalhei no hospital e, quando a prefeitura investiu no Centro de Oncologia, fui convidada para administrá-lo.

— É um desafio e tanto. Você consegue se acostumar com o que vê?

— Não sei se acostumar é a palavra certa. Meu desejo é que as pessoas sejam curadas, mas, quando isso não acontece, me entristeço. Não consigo evitar.

Percebendo que a médica ficara entristecida, Gabriel procurou um assunto mais leve para distraí-la.

— Que tal uma corrida até o parque?

— Não, está muito longe, e faz dias que eu não caminho. Se você não se importar, podemos ir até lá, mas andando. E não falemos em doença, tudo bem?

— Claro, me desculpe por ter tocado no assunto. Eu gostaria de conhecê-la melhor. Tenho alguma chance?

Ela sorriu e disse:

— Por quê não? Também estou curiosa a seu respeito. Fazia tempo que não me sentia assim... Ali no parque há uma cafeteria.

— Você está sugerindo que aproveitemos para descansar e comer alguma coisa?

— Sim, acho que você vai gostar do lugar. Os donos são libaneses. Podemos comer algo típico, que tal? Você já tomou suco de coalhada?

— Não. É bom?

— É ótimo! Podemos pedir o suco e algumas esfirras. Se você não gostar do suco, pode pedir um de frutas ou um refrigerante.

— Ótima ideia, doutora. Vou aceitar sua sugestão.

— Então vamos! E não me chame de doutora. Me chame apenas de Marcela.

Os dois continuaram andando e logo chegaram ao parque. Na cafeteria, escolheram um lugar ao ar livre e fizeram os pedidos que a médica sugerira.

— Miguel, você vai trabalhar hoje?

— Vou. Tenho uma reunião com nosso gerente. Imagina que ele quer que eu acompanhe nosso presidente ao Brasil. Eu, que não queria voltar, serei obrigado a fazê-lo.

— Quando você soube disso?

— Faz uns dois dias.

— E por que não me disse nada?

— Eu esperava conseguir que alguém me substituísse, mas isso não aconteceu. Ontem à noite recebi a mensagem sobre essa reunião de hoje.

— Você ficará muitos dias?

— Não sei. Saberei hoje. Quando eu chegar, conversaremos.

Miguel saiu sem se despedir, deixando Aline aborrecida. Ela fizera planos para passarem o dia juntos, mas ele não se preocupara em avisá-la sobre a reunião na empresa. De repente, lembrou-se de um comentário de Gabriel: "Quando surge um problema pessoal, o Miguel se fecha. Eu não vivo com ele, mas já o vi fazer isso mais de uma vez".

Pensando nas palavras do amigo, resolveu que conversaria com Miguel quando ele chegasse. Não estava preparada para deixá-lo e temia que, voltando ao Brasil, ele reatasse o casamento.

Capítulo 16

Chegando ao restaurante, Rodrigo comentou:
— Helena, este lugar é lindo. Espere, já vi essa cachoeira...
— Pintada? É isso o que quis dizer?
— Sim. Se não estiver enganado, na sua sala.
— Isso mesmo. Minha irmã fez várias telas aqui e me deu uma para colocar no escritório.
— A vista é linda. Ela tem outros quadros?
— Sim, tem vários. Ela vai expor na galeria da ex-sogra em breve. Ainda não tenho a data certa.
— Quero ver a exposição! Certamente comprarei um quadro. A pintura que está na sua sala é idêntica ao original.
— Carolina tem muito talento! Venha, vou mostrar-lhe outros lugares que pertencem ao restaurante. Tenho certeza de que você vai gostar. Aqui, a natureza não é incomodada. Veja, ali é o lago formado pela queda d'água. O proprietário daqui colocou algumas carpas. Veja que lugar especial.
— Nunca imaginei que houvesse um lugar assim aqui.
— Espere para ver dentro do restaurante! Eles cuidaram de tudo com muita atenção. Além de preservar a natureza, a decoração é de muito bom gosto.
Entrando no restaurante, Rodrigo não deixou de elogiar o bom gosto dos proprietários. Fernando aproximou-se, e Helena apresentou-os:
— Fernando, parabéns! Não imaginei que encontraria aqui um lugar tão aconchegante e decorado com tanto bom gosto.

— Obrigado, Rodrigo! Meus irmãos e eu herdamos esta propriedade e, como fiquei responsável por ela, decidi pelo restaurante e aproveitei a área verde para fazer um lugar onde as pessoas pudessem apreciar a natureza.

— Helena me mostrou a cachoeira e o lago. Eu tinha visto o quadro pintado pela Carolina.

— Carolina é muito talentosa, ela captou detalhes que surpreenderam até a mim que vivo aqui há tantos anos. Vocês vieram para almoçar ou apenas conhecer o lugar?

Helena respondeu:

— Viemos almoçar, Fernando. Há uma mesa para nós?

— Há, sim! Venham comigo. Tenho um lugar reservado onde vocês poderão conversar à vontade.

Felipe e o senhor Norio chegaram a Atibaia depois do horário marcado. Recebidos por Sandro, justificaram o atraso por conta de um acidente na estrada que reteve o trânsito por algumas horas.

— É, Felipe, as estradas estão cada vez mais cheias! Além disso, há muitos motoristas que abusam da velocidade e cometem acidentes.

O senhor Norio comentou:

— As pessoas têm muita pressa de chegar aonde desejam ir e muitas vezes acabam criando desfechos dramáticos para suas vidas. Todos nós temos um destino traçado, mas conviver com o resultado de um acidente é muito difícil.

Sandro perguntou:

— O senhor acredita mesmo que nosso destino seja traçado antes do nosso nascimento?

— Sim, acredito, porém, nós escolhemos o que fazer com nossas vidas. Temos o livre-arbítrio para decidir que caminho devemos seguir.

Felipe, que apenas ouvia, comentou:

— Às vezes, nos revoltamos com nosso destino, porém, se observarmos com atenção, toda mudança tem sua utilidade. Há quem aproveite para crescer e há quem apenas reclame. Admito que não é fácil aceitar a morte de quem amamos, mas não podemos desistir de viver.

— Você fala como um homem que perdeu alguém e conseguiu se recuperar, estou certo?

— Sim. Perdi minha esposa num acidente de automóvel. Não foi fácil entender, mas tive a ajuda da minha família e dos meus amigos. Se hoje estou aqui, se consegui reconstruir minha vida, foi graças a eles.

Os três ficaram em silêncio por algum tempo, e o senhor Norio foi o primeiro a falar:

— Não conhecemos os desígnios de Deus, mas ele sempre nos mostra um caminho a seguir. E com certeza nos trouxe aqui por um bom motivo: embelezar seu jardim deverá trazer-lhe alegria.

— Creio nisso, senhor Norio. Quando compramos esta casa, um dos desejos da minha esposa era termos um espaço para descansar e usufruir da natureza. Quando ela adoeceu, me pediu que eu não deixasse de cuidar do nosso lar e do nosso jardim. Felizmente, o tratamento que ela seguiu foi bom e ela está se recuperando. Deve, inclusive, deixar o hospital dentro de alguns dias. Quero trazê-la para cá assim que tiver alta. Tenho certeza de que aqui ela vai se recuperar bem.

— Então, vamos começar a cuidar do jardim imediatamente! Felipe, você estava olhando o jardim enquanto conversávamos, então, acredito que já tenha algo em mente.

— Sim, já tenho! Venham comigo. Vou mostrar-lhes a ideia que tenho para o jardim, e o senhor Norio nos dirá onde deveremos colocar as mudas de ipê.

⁂

— Carolina, você não vai sair hoje?

— Não, mamãe. Matilde está vindo para cá. Vamos separar as telas que serão colocadas na galeria para exposição.

— Que ótimo, filha. Você não sabe como me deixa feliz vê-la assim tão animada.

Carolina percebeu que a mãe estava tentando conter as lágrimas e, chegando perto dela, abraçou-a. Por fim, disse:

— Mãe, estou muito feliz por ter decidido voltar para casa! Se hoje estou bem é graças ao carinho de todos vocês. Não vamos chorar, pois o momento é de alegria. Venha me ajudar a separar as telas, pois assim poderemos escolher as molduras. Quando Matilde chegar, ela dará a palavra final.

— Você está certa! Vamos fazer isso agora. Daqui a pouco, seu pai estará de volta com as meninas para um lanche.

— Por falar nisso, me conte como o papai se envolveu com o trabalho da equoterapia.

※※※

Enquanto isso, na matriz do Canadá:
— Miguel, o senhor William quer que você o acompanhe porque parte do material que está sendo feito lá foi projetado por você. Ele quer ter certeza de que tudo esteja correto.
— Gabriel desenvolveu esse projeto junto comigo e pode perfeitamente mostrar como está sendo feito. Não vejo necessidade da minha presença no Brasil.
— Miguel, eu sei por que você não quer voltar ao Brasil, mas, para justificar sua recusa, terei de falar sobre o que aconteceu entre você e sua ex-esposa, e, conhecendo nosso presidente como conheço, ele não vai gostar dessa história. É melhor você viajar com ele e pronto. Estará de volta em três dias.
— Está bem. Se não há como evitar a viagem, pode marcá-la. Quando iremos?
— Na terça-feira. Vou confirmar quais são os horários disponíveis de voo, mas me parece que vocês viajarão de manhã. Outra coisa: leve os projetos em andamento. Dois deles deverão ser produzidos no Brasil. Agora, pode ir. Aproveite seu fim de semana. Na segunda-feira, trataremos do que você precisa levar.
— Obrigado, e bom fim de semana para você também.
Miguel deixou a empresa contrariado. Não queria voltar para o Brasil e, principalmente, não queria rever ninguém da família de Carolina. Teria, contudo, de se encontrar com Helena, a irmã da ex-esposa.
Chegou à casa de Aline e reclamou com a namorada:
— Não entendo por que tenho de ir com o William para o Brasil, é uma perda de tempo. Gabriel pode muito bem explicar-lhe o projeto.
— Talvez ele queira que você o acompanhe para se locomover melhor, afinal, ele não fala português.
— Fala sim! Ele morou no Brasil.
— Como assim?
— O pai dele fez um trabalho para uma indústria automobilística, e eles moraram no Brasil durante muitos anos. Quando ele terminou a faculdade, decidiu especializar-se nos Estados Unidos. Lá ele conheceu o pessoal da nossa empresa e acabou se mudando para o Canadá.

— E os pais dele?
— Morreram num acidente de automóvel. Ele estava no Canadá quando tudo aconteceu. O pessoal que trabalhava com o pai do William providenciou o traslado dos corpos para a cidade onde vive a família dele.
— Deve ter sido um momento difícil. Ele é casado?
— Sim, é casado e tem dois filhos, se eu não estiver enganado.
— Vocês vão ficar muitos dias no Brasil?
— Talvez uns três dias. Não é uma viagem de turismo.
Percebendo a irritação do namorado, Aline procurou acalmá-lo:
— Então, vamos aproveitar o fim de semana. Esqueça a viagem, e vamos sair. Deixe para pensar nela na semana que vem. Você já sabe quando viajará?
— Na terça-feira de manhã. Ainda não tenho o horário certo.
— Então venha! Vamos sair e espairecer. A semana foi muito cansativa.
— Você tem razão, vamos sair.

Matilde chegou ao final da tarde na casa dos pais de Carolina. Recebida com carinho pela ex-nora, não escondeu a ansiedade para ver os quadros que ela havia pintado.
— Carolina, estão lindos! Esse aqui é aquele rapaz da floricultura?
— Sim, é o Felipe. Ele não sabe que eu pintei o retrato dele. Vou deixar separado porque daqui a pouco ele chegará.
— E você vai colocá-lo na exposição?
— Ainda não decidi. Dos trabalhos que fiz, dei um quadro para a Helena colocar no escritório dela na fábrica nova, mas ainda estou indecisa quanto ao do Felipe. Comecei a desenhar meu pai andando a cavalo com a Isabela e as amigas. Veja como está ficando! Talvez dê tempo de colocá-lo na exposição.
— Está lindo! Já é possível ver a feição de alegria no rosto das meninas. Seu trabalho evoluiu muito depois... Ah! Desculpe minha falta de tato.
— Não se preocupe, Matilde, você tem razão. Depois que eu vim para esta cidade e do tratamento do câncer, conheci pessoas que me incentivaram muito. Encontrei uma nova alegria de viver, de aproveitar cada momento. O amor do Felipe também me ajudou muito.
— Você está apaixonada! Seus olhos brilham quando fala dele. Fico muito feliz por você, Carolina, e sinto muito pelo que meu filho fez.

— Não se sinta assim, Matilde. Meu casamento com Miguel não deu certo, mas a culpa não foi sua. Às vezes, temos que passar por problemas que nos atingem de uma maneira muito forte, mas que nos fazem crescer e descobrir prazeres onde jamais imaginávamos que eles existiriam.

Maria Cândida entrou na sala e, sorrindo, disse:

— Matilde, que prazer em revê-la! Achei que você viria amanhã!

— Consegui deixar a galeria em ordem! Rafael é um secretário excelente, assim, pude sair mais cedo e aproveitar a companhia de vocês. O trabalho da Carolina está maravilhoso.

— Mamãe, enquanto vocês conversam, vou preparar um café para nós.

— Está bem, minha filha. Ficarei aqui com Matilde.

Depois que Carolina saiu, Matilde comentou:

— Cândida, como fez bem para Carolina mudar-se para cá. E confesso que vi um brilho nos olhos dela quando falou do Felipe que nunca notei quando ela falava sobre o Miguel.

— Eu também senti isso, mas não quis comentar. Minha filha se recuperou, está feliz, e isso é o que me importa.

— Você sabe se eles vão se casar?

— Ela não me disse nada sobre casamento. Não sei se você sabe que ele é viúvo. Felipe perdeu a esposa num acidente há alguns anos. Ele gosta muito de Carolina, e a recuperação dela se deve muito à ajuda dele. Eu e João decidimos deixá-los decidir como querem viver. Os dois passaram por problemas sérios e merecem ser felizes.

— Você tem razão. E a Helena? Como está o trabalho na fábrica nova?

Matilde e Cândida continuaram a conversar sobre os filhos até Carolina convidá-las para tomar um café. Neste momento, Isabela e o avô voltavam do pomar.

— Vovó, veja as laranjas que trouxemos!

— São lindas, mas você não cumprimentou a Matilde. E cadê seu avô?

— Oi, dona Matilde! O vovô foi tirar as botas para você não brigar com ele, vó.

Todos riram da inocência da garota, e, durante o lanche, Isabela contou a todos como seria o trabalho com os cavalos e como ela pretendia ajudar o avô nessa empreitada.

A conversa foi interrompida com a chegada de Rodrigo e Helena, que o apresentou a Matilde. Os dois comentaram sobre o restaurante e como a paisagem local servira de inspiração para Carolina.

Matilde completou:

— Os quadros são lindos! Tenho certeza de que farão muito sucesso. Amanhã, voltarei para São Paulo e gostaria de levá-los. Você acha que será possível, Carolina?

— Sim, podemos fazer as embalagens para transporte, e sei que todos aqui me ajudarão. Apenas dois estão sem moldura. Você vai levá-los assim mesmo?

— Sim. Lá em São Paulo eu providencio as molduras. Quer alguma coisa específica ou pode ficar a meu critério?

— Deixo a seu critério. Confio no seu bom gosto. Helena e Rodrigo, vocês poderiam nos ajudar?

Rodrigo respondeu:

— Será um prazer ajudá-la! Assim, verei seus quadros em primeira mão. Como irão todos para a exposição, posso reservar um pra mim?

— Claro, Rodrigo! Nós deixaremos identificado o que você gostar, e ele ficará na galeria com a indicação de reservado. Pode ser, Matilde?

Antes que ela respondesse, Rodrigo disse:

— Reservado não, pode colocar vendido. Depois me passem o valor para que eu faça a transferência.

Matilde completou:

— Fique sossegado. Deixarei a indicação de vendido para não haver confusão na galeria! E agradeço sua confiança em mim por comprar o quadro e permitir que eu o leve para a exposição.

A conversa foi novamente interrompida. Felipe chegou, e o assunto girou em torno dos quadros que iriam para a exposição. Todos se dispuseram a ajudar a embalá-los.

CAPÍTULO 17

Gabriel e Marcela conversaram longamente sobre suas vidas. A médica comentou:

— Fazia muito tempo que eu não conversava com alguém fora da área médica.

— E como foi a experiência?

— Foi ótima, mas você não tinha um compromisso?

— Não, não há expediente na fábrica aos sábados, e confesso que queria muito conhecê-la melhor. Você também estava tranquila. Hoje não irá ao hospital?

— Não, estou de folga. Não tenho pacientes internados e, de qualquer forma, se houver uma emergência, eles me telefonam. Mas por que você queria me conhecer?

— Fiquei impressionado com você no dia em que nos conhecemos. Nunca imaginei ver uma médica chorar a perda de um paciente.

— Talvez você não tenha visto, mas isso não é incomum. Tenho vários amigos que sofrem muito quando perdem um paciente. Estudamos bastante para combater doenças e de repente somos pegos de surpresa quando alguém decide não se tratar, quando alguém demora a ser atendido, enfim, existem muitos problemas que podem levar um paciente a óbito. Isso nos deixa transtornados.

— Você me disse que era solteira. Sendo uma mulher tão bonita, acho difícil acreditar que não tenha nenhum admirador.

— Gabriel, eu namorei quando estava na faculdade, mas depois, com a residência e a vinda para cá, eu me envolvi com a medicina e não encontrei ninguém que me atraísse para um relacionamento mais sério.

— Você mora com sua família?

— Sim, moro com minha mãe. Meu pai era médico, então, ela sabe o que é viver com um médico. Papai faleceu há dois anos; teve um infarto fulminante. Foi muito difícil para ela recomeçar a vida sem ele. Eles não moravam aqui. Eu a trouxe para cá depois que ele faleceu, pois assim posso cuidar dela e lhe fazer companhia. Aqui ela fez algumas amigas, trabalha como voluntária no centro e tem se ocupado com várias atividades que preenchem a lacuna que a morte do papai deixou. E você? Nunca pensou em casar-se?

— Sim, já pensei. Eu estava noivo quando me convidaram para trabalhar no Canadá, mas minha noiva não quis ir. Ela estava terminando a faculdade de jornalismo e tinha acabado de conseguir um estágio num jornal importante de São Paulo, então terminamos. Estávamos juntos havia muitos anos... era quase um casamento. A carreira profissional era muito importante para Andréia. Ela concluiu os estudos com muito esforço, pois os pais não tinham condições de ajudá-la financeiramente, então, conversamos e chegamos à conclusão de que nosso relacionamento tinha esfriado e que estávamos mais focados em nossas carreiras.

— Vocês não voltaram a se ver ou se falar?

— Nós nos vimos há algum tempo. Ela estava trabalhando como correspondente do jornal em Toronto, e nos encontramos por acaso. Ela casou-se com o cinegrafista que a acompanhava nas matérias. Estavam em lua de mel, mas, devido a um evento importante, o chefe dela pediu que os dois fizessem a cobertura para o jornal. Ela me apresentou ao marido, e depois não nos vimos mais.

— Você tem vontade de ter uma família?

— Tenho. Gostaria de me casar, ter um filho. Trazer minha mãe para cá talvez seja difícil, mas ainda vou tentar. E você?

— Eu o quê?

— Não pensa em se casar, ter um filho? Esse não é o desejo de toda mulher?

— Não posso responder por todas as mulheres, mas eu gostaria. A ideia de ter um filho é maravilhosa. Trazer alguém à vida, alguém que amaremos e ajudaremos a crescer. Formar uma pessoa boa, que traga progresso para nosso mundo. O milagre da vida. Acredito nisso e sei que um dia encontrarei alguém que pense como eu.

O garçom da cafeteria olhava para o casal que conversava tranquilamente e, indeciso se deveria interrompê-los, pediu a opinião do dono do local, que o aconselhou a verificar se eles queriam alguma coisa para comer ou beber. Aproximando-se, ele pediu licença e disse:

— Me desculpem interromper a conversa, mas, como vocês estão há algum tempo sem consumir, gostaria de saber se não querem um suco ou mais algumas esfirras?

Gabriel respondeu:

— Nossa, Marcela, que indelicadeza! O rapaz tem razão. Eu me envolvi tanto em nossa conversa que não perguntei se você queria alguma coisa.

— Não foi indelicado, não.

E, virando-se para o garçom, disse:

— Não precisa se desculpar! Nossa conversa está tão boa que nós nos esquecemos de comer. Poderia nos trazer o cardápio? Gabriel, o que acha de pedirmos um beirute? É um lanche grande. Não consigo comer um deles sozinha.

— Boa ideia! Mas, em vez de suco de coalhada, prefiro uma cerveja. E você?

— Gostaria de um suco de laranja, por favor.

Gabriel concluiu:

— Então, meu amigo, pode trazer um beirute, uma cerveja e um suco de laranja.

Depois que o garçom se afastou, Marcela foi a primeira a falar:

— Nossa, Gabriel! Ficamos aqui todo esse tempo sem nos preocuparmos com o consumo.

— Ainda bem que o garçom veio até nós. Agora, podemos ficar mais algum tempo e aproveitar para ver o pôr do sol! O que você acha?

— Acho ótimo! A tarde está maravilhosa.

Quando o garçom retornou com o pedido, Gabriel agradeceu e tornou a dizer que ele não precisava se desculpar. A tarde estava findando, e o casal permaneceu conversando enquanto o sol desaparecia no horizonte.

※⤝⤞※

Na segunda-feira, Matilde chegou cedo à galeria, e Rafael, seu assistente, já a esperava para ajudá-la com os quadros.

— Bom dia, Rafael! Vamos descarregar e levar todos eles para a sala de exposição. Depois de desembalarmos tudo, decidiremos a ordem em que serão exibidos. Há dois que precisam de moldura e um já foi vendido.

— Pela sua expressão, acredito que sejam lindos. O comprador a deixou trazer para a exposição?

— Sim! Eu o conheci na casa dos pais de Carolina. Ele trabalha na fábrica em cuja matriz trabalha o Miguel. Conversei bastante com ele, com Helena e com Felipe, o namorado da Carolina.

— Por falar nisso, eu abri seus e-mails como você me pediu. Seu filho virá para o Brasil amanhã.

— Por que ele não me telefonou?

— Não me pergunte. Quando vi que era dele, deixei para que você lesse.

— Está bem. Mais tarde, eu verei isso. Agora, vamos cuidar desses quadros! Estou confiante de que Carolina fará muito sucesso com eles.

— Bom dia, Helena. Você me pediu que a avisasse caso Miguel viesse para o Brasil, lembra?

— Bom dia, Gabriel. Sim, me lembro. Ele virá acompanhando o senhor William?

— Isso mesmo. Não sei o porquê dessa visita. Sabíamos que nosso presidente viria, mas ninguém comentou nada sobre o Miguel vir também. Fui avisado agora pela manhã. Eles chegarão a São Paulo amanhã à tarde e virão aqui na quinta-feira. Agostinho vai acompanhá-los. Acredito que passarão o dia aqui e depois irão embora.

— Acha que devo providenciar um local para eles passarem a noite, caso resolvam ficar aqui?

— Não, Helena. Se mudarem de ideia, há a pensão onde estou hospedado. Ela é ótima, e há poucos hóspedes neste momento. Tenho certeza de que serão muito bem acomodados lá. Nosso presidente é um homem muito simples.

— Você o conhece pessoalmente?

— Sim, e confesso que, quando o conheci, fiquei bastante surpreso. Foi numa reunião na casa do Rodrigo. Lembra que falei que nos reuníamos para estudar a espiritualidade? Nós fomos apresentados lá, mas ele não comentou nada sobre o que fazia. Fique sabendo no fim da reunião. Ele pediu para não ser apresentado como presidente da indústria, mas sim como alguém interessado no estudo que fazíamos. A esposa dificilmente vai à reunião. Eles têm duas crianças pequenas, então, isso dificulta a ida dela aos nossos encontros. O que me contaram é que ela gosta muito de ler e sempre lê sobre o tema que estudamos na reunião.

— Nesta quinta-feira, teremos uma palestra muito interessante no centro, a de uma cantora que trabalha a música como forma de transmitir mensagens de positividade e alegria. Pedro me falou sobre ela e recomendou um vídeo. Eu assisti e confesso que em alguns momentos me emocionei.

Ao entrar na sala de Helena, Rodrigo perguntou:

— Bom dia! Seria indiscrição minha perguntar o que a emocionou?

— Bom dia, Rodrigo. Não, não é. E aproveito para avisá-lo que, na quinta-feira, haverá uma palestra especial no centro com uma cantora. Eu estava dizendo que assisti a um vídeo dela que o Pedro indicou e me emocionei. Ela é fantástica.

— Estava contando a Helena que nosso presidente participava daquele grupo que tínhamos no Canadá. Ele virá na quinta-feira. Será que ele gostaria de assistir à palestra?

— Gabriel, eu soube que o grupo continuou se reunindo e ele comparece a todas as reuniões. Poderíamos convidá-lo. Fizeram reserva em um hotel?

— Não, a programação é que ele virá com o Agostinho e o Miguel e fará apenas a visita à fábrica.

— Falarei com ele. Caso queira ficar, eu o levarei a São Paulo na sexta-feira. Estava programando minha ida a São Paulo no sábado para ver meu pai, mas posso ir um dia antes. O que acha, Helena?

— Como não o conheço, prefiro que vocês decidam ou, na dúvida, falem com o Agostinho. Assim, se ele resolver ficar, nós nos preparamos para recebê-lo.

— Concordo com a Helena, Rodrigo. Vou ligar para o Agostinho e falar com ele. E, quanto ao Miguel, você avisará sua irmã sobre a vinda dele?

— Sim, Gabriel. Não quero que ela tenha uma surpresa. E estou pensando por que a Matilde não comentou nada sobre a vinda dele. Ela foi embora ontem.

Rodrigo perguntou:

— Matilde é a mãe do Miguel?

— Sim, mas acredito que ela não saiba que ele está vindo para o Brasil. Com certeza, ela comentaria algo com minha mãe. Enfim, vamos aguardar os acontecimentos.

— Vou para a produção agora. De lá, falarei com o Agostinho e a avisarei em seguida.

— Está certo, Gabriel. Rodrigo, separei a documentação que você me pediu dos convênios médicos para os funcionários. Podemos analisá-la agora?

— Claro! Assim, poderemos apresentar o que decidimos para o William na quinta-feira. Por que você riu?

— Você fala dele como se fossem amigos...

— E somos, Helena. Ele frequentava nossas reuniões para estudar a espiritualidade, e acabamos nos tornando amigos. Você vai gostar dele. É uma pessoa positiva, que contagia a todos com suas ideias, mas sempre respeitando a opinião de cada um. Ele viveu aqui no Brasil, foi estudar nos Estados Unidos e lá conheceu uma pessoa que o convidou para trabalhar na nossa matriz no Canadá, o que o fez se estabelecer lá. Os pais de William morreram num acidente alguns anos depois. A empresa em que o pai dele trabalhava providenciou o traslado dos corpos para Toronto, e ele pode enterrá-los no cemitério local. Eu o conheci depois disso. William sentiu muito a morte dos pais. Depois de um tempo, ele se casou, teve dois filhos e acabou se tornando presidente da nossa empresa. Você vai gostar dele, tenho certeza.

— Miguel também frequentava essas reuniões?

— Não, nós o convidamos, mas ele se esquivava. Depois que ele assinou os papéis do divórcio, achei que o comportamento dele mudou um pouco. Miguel ficou mais relaxado, como se tivesse tirado um peso dos ombros. Pouquíssimas pessoas na empresa conhecem a história dele com sua irmã.

— Nós aprendemos que não devemos julgar as atitudes dos outros, mas é difícil, não? Minha irmã sofreu muito com a doença. Como eu estava envolvida com meus problemas, também não dei muita atenção a ela até que minha mãe me pediu que viesse para cá com urgência. Imaginei que ela ou meu pai estivesse doente e foi aí que eu soube da doença e da separação de Carolina.

— Por isso você pediu transferência para cá?

— Sim, foi um dos motivos. Quando Agostinho me pediu para procurar um terreno aqui, eu não tive dúvidas em pedir para vir trabalhar nessa filial.

— A vida sempre nos surpreende. Veja o que a doença de sua irmã fez: trouxe vocês para conviverem com seus pais, ela conseguiu pintar quadros maravilhosos novamente, está feliz com o Felipe, descobriu maneiras de ajudar outras pessoas, aprendeu a lidar com flores e me deu a oportunidade de conhecê-la, Helena.

Sentindo o rosto avermelhar, ela respondeu:

— Você tem razão, Rodrigo. Se eu não tivesse vindo para esta cidade, não teria a oportunidade de ficar mais tempo com a Isabela. A vida em São Paulo estava muito corrida, e eu talvez não tivesse conhecido você...

— Por quê talvez?

— Porque você acabou de dizer que a vida sempre nos surpreende. Talvez nos encontrássemos num outro lugar...

— Você tem razão. Eu estou muito feliz por estar aqui com você e espero que possamos continuar juntos, o que você acha?

Rindo, Helena respondeu:

— Você está me pedindo em namoro?

— Sim... Sei que você amou muito seu marido e não quis se envolver com outro homem, mas gostaria que me desse uma chance. Desde que a conheci, não consigo tirá-la do meu pensamento. Eu pretendia falar com você no sábado passado e não aqui em nosso local de trabalho. Será que podemos sair hoje à noite e falarmos sobre nós?

— Sim, claro. Como lhe disse no sábado, Arthur foi muito importante na minha vida, mas sinto que posso recomeçar e quero fazê-lo com você.

Rodrigo aproximou-se para abraçar Helena quando o telefone tocou: Rindo, ele disse:

— De volta ao trabalho! Pego você às vinte horas? E a Isabela?

— Vinte horas está ótimo! Isabela ficará com meus pais. Agora vou atender esse telefone! Deve ser o Gabriel.

— Matilde, quando faremos a exposição de Carolina?

— No fim da semana. Você mandou colocar as molduras naquelas telas?

— Sim, ficarão prontas amanhã. E amanhã também o pessoal da divulgação fará as fotos do programa.

— Ótimo! Meu filho chegará amanhã. Ele virá com o presidente da empresa. Virão conhecer a fábrica nova.

— Será que ele encontrará Carolina?

— Com ela, talvez não. Mas com a Helena, com certeza. Ela é a gerente administrativo da fábrica.

— Você acha que poderá haver algum problema?

— Espero que não. Vou ligar para Helena e conversar com ela.

— Tenho uma dúvida...

— Diga.

— Sobre esse quadro. Quem é esse homem? Carolina conseguiu retratá-lo como se ele estivesse vivo.

— Rafael, ele está vivo. Não entendi sua dúvida.

— Veja os olhos. Há um brilho especial. Parece que ele está olhando para alguém muito especial.

— Você tem razão. Ele não viu o quadro, pois será uma surpresa. Mas ela deve ver esse brilho nos olhos dele quando ele olha pra ela. É o Felipe, o rapaz que Carolina está namorando.

— Ela o conheceu lá?

— É uma história longa. O que posso lhe adiantar é que ele ajudou muito na recuperação de Carolina tanto física como emocional.

— É muito bom ouvir isso! Gosto muito da Carolina.

— Eu também, Rafael. Meu filho a fez sofrer muito, então, espero que ela seja feliz com o Felipe. Agora preciso de um favor seu: poderia tomar conta da galeria? Gostaria de providenciar algumas coisas para a chegada do Miguel.

— Claro, Matilde! Pode deixar que eu cuido de tudo aqui. Vou organizar os quadros para a exposição, assim, quando você chegar amanhã, poderemos colocá-los onde ficarão definitivamente.

— Obrigada, Rafael. Até amanhã.

No fim da tarde, Helena levou a filha para a casa dos pais e conversou com Carolina, explicando que Miguel chegaria na quinta-feira, acompanhando o presidente da empresa onde ela trabalhava.

— Obrigada por me avisar, Helena, mas não se preocupe. Estou bem. A vinda dele não me afetará. Depois do tratamento que eu fiz aqui, do carinho do Felipe e das pessoas que se aproximaram de mim, consegui me reerguer e enfrentar meus problemas com mais segurança. Espero que, assim como encontrei o Felipe e estou feliz, ele encontre ou tenha encontrado alguém que também o faça feliz.

— Que bom, minha irmã! É muito bom vê-la assim: segura, tranquila. Hoje vou sair com o Rodrigo.

— Por isso a Isabela veio para cá? Ela sabe do seu encontro?

— Sabe. Combinei com a mamãe que ela dormirá aqui hoje e que amanhã cedo virei buscá-la para levá-la à escola.

As irmãs abraçaram-se, e Carolina desejou-lhe um bom encontro.

CAPÍTULO 18

Rodrigo e Helena chegaram ao restaurante e foram recebidos por Fernando, que levou o casal à mesa reservada e se prontificou a servir-lhes vinho antes do jantar.

— O que você prefere, Helena?
— Para mim, uma taça de vinho branco.
— Fernando, por favor, pode servir vinho branco para mim também.
— Perfeito! Vou servi-los, e, como você já havia sugerido o prato para o jantar, está tudo preparado. Quando quiser, eu mando servir.

Depois que Fernando se retirou, Helena perguntou:
— Você fez a reserva e também providenciou o jantar?
— Sim, eu gostaria de levá-la para jantar em minha casa, mas, como ela ainda não está pronta e eu não sabia qual seria sua reação, pedi ao Fernando que providenciasse o jantar para nós. Fiz mal?
— Não! Foi uma ótima ideia. Obrigada.

O garçom trouxe o vinho, e os dois brindaram o encontro.
Helena perguntou:
— Você disse que queria falar sobre nós...
— Sim. No sábado, nós conversamos sobre vários assuntos e você falou do seu falecido marido. Desde que a conheci, tive vontade de convidá-la para sairmos, mas fiquei receoso porque eu sabia que você não tinha se relacionado com ninguém e como é importante o tempo que dedica à sua filha.
— Desde que voltei para cá para acompanhar o tratamento de minha irmã e após a mudança da fábrica, minha vida ganhou novo sentido. Em

São Paulo, tudo era muito corrido. Aqui, tenho mais tempo para ficar com a Isa e com meus pais, o que tem sido muito bom. E sua vida? Como é? Você falou em ver seu pai no fim da semana.

— Meu pai é viúvo e mora sozinho. Já o convidei para vir morar aqui comigo, mas ele não quer. Diz que as lembranças da minha mãe estão todas naquela casa, então, não quer deixá-la.

— Você nunca pensou em se casar?

— Pensei. Luzia e eu nos formamos juntos na faculdade de Direito, e eu pretendia pedi-la em casamento no término do curso. Não cheguei, contudo, a fazê-lo, porque no dia da formatura ela não apareceu. Não havia ninguém da família dela na cerimônia de colação de grau. Estranhei porque eu os conhecia e sabia que estavam animados com a primeira filha que concluiria a faculdade. No dia seguinte, fui à casa dela e soube por um vizinho que eles haviam ido embora de São Paulo. Era uma família de japoneses e estavam de partida para o Japão. A viagem havia sido marcada para um dia antes da nossa formatura.

— E ela não falou com você?

— Não. Recebi uma carta dela alguns meses depois explicando que o pai havia conseguido uma colocação numa empresa na cidade de Quioto por intermédio de um parente que vivia lá. Ele tinha encontrado emprego para toda a família. Desculpou-se por não ter contado que iria viajar, mas acreditava que havia sido melhor para nós dois, uma vez que, com a família fora, ela não poderia ficar no Brasil. Confesso que fiquei muito aborrecido na época. Luzia sabia que eu gostava dela, e já havíamos conversado sobre oficializar o noivado depois da formatura, mas acho que ela não queria o casamento. Ficou comigo porque nos dávamos bem, estudávamos juntos, e não sei mais o que lhe dizer. Eu tinha vinte e três anos na época. Meu pai me aconselhou a seguir com meus estudos e fazer uma especialização fora do Brasil. Assim, acabei indo para o Canadá e fiquei lá até ter a oportunidade de voltar ao Brasil.

— Você é um homem bonito, inteligente. Não acredito que não tenha namorado nesse tempo que passou no Canadá!

— Namorei, Helena, mas a decepção com Luzia foi muito grande. Foram cinco anos de convivência. Marcou muito.

— E por que acha que comigo será diferente?

— Porque desde que a conheci não consigo esquecer seu rosto. Gosto da maneira como se coloca diante dos problemas que aparecem na empresa, sei da sua dedicação a Isabela e aos seus pais, e você tem os olhos verdes mais lindos que eu já vi. E, se você achar importante, tenho a sensação de que a conheço há muito tempo.

— Engraçado... tive a mesma impressão na primeira vez em que o vi.

— Você acredita em vidas passadas?

— Não sei. Comecei a estudar o espiritismo há pouco tempo e tenho ainda muitas dúvidas. Mas talvez você tenha razão. Sempre convivi com muitos homens no meu trabalho, e você foi o único que me fez pensar em me relacionar com alguém.

Segurando a mão de Helena, Rodrigo questionou:

— Sei que é antiquado e talvez até meio bobo, afinal, não somos adolescentes, mas você quer me namorar?

Rindo, Helena respondeu:

— Não é bobo! E, embora não sejamos adolescentes, não somos tão velhos. Sim, aceito namorá-lo e aproveitar a chance que a vida está me dando de ser feliz, de ter alguém com quem dividir momentos bons e ruins. Você apenas terá que entender que não sou totalmente livre por causa da Isa.

— Acha que ela me aceitará?

— Acredito que sim. A Isa tem uma cabecinha boa. Não sei se ela conseguiria tratá-lo como pai, embora ela tenha convivido muito pouco com ele. Ela tinha dois anos quando o pai faleceu.

— A Isa fala sobre ele?

— Dificilmente. Agora, com a companhia do avô, ela está mais segura. Eles fazem várias atividades na fazenda, o que está fazendo muito bem a ela.

— Deixo a seu critério. Quando achar conveniente, você fala com ela. No fim de semana, verei meu pai e falarei sobre nós.

— Acha que ele aprovará seu romance com uma mulher que já tem uma filha?

— Tenho certeza de que sim, principalmente depois que ele a conhecer. Posso pedir o jantar ou prefere tomar outra taça de vinho?

— Podemos jantar.

Rodrigo e Helena continuaram a conversar e fazer planos para o futuro.

— Bom dia, mamãe.

— Bom dia, Helena! Você está com uma aparência boa. Como foi o jantar com o Rodrigo?

— Foi muito bom. Conversamos bastante e decidimos começar a namorar. Fazia tempo que eu não me sentia tão leve.

— Você acha que a Isabela vai aceitar, caso vocês venham a se casar?

— Não sei, mamãe. Ainda não falei com ela, por isso, vamos fazer tudo com muito cuidado. Não quero que ela se magoe. Isa conviveu pouco com o pai, uma figura masculina seria muito bem-vinda na vida dela mas, precisamos observar como será o relacionamento dela com o Rodrigo. Não quero atrapalhar a vida da minha filha.

— Está certíssima. Falei com seu pai sobre você e o Rodrigo, e estamos de acordo com o fato de você querer refazer sua vida. Você é muito jovem e tem todo direito de amar e ser amada.

Abraçando a mãe, Helena tornou:

— Obrigada, mamãe. Não quero parecer uma adolescente, mas estou me sentindo como uma.

— Então, vamos tomar o café da manhã. Isabela já deve ter se levantado.

— Felipe, aquele cliente de Atibaia pediu que você telefonasse. Um vizinho gostou do jardim que fizemos e também gostaria de fazer uma reforma.

— Vou entrar em contato com ele. Você vai viajar neste fim de semana?

— Sim. Iara conseguiu se inscrever no curso de arranjos florais, que será neste fim de semana. Vou aproveitar para contatar os fornecedores que estão patrocinando o evento.

— Ótimo! Vou falar com o senhor Sandro e agendar a visita para a próxima quarta-feira. Fica bom pra você? Não quero marcar para sábado por causa da exposição de Carolina.

— Já marcaram?

— Vão confirmar esta semana. Se não for neste sábado, será no próximo, com certeza.

— Viajo na sexta à noite, então, vou adiantar os arranjos de que você precisará. A organizadora de casamentos virá sábado de manhã retirar os arranjos de mesa.

— Você conseguirá fazer tudo sozinho?

— Iara virá aqui mais tarde e me ajudará. Ela está se saindo muito bem com a confecção de buquês de noiva.

— Isso é ótimo, assim podemos diversificar nosso atendimento. Já pensou em contratá-la?

— Já, mas ela não quer deixar o trabalho com as pacientes da doutora Marcela, então, estamos ainda organizando nossos horários para fazer tudo o que queremos.

— Como você achar melhor, Tadashi. Pode organizar esse trabalho com ela e deixe os jardins por minha conta. Se o serviço aumentar, como parece que está acontecendo, contrataremos mais um ajudante.

— Combinado. Olha quem está chegando.

— Gabriel, como vai?

— Bom dia, Felipe. Tudo bem, Tadashi? Como vocês estão?

Felipe respondeu:

— Tudo bem, estamos organizando o movimento da semana. O senhor Sandro me pediu para orçar o jardim de um amigo dele lá em Atibaia.

— Ele tem muitos amigos por lá. Se todos gostarem do seu trabalho, vocês terão muitos clientes.

— Isso é ótimo! Mas o que você faz aqui?

— Vim encomendar flores para Marcela.

Sorrindo, Felipe questionou:

— Marcela?

Sentindo-se ruborizar, Gabriel explicou:

— Nós passamos o sábado juntos, conversamos muito, e eu gostaria de lhe enviar flores. Como você a conhece há mais tempo que eu, queria uma sugestão.

— Você está interessado nela?

— Sim, ela é uma mulher muito especial. Então, o que sugere?

Tadashi, que ouvia a conversa, sugeriu:

— Rosas.

Os dois olharam para ele, que argumentou:

— Ela gosta de rosas. Eu sempre a atendo e sei que ela prefere as rosas. Geralmente, Marcela mistura cor de rosa e brancas, sempre colocando um botão vermelho entre elas.

— Você faz um buquê para mim? Você acha que ela gostaria de um só com rosas vermelhas?

— Claro! Quer que mande entregar ou você deseja levar?

— Eu gostaria que você entregasse. Vou escrever um cartão.

Enquanto Tadashi fazia o buquê, Felipe ofereceu a Gabriel várias opções de cartão e deixou-o sozinho para que escrevesse o que desejava à médica.

Depois que Gabriel saiu, Tadashi comentou:
— Interessante. Nunca vi a doutora Marcela sair com alguém.
— É, Tadashi, parece que a fábrica nova não trouxe só progresso financeiro para nossa cidade, trouxe também a oportunidade de alguns casais serem felizes.
— Por que você diz isso?
— A doutora Marcela e o Gabriel; o Rodrigo e a Helena; você e a Iara...
— É, eu e a Iara nos aproximamos num momento improvável: no funeral daquela moça. Naquele dia, conversamos bastante, resolvemos sair e não nos separamos mais.
— É, meu amigo, parece que o amor chegou aqui em Várzea do Leste junto com a fábrica nova! Agora, vamos ao serviço, pois tenho dois orçamentos para fazer! Veja, estão chegando as flores para os arranjos do casamento. Você as recebe?
— Sim, assim já coloco na área refrigerada. Depois, vou providenciar o buquê da doutora Marcela e mandar entregar. Você está com o cartão?
— Aqui está. Pode deixar que eu entrego.
Pouco tempo depois, Felipe foi ao consultório, e a secretária informou-o de que a médica estava em consulta:
— Pode lhe entregar este buquê quando a paciente sair?
— Claro, Felipe! Que flores lindas! Ela vai gostar.
— Obrigado.
Alguns minutos depois:
— Doutora, o Felipe da floricultura trouxe-lhe este buquê.
Sentindo-se ruborizar, a médica disse:
— São lindas. Deixe-me ver quem as enviou.
Marcela ficou segurando o buquê enquanto lia o cartão:

Marcela, gostei muito de passar o sábado com você. Foi um dia muito especial. Gostaria de tornar a sair com você, mas respeito seus horários. Por favor, me avise quando podemos nos encontrar.

Um beijo,
Gabriel

Marcela leu, releu e, observando que a secretária demonstrava curiosidade em saber quem enviara as flores, ela tornou:
— Marta, há muito tempo eu não recebia flores! São lindas. Tenho mais algum paciente para atender?

— Não, doutora. Só a partir das quatorze horas. A senhora quer que eu coloque as flores num vaso?

— Não, obrigada. Vou sair agora e dar uma passadinha na clínica de oncologia. Levarei as flores para casa. Me telefone se precisar de alguma coisa.

— Está certo, doutora. Até a tarde.

Depois de verificar se estava tudo em ordem na clínica de oncologia, Marcela telefonou para Gabriel:

— Você está ocupado?

— Não, Marcela. Pode falar! Estou saindo para almoçar.

— Obrigada pelas flores. São lindas.

— Que bom que gostou. Você está ocupada?

— Não. Só vou atender no consultório mais tarde.

— Quer almoçar comigo? Posso ir buscá-la, se você preferir.

— Teremos tempo? Não quero atrapalhá-lo.

— Claro! Estou perto da clínica. Poderíamos almoçar no restaurante japonês, que é aí perto. O que acha?

— Será muito bom. Para não perdermos tempo, vou até lá para reservar uma mesa para nós.

— Perfeito! Eu a encontro em dez minutos.

Capítulo 19

— Helena, você vai sair para almoçar?

— Não, Rodrigo. Vou comer aqui no restaurante da empresa, assim aproveito para avaliar a qualidade do que estão servindo.

— Boa ideia! Vou ligar para o Agostinho e o encontro lá em alguns minutos.

— Certo! Estarei te esperando.

Pouco depois, Rodrigo fez a ligação.

— Agostinho, boa tarde. Só agora consegui te ligar.

— Não tem problema, Rodrigo. Hoje está tranquilo aqui. O senhor William confirmou a vinda dele amanhã junto com o Miguel. Eles vão se hospedar aqui em São Paulo, porém, se precisar, ele ficará alguns dias aí com vocês. Além do produto que estão fazendo, ele quer apresentar outros dois para vocês. São produtos que o Miguel está desenvolvendo, mas não estão prontos. Você consegue hospedá-los aí?

— Consigo. A pensão onde estamos é muito boa. Chamamos de pensão, mas na realidade é um hotel muito bom. É pequeno, mas tem uma boa localização.

— Ótimo! Iremos na quinta-feira pela manhã. Eu não ficarei com vocês, pois preciso voltar por conta de compromissos aqui em São Paulo.

— Fique sossegado. Eu conheço o William pessoalmente e tenho certeza de que ele será bem atendido aqui. Gabriel também o conhece. Não teremos problemas.

— Helena sabe que o Miguel virá? Pensei na irmã dela.

— Sabe. E elas já conversaram sobre a vinda dele.

— Ótimo. Então, até quinta-feira.

— Até lá.

Rodrigo chegou ao restaurante da empresa, e Helena notou que ele estava preocupado. Depois de se sentarem a uma mesa, ela perguntou:

— Aconteceu alguma coisa? Você parece preocupado.

— William vem ao Brasil para desenvolver mais dois produtos aqui na fábrica. São produtos novos. Não estou entendendo. Os produtos não estão prontos, então, por que desejam trabalhar com eles aqui? Quem os está desenvolvendo é o Miguel, e ele não quer ficar aqui no Brasil.

— É estranho mesmo. Agostinho não deu nenhuma explicação?

— Não, só pediu para providenciar um hotel para os dois e disse que ele não ficará aqui por conta de compromissos em São Paulo.

— Então, vamos aguardar. Quem sabe esses novos produtos não trarão mais progresso para a fábrica e consequentemente para nossa cidade?

— Você tem razão. Vamos falar sobre nós?

— Sim, vamos falar sobre nós. Vou conversar com a Isabela hoje à noite.

— E seus pais?

— Meus pais estão tranquilos quanto a nós. Conversei com a mamãe hoje cedo e falei que iria conversar com a Isabela e observar bem como ela vai reagir.

— Depois de falar com ela, me telefone. Quero saber como ela reagiu. Depois, telefonarei para meu pai.

— Você ainda não falou com ele?

— Falei que estou saindo com uma mulher maravilhosa, mas não dei mais detalhes. Ele está curioso! Eu disse que no fim de semana irei para São Paulo, e aí conversaremos.

— É estranho, não? Darmos satisfação aos nossos pais sobre o que estamos fazendo, aguardarmos a reação da Isa... Não somos adolescentes.

— Nisso você tem razão, mas eles querem nosso bem. Não podemos deixá-los de lado se quisermos manter nosso relacionamento. Não é necessário magoá-los. Conversei bastante com seu pai no sábado, enquanto vocês estavam às voltas com os quadros da Carolina. A preocupação dele é que vocês sejam felizes e tenham uma vida tranquila como a que ele tem com sua mãe.

— É... o senhor João Alberto e a dona Maria Cândida enfrentaram muitos problemas, mas o amor que um tem pelo outro os ajudou a vencer cada obstáculo.

— Terminando o almoço, vamos dar uma volta?

— Vamos! A comida está ótima, mas um sorvete de sobremesa seria muito bem-vindo. O que acha?

— Acho uma ótima ideia! E assim podemos conversar sem que os empregados fiquem nos olhando como estão fazendo agora.

Rindo, Helena respondeu:

— É que todos eles já perceberam que existe alguma coisa entre nós. Você está segurando minha mão e olha o tempo todo para mim. O pessoal observa tudo o que acontece, principalmente quando algo envolve nós dois.

— Então vamos dar a eles motivos para comentários.

— O que você fará?

Sem responder, Rodrigo pegou as duas bandejas que continham os utensílios que usaram para almoçar e as levou ao local de armazenamento. Depois, colocando o braço nos ombros de Helena, conduziu-a para fora do restaurante, e saíram abraçados.

Gabriel chegou ao restaurante e rapidamente localizou Marcela. Cumprimentou-a com um beijo no rosto e só depois percebeu que estavam sendo observados pelas pessoas ao redor. Ele sentiu-se ruborizar, e ela explicou:

— Eu conheço quase todas as pessoas que estão aqui, e elas nunca me viram acompanhada. Você certamente despertou a curiosidade delas.

— Meu Deus, Marcela! Ainda existe isso hoje em dia?

— Além do fato de você ficar vermelho? Sim!

— Desculpe, não sei o que está acontecendo. Quando chego perto de você, fico todo atrapalhado. Eu não sou assim.

— Não se preocupe, seja você mesmo. Acho que o fato de estarmos sozinhos há algum tempo está nos deixando embaraçados. Vamos deixar as coisas acontecerem naturalmente.

— Você tem razão. Gostou das flores?

— São lindas! Obrigada. Minha secretária ficou entre encantada com o gesto e surpresa por alguém ter me mandado flores. Os jovens não fazem mais isso?

— Não sei. Hoje, tudo está tão ligado à tecnologia que pequenos gestos de carinho caíram em desuso. Minha mãe sempre gostou de ganhar flores. Meu pai tinha esse hábito. Ele morreu quando eu tinha quinze anos, aí eu passei a presenteá-la em todas as datas importantes. Às vezes, quando vejo uma planta diferente, uma orquídea, sempre me lembro de dar-lhe de presente.

153

— Ela mora sozinha?

— Sim. Fiquei alguns anos longe dela, mas sempre nos falamos por telefone. Quando eu estava no Canadá, uma amiga nossa comprava flores para ela nas datas importantes. Combinávamos o que comprar, eu enviava o dinheiro pelo banco, e mamãe nunca ficou sem flores.

— Que coisa bonita! Não me lembro de meu pai dar flores para minha mãe. Ele lhe deu muitas joias, isso eu me lembro. Mas era ela quem comprava as flores que tínhamos em casa.

— Mas vamos falar de nós. Não, antes vamos pedir o almoço! Você já escolheu?

Depois que fizeram os pedidos, Gabriel tornou:

— Agora sim. Falemos de nós.

Marcela sorriu, e ele continuou:

— Apesar do que houve quando cheguei aqui, queria saber se gostaria de continuar a sair comigo...

— Gabriel, minha vida é muito complicada, mas eu gostaria de continuar saindo com você. Nosso passeio no sábado foi ótimo, mas você conseguirá entender quando marcarmos algum compromisso e eu precisar adiar ou até mesmo cancelar se houver uma emergência no hospital ou na clínica?

— Eu quero ficar com você. Sei que seus pacientes sempre serão sua prioridade, mas podemos tentar adequar nossos horários. Compromissos só quando surgirem, aí saberemos. E, sinceramente, eu não brigaria com você por causa da sua carreira. Foi por causa dela que eu me apaixonei por você.

— Você tem certeza de que está apaixonado por mim?

Segurando as mãos da médica, Gabriel respondeu:

— Não consigo tirá-la do meu pensamento desde o dia em que a vi chorando por causa da morte da sua paciente. Foi algo que mexeu muito comigo. É algo que eu sinto. Não dá para colocar em palavras. Entenderei se você não sentir o mesmo por mim, mas não deixarei de lutar pelo seu amor.

— Você me surpreendeu, e confesso que não deixei de pensar em você desde o nosso encontro no sábado. Sua atenção, seus gestos de carinho... Só tenho medo de magoá-lo, como acabou acontecendo com meus pais.

— A história de seus pais é deles. Nós escreveremos a nossa. Se não tentarmos, nunca saberemos. É impossível prever se algum dia um de nós magoará o outro, mas, se conversarmos e prestarmos atenção no que cada um precisa e sente, acredito que conseguiremos viver juntos por muitos anos.

A conversa foi interrompida pela chegada do garçom com o almoço, e Gabriel comentou:

— Será que sempre teremos um garçom entre nós?

Rindo, Marcela respondeu:

— Espero que não. Mas vamos aproveitar para almoçar! A comida está com uma cara ótima.

Terminado o almoço, Gabriel levou Marcela para o consultório. Lá chegando, ele disse:

— Não terminamos nossa conversa, mas espero poder continuá-la sem garçons!

— Gabriel, você tem razão quando disse que nossa história não será a história de meus pais. Confesso que sempre tive medo de passar o que a mamãe passou com meu pai. As ausências, os problemas do hospital levados para nossa casa, a tristeza dela quando ele não podia estar presente num aniversário. Eu não gostaria de levar esse sofrimento para ninguém, mas, ao mesmo tempo, sempre me questionei sobre o que eu queria para minha vida. Como eu poderia fazer diferente dele. Quero tentar uma vida com você, porém, gostaria que me prometesse que não me deixará magoá-lo. Que vai me avisar quando perceber que estou colocando minha carreira em primeiro lugar. Não vamos permitir que meu trabalho seja mais importante que nossa vida.

Gabriel segurava as mãos de Marcela e, puxando-a para perto dele, beijou-a delicadamente. Como ela correspondeu, ele abraçou-a e beijou-a com paixão. Quando se separaram, ele disse:

— Não deixarei que nada nos atrapalhe. Prometo que, sempre que me sentir mal por qualquer motivo, conversaremos e resolveremos o que fazer para que tudo fique bem para nós. E se eu fizer alguma coisa que possa magoá-la, você deve me falar, afinal, não é só sua profissão que pode nos criar algum problema.

— Combinado! Agora preciso ir, pois minha paciente acabou de chegar e com certeza o viu me beijar.

— Então, vou beijá-la novamente! Mais tarde, eu lhe telefono, está bem?

Marcela sorriu e beijou-o selando um amor pelo qual ela esperava havia tanto tempo.

— Aline, você separou o material que eu pedi?

— Sim, Miguel. Está tudo nesta pasta. Você vai usá-lo agora?

— Vou. William quer conversar comigo agora. Acho que não poderemos almoçar juntos.

— Não tem problema. Espero você para irmos embora?

— Pode ser. O horário do voo foi alterado. Vamos embarcar hoje às dez da noite e devemos chegar ao Brasil amanhã por volta das duas da tarde.

— Vou esperá-lo. Assim, posso ajudá-lo a fazer a mala.

— Está bem. Agora vou correr porque estou atrasado para a reunião.

※※※

Iara chegou à floricultura e procurou por Tadashi. O senhor Norio estava entregando uma encomenda e pediu que ela aguardasse, pois precisavam conversar.

— Desculpe fazê-la esperar, Iara. Tadashi ainda não voltou do almoço e Felipe está fazendo as entregas.

— Senhor Norio, vim adiantar os arranjos para o casamento de sábado. Tadashi não falou nada?

— Não, mas pode entrar. Você tem feito arranjos muito bonitos! Conversei com alguns clientes, e eles a elogiaram. Não gostaria de trabalhar aqui conosco?

— Eu gostaria de ficar mais tempo aqui, mas não consigo deixar o trabalho no centro de oncologia. Ajudar a melhorar a autoestima das pessoas que passam por ali me faz um bem enorme. Eu e seu filho já conversamos. Tadashi e Felipe poderiam pegar mais encomendas se eu pudesse trabalhar mais tempo aqui, mas não consigo.

— Você acha que algumas pessoas que você atende gostariam de aprender jardinagem ou fazer arranjos, não profissionalmente, mas para terem uma ocupação? Para fazerem um arranjo bonito para suas casas?

— Acho que é uma ótima ideia! Conheci algumas pessoas que não tinham pelo que viver. Não tinham um estímulo, uma ocupação. Pode ser uma ideia maluca, mas acredito que a pessoa que se ocupa com pintura, com arranjos de flores e com plantas acaba vendo a vida com outros olhos e se esquece da doença por algum tempo.

Tadashi e Felipe chegaram juntos e encontraram Iara e o senhor Norio conversando. Quando se aproximaram, Iara disse:

— Tadashi, seu pai teve uma ótima ideia...

Sorrindo, ele tornou:

— Ele a convenceu a trazer pessoas para aprender jardinagem?

— Isso mesmo. Não sei se todas viriam, mas pelo menos já consigo pensar em três pessoas que estão precisando de uma atividade.

Felipe perguntou:

— E trabalhariam para nós?

Norio explicou:

— Não, aprenderiam uma atividade nova. Temos muito espaço atrás do barracão que pode ser utilizado como uma escola, digamos assim. Poderíamos ajudá-las a criar arranjos, a plantar. Elas poderiam trazer vasos de casa que precisem de uma terra nova. Não usaríamos adubos nem produtos químicos, apenas terra. Depois, se alguém se interessasse em trabalhar conosco, eu falaria com você e o Tadashi. Eu daria as aulas básicas, e a Iara, quando tivesse tempo, poderia ensinar os arranjos que ela aprenderá neste fim de semana.

— Pai, eu concordo. E, pelo sorriso, sei que a Iara concorda também. E você, Felipe? O que acha?

— Acho ótimo! Fui fazer uma entrega no centro de oncologia e havia uma senhora fazendo quimio. Ela me fez várias perguntas sobre como recuperar uma orquídea. Pedi que ela mandasse alguém trazer a planta que eu mesmo cuidaria dela. Ela disse que quer vir pessoalmente para aprender como faço. Quando falou de salvar a orquídea, o rosto dela iluminou-se. Esse trabalho aqui não poderia ser melhor para nossa cidade.

O senhor Norio concluiu:

— Então, vamos ao trabalho! Vou organizar o espaço, e depois vocês me ajudam a colocar lá o que precisamos.

Felipe tornou:

— Vou com o senhor, assim o ajudo a tirar aqueles vasos mais pesados.

Depois que eles saíram, Iara falou:

— Seu pai é incansável. Admiro a disposição do senhor Norio para ajudar as pessoas.

— Sim, Iara, e ele sempre foi desse jeito. Espero que eu consiga ser assim também quando ficar mais velho.

Iara colocou a mão no braço de Tadashi e disse:

— Você já é assim. Por isso me apaixonei por você.

Tadashi fez um carinho no rosto da namorada e respondeu:

— Você também é uma pessoa especial. Esperei tanto por um amor de infância e sem querer descobri um amor que estava tão perto. Eu te amo, Iara.

Iara abraçou-o, e o casal trocou um beijo longo e apaixonado, selando a promessa de um amor eterno.

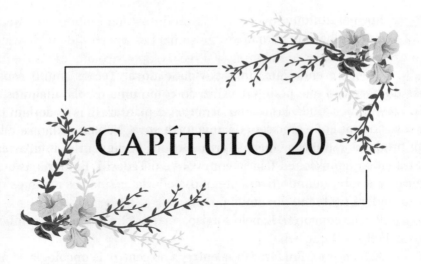

Capítulo 20

— Miguel, quer que eu o acompanhe ao aeroporto?
— Não, Aline. Não será necessário. O carro da empresa virá me buscar daqui a pouco, e provavelmente William estará nele. O interfone está tocando. Deve ser ele.

Aline atendeu e informou que Miguel desceria em seguida.
— São eles, sim. Boa viagem, amor. Telefone quando estiver instalado.

Miguel deu um beijo rápido em Aline e disse que telefonaria. Aline não ficou satisfeita com a despedida do namorado. Seria uma separação de apenas alguns dias, mas algo dentro dela a preocupava: "Não sei o que está acontecendo comigo, mas não consigo aceitar bem essa viagem. Miguel ficou tão diferente quando soube que teria de viajar...". Novamente, Aline lembrou-se das palavras de Gabriel: "Ele se fecha quando surge um problema pessoal".

"Miguel, espero que seja apenas uma reação momentânea a essa viagem. Se cada vez que surgir um problema você reagir assim, não sei o que será da nossa relação."

A caminho do aeroporto, William disse animado:
— Estou feliz por fazer esta viagem, mas, pela sua expressão, acredito que você esteja indo ao Brasil contra sua vontade, estou certo?

Miguel respirou fundo e respondeu:
— Serei franco com você, William. Eu não pretendia voltar ao Brasil e ainda terei de me encontrar com pessoas com as quais não tenho vontade de voltar a me relacionar.

— Miguel, eu sei que você se separou recentemente... Não sei o motivo, e não precisa me contar o que houve. Preciso de sua presença nessa viagem porque você desenvolveu dois produtos que tenho interesse em fabricar no Brasil, onde sei que teremos uma boa oportunidade de venda. Não veja essa viagem como punição. Preciso saber se o maquinário é adequado, se haverá necessidade de modificação do projeto, e os desenhos são seus. Uma coisa é desenhar; outra coisa é produzir. Não quero falhas na produção, pois isso pode causar um grande prejuízo à nossa empresa.

— Eu entendo as necessidades da empresa, William. Não se preocupe comigo. Vou desenvolver a peça com o Gabriel e saberei lidar com as pessoas sobre as quais lhe falei. Pode contar comigo para desenvolver esses produtos.

— Obrigado. Chegamos! É melhor nos apressarmos, pois estamos em cima da hora do embarque.

Na floricultura, Iara e Tadashi terminavam de separar o material necessário para os arranjos da festa de casamento que se realizaria no fim de semana.

— Tadashi, faltam alguns vasos e algumas folhas secas para completar os arranjos de mesa. Vieram a menos?

— Não, Iara. A decoradora pediu mais oito. Vão acrescentar esses arranjos na área destinada aos presentes. Eu já fiz o pedido. Deve chegar amanhã.

— São tantas modificações que eles pedem que tenho medo de não conseguirmos terminar tudo a tempo.

— Não se preocupe. Terminaremos, e, se faltar alguma coisa, a Carolina se ofereceu para nos ajudar. Ela estava aqui quando vieram pedir mais arranjos. Você está preocupada com o casamento ou há algo mais a incomodando?

— O casamento me preocupa, mas há uma coisa que preciso falar com você. Podemos parar agora?

— Sim. Vamos fechar aqui e jantar. O que você acha?

— Claro, mas eu preferia que jantássemos em minha casa. Não queria ir a um restaurante. Chegando lá, pedimos alguma coisa para comer, mas preciso falar com você hoje.

Tadashi ficou apreensivo, mas procurou não demonstrar.

Chegando à casa de Iara, ela fê-lo sentar-se e, segurando as mãos do namorado, perguntou:

— Hoje você disse que me amava, mas sei que já foi apaixonado pela Helena. Como está seu sentimento por ela, Tadashi?

— Iara, eu me apaixonei pela Helena quando tinha dezesseis anos. Não cheguei a falar com ela sobre meus sentimentos porque, no dia em que decidi fazê-lo, soube que ela e a irmã estavam indo embora para estudar em São Paulo. As duas foram morar com uma tia, irmã do pai delas. Minha mãe não aprovava minha vontade de namorá-la porque somos japoneses. Ela dizia que nossos costumes eram diferentes e me fez prometer que só me envolveria com alguém da nossa descendência. Ela queria me ver casado com a Terumi. Você a conhece.

— Sim. Aquela moça que trabalha na prefeitura?

— Isso mesmo. Minha mãe estava doente na época. Ela tinha câncer, e eu não quis contrariá-la, então, fiz essa promessa. Em nenhum momento, contudo, me empenhei em procurar a Terumi. Alguns meses depois, minha mãe faleceu, e eu não toquei nesse assunto com meu pai. Fui cuidar dos meus estudos, fiz faculdade de biologia e me dediquei às plantas.

— E quando a Helena voltou, o que você sentiu?

— Tive alguma esperança de conversar com ela sobre esse sentimento, mas não houve oportunidade. Na verdade, ela me fez ver que eu havia perdido um tempo enorme alimentando uma paixão de adolescente. A Helena que voltou para nossa cidade não é a garota por quem me apaixonei. Sei que o que sinto por você não tem nada a ver com o sentimento que eu nutria por ela. Lembra-se do dia em que você perdeu sua amiga e me pediu para fazer uma coroa de flores?

— Sim, mas...

— Iara, não tem mas... Nós conversamos muito, procurei ajudá-la em tudo o que você precisou, começamos a nos ver mais... eu nunca senti antes o que sinto por você. Por favor, acredite em mim. Eu não lhe diria que a amo se tivesse qualquer dúvida sobre esse sentimento.

Iara não conseguiu conter as lágrimas, e Tadashi abraçou-a. Procurando acalmá-la, ele disse:

— Não fique assim, Iara. Estamos começando uma história tão bonita! Por que está com dúvidas ainda?

Afastando-se dele, Iara respondeu:

— Não sei se devemos seguir em frente com nosso namoro, Tadashi. Seu pai me trata tão bem... Hoje, ele me falou dos cursos que quer oferecer na floricultura e que deseja incluir crianças também. Antes de você chegar, ele estava me explicando o trabalho que pretende desenvolver na creche do centro espírita... Eu fiquei pensando... Se nosso relacionamento ficar mais sério, se chegarmos a um casamento, não poderei lhe dar um filho, Tadashi.

Segurando as mãos de Iara, ele respondeu:

— Iara, olhe pra mim. Vamos! Pare de chorar e olhe nos meus olhos. Eu sei de tudo pelo que você passou e a amo como você é. Não estou com você porque quero ter um filho ou dar um neto ao meu pai. Com o tempo, se nós dois concordarmos, veja bem, se *nós dois* concordarmos, poderemos adotar uma criança ou dedicar parte do nosso tempo às crianças da creche. Vamos deixar o tempo nos mostrar o que devemos fazer e aproveitar o que a vida está nos dando hoje.

Iara abraçou-o e, mais calma, mas ainda com lágrimas nos olhos, respondeu:

— Estou sozinha há tanto tempo, e seu amor, sua companhia, seu carinho me fizeram tão bem que não quero perdê-lo. Em contrapartida, também não quero tirar de você o direito de ser pai.

Pousando o dedo nos lábios da namorada, ele concluiu:

— Você não está me tirando o direito de ser pai. Como lhe disse, nós podemos adotar uma criança se entendermos que somos capazes de ser pais. Por outro lado, se quiser terminar nosso romance, você me tiraria o direito de ser feliz. Vamos seguir em frente e ver aonde a vida nos levará. Se ela nos uniu é porque tem um propósito para nós. Não acha?

Enxugando o rosto com as mãos, Iara respondeu:

— Você tem razão. Não pensei nisso. Quero ficar ao seu lado e aproveitar todos os momentos em que estivermos juntos. Há muito tempo não me sentia tão completa! Faço coisas de que gosto, mas estar com você é diferente. É como se você tivesse me trazido luz num momento de escuridão, Tadashi! Me apaixonei por você antes daquele dia. Eu o via trabalhando com os arranjos e observava a forma carinhosa como você atendia às pessoas. Sempre busquei força para lidar com o que me aconteceu... e tê-lo comigo me trouxe uma alegria que eu não sentia havia muito tempo.

Tadashi abraçou-a novamente e completou:

— Então, vamos viver o presente e deixar o futuro no futuro! Só poderemos viver o amanhã quando ele chegar. Neste momento, o importante é o hoje, é o que sentimos e queremos para nós. E eu quero ficar com você! Eu a quero ao meu lado todos os dias na minha vida. Quer se casar comigo?

Iara afastou-se um pouco e, olhando nos olhos de Tadashi, disse:

— Quero! Tenho certeza de que serei muito feliz com você.

Um beijo selou a união dos dois, dando-lhes a certeza de que juntos venceriam os obstáculos que surgissem dali em diante.

— Bom dia, meu filho! Está tudo bem? Você chegou tarde ontem.

— Bom dia, papai. Eu fiquei até tarde na casa da Iara. Ela estava insegura e queria conversar comigo.

— Sei que estão namorando há pouco tempo e que você era muito ligado à jovem Helena. Eu gostaria de saber um pouco sobre seus sentimentos, se não se importar de se abrir comigo.

— Pai, fiquei muito tempo preso a Helena, mas, quando nos reencontramos depois de todos esses anos, percebi que não era amor o que eu sentia. Era algo ligado ao passado, ao sentimento que eu tinha por ela quando adolescente. Iara é diferente. Com ela, eu me sinto completo, pai. O senhor consegue me entender?

— Sim, filho. Sei o que é se sentir completo com alguém que amamos. Você disse que ela estava insegura?

— Estava ou talvez ainda esteja. Iara está preocupada com o fato de que, se chegarmos ao casamento, não poderemos ter filhos devido à cirurgia que ela fez. Procurei tranquilizá-la e espero ter usado as palavras certas. Às vezes, é difícil dizer coisas sobre as quais não temos controle.

— Você quer muito ser pai?

— Pai, eu não parei para pensar nisso. Nosso relacionamento está indo bem, estou me sentindo feliz, tudo está dando certo. Filhos é um assunto que sinceramente não me preocupa neste momento.

— Filho, quando um casal resolve viver junto, geralmente não está preocupado em ter filhos. Pelo menos era assim que eu pensava quando me casei. Sua mãe demorou para engravidar. Ela precisou de repouso durante a gravidez para que você nascesse com saúde, um menino forte que só nos trouxe alegria. Eu queria que tivéssemos outros filhos, mas os problemas da primeira gravidez marcaram muito sua mãe. Ela não queria passar por tudo aquilo novamente, então, nós decidimos não tentar outro filho. Estou lhe contando isso porque filhos são muito importantes na vida de um casal, porém, se você quer se casar com a Iara e já sabe que ela não poderá ser mãe, deixe que o tempo se encarregue de ajudá-los.

— Eu disse a ela que poderíamos adotar uma criança, mas que não precisávamos decidir isso agora. Ela está preocupada porque você não será avô e não daremos continuidade ao nome da família. Você tem essa preocupação?

— Não, filho. Quero sua felicidade. E, como disse, vocês podem adotar uma criança no futuro. Há tantas em orfanatos precisando de carinho, de alguém que lhes dê um lar. Tranquilize a Iara. Sei que você pode fazê-lo.

— Obrigado, papai. Por um momento, eu me senti egoísta, porque não pensei na sua expectativa de ser avô. Meus tios todos têm netos. Você não sente falta de ter um?

— Não podemos sentir falta do que não temos, filho, e eu me importo muito com você. Sei que ficou preso ao pedido de sua mãe para que se casasse com uma moça oriental e que isso o infelicitou muito. Procure ser feliz e fazer a Iara feliz, meu filho. Tenho muitos sobrinhos-netos. Não se preocupe.

— Obrigado, papai. Posso lhe dar um abraço?

— Claro, meu filho.

Pai e filho abraçaram-se, e Tadashi sentiu-se amparado por aqueles braços fortes de quem trabalhava na terra. Eles não tinham o hábito do contato físico, mas Tadashi queria mudar isso. Já observara que Felipe e o pai se abraçavam e sentia necessidade de cultivar o gesto com o pai.

— Obrigado, pai. Há muito tempo queria fazer isso, mas, como não temos esse costume, fiquei sem jeito de falar com o senhor.

— Meu filho, costumes podem e devem ser mudados. Talvez não consiga mudar minha forma de ser, mas você pode fazê-lo e não se envergonhe disso. Mudanças são sempre positivas. Agora, vamos terminar nosso café, que é algo que também não fazemos juntos há tempos!

William e Miguel chegaram a São Paulo e decidiram ir direto para o hotel.

— Miguel, como antecipamos nossa viagem, ficarei no hotel. Quero descansar um pouco antes de ligar para o Agostinho. Preciso verificar como ficou nossa programação. Você pode usar seu dia como quiser. Sua mãe mora em São Paulo?

— Sim, vou deixar a mala no hotel, descansar um pouco e depois vou vê-la. Ela estava esperando que chegássemos amanhã.

— Nossa ida a Várzea do Leste está marcada para quinta-feira. Amanhã, quero visitar a fábrica daqui e me inteirar do que estão produzindo. Gostaria que me acompanhasse, pois, assim, enquanto cuido de alguns assuntos, você se inteira do que está sendo desenvolvido lá. Quando compramos essa fábrica, estavam desenvolvendo um produto novo. Quero saber de todos os detalhes e custos antes de começar a produção.

— Está certo. A que horas pretende ir?

— Vou combinar com Agostinho. Acho que poderíamos ir às nove horas, pois conseguiríamos descansar um pouco da viagem.

— Está certo. Nos encontramos no lobby?

— Sim, está ótimo.

Depois de instalados no hotel, William telefonou para a esposa e em seguida para Agostinho:

— Bom dia, Agostinho. É William.

— Bom dia, senhor William. Me avisaram que o senhor chegaria hoje, mas não me disseram a que horas. Fizeram boa viagem? Em que posso ajudá-lo?

— A viagem foi ótima! É muito bom voltar ao Brasil. Gosto muito daqui. Hoje, ficarei no hotel, pois quero descansar um pouco. Não consegui dormir no avião. À tarde, gostaria que você me enviasse a programação que foi feita para minha estadia aqui. Amanhã, pretendo conhecer a unidade em que você está instalado. Pedi ao Miguel que me acompanhasse e visse aquele projeto que estão desenvolvendo. Você pode me acompanhar?

— Sim, estou à sua disposição, senhor William. Enviarei daqui a pouco a programação e alguns relatórios que chegaram hoje para que o senhor se atualize e faça as considerações que achar necessárias. Posso ir buscá-lo amanhã cedo?

— Combinei com o Miguel amanhã às nove horas. Ele também está hospedado aqui.

— Combinado! Amanhã, estarei aí às nove horas.

— Obrigado, Agostinho! Até amanhã.

Capítulo 21

Depois de descansar um pouco, Miguel foi à galeria.

— Boa tarde, Rafael. Minha mãe está?

— Oi, Miguel. Como vai? Ela foi buscar um quadro que colocaremos na exposição, mas já deve estar chegando.

— É impressão minha ou vocês aumentaram o espaço de exposição?

— Sim, nós aumentamos. Temos três artistas trabalhando exclusivamente conosco, então, sua mãe modificou o espaço para as exposições novas. Ela reservou o salão menor para os quadros de artistas novos, que trazem apenas um quadro para expor.

— Não vou atrapalhar seu serviço. Pode continuar o que estava fazendo. Vou dar uma olhada nos quadros.

— Fique à vontade, Miguel.

Algum tempo depois:

— Rafael, por favor, me ajude aqui. Consegui trazer os três quadros... Miguel?! Eu o esperava amanhã.

— Boa tarde, mamãe. Decidiram adiantar a viagem, então, chegamos hoje. Quer ajuda?

— Sim, pegue este aqui.

— Matilde, quer minha ajuda? — perguntou Rafael.

— Sim, Rafael, pegue este quadro aqui. Deixe que eu levo o outro. Vamos colocar direto na sala de exposições.

Depois de colocar os quadros nos lugares certos, Matilde aproximou-se do filho para abraçá-lo:

— Miguel?

— Desculpe, mamãe. O que foi?

— Agora posso lhe dar um abraço. Fiquei tão surpresa com sua chegada que me atrapalhei toda.

Miguel abraçou a mãe sem conseguir tirar os olhos das telas que ela havia trazido. Notando a atitude do filho, Matilde perguntou:

— Está reconhecendo esses trabalhos?

— Estou, mas não podem ser de quem estou pensando.

— Carolina?

— Sim, mas ela estava...

— Morrendo?

— Não foi isso que eu quis dizer...

— Todas essas telas são dela. Faremos um *vernissage* no próximo sábado.

— Todas? Aqui tem pelo menos oito telas! E aquele homem? Ela não pintava pessoas. O que aconteceu?

Notando a palidez do filho, Matilde segurou em seu braço e disse:

— Venha à minha sala. Vamos tomar um café. Rafael, você poderia providenciar para nós?

— Claro, Matilde. Conversem à vontade! Eu cuido da galeria.

Depois de acomodar o filho, ela explicou:

— Depois que você foi embora, Carolina começou a fazer quimioterapia e passou muito mal. O tratamento não estava surtindo o efeito esperado, e ela quis desistir de tudo. Você se lembra de Aurora?

— Sim, me lembro.

— Então, Aurora conversou muito com ela, e nós a aconselhamos a voltar a morar com os pais. Uma nova cidade, novas pessoas, o apoio da família, um novo tratamento, tudo isso fez muito bem a Carolina. Os quadros são fruto da vontade dela de vencer a doença e do apoio que ela recebeu dos pais, de amigos, de uma médica muito competente, da prática espiritual e de um novo romance.

— O homem do quadro?

— Isso mesmo.

Rafael pediu licença e entrou com um carrinho:

— Trouxe um lanche para vocês.

— Obrigada, Rafael.

Matilde serviu o filho e esperou que ele falasse o que estava sentindo. Miguel não conseguia disfarçar a surpresa e não sabia como agir. Passados alguns minutos, ele disse:

— Ela estava tão mal... eu não sabia como agir. Não conseguia olhar para ela naquele estado. Quando foi para a casa dos pais, Carolina já estava melhor? Já tinha feito parte do tratamento?

— Não, Miguel. Ela estava abatida, havia engordado, os cabelos e a sobrancelhas estavam cheios de falhas. A autoestima de Carolina estava muito baixa, e ela acreditava que o tratamento não adiantaria. No entanto, ela, felizmente, encontrou quem a apoiasse e a fizesse querer voltar a viver.

— A senhora vai sempre me acusar?

— Não estou acusando-o, Miguel. Estou lhe contando o que aconteceu. Vocês se separaram e estão livres para refazerem suas vidas. Como você irá em breve para Várzea do Leste, talvez a encontre por lá, então, é bom que saiba o que aconteceu.

— Eu não queria voltar, mas o diretor da empresa praticamente me obrigou.

— Por que não queria voltar? Tinha receio de encontrá-la?

— Mãe, você não sabe o que senti quando descobrimos que Carolina estava com câncer. Eu tinha muitos planos, e todos se desfizeram por causa dessa doença. Eu não suportava olhar para Carolina. Ela chorava todos os dias, e eu sabia que ela ficaria deformada. Nunca mais seria a garota que eu conheci e por quem me apaixonei. E ninguém me entendeu! Vocês só me acusaram de ser insensível, de não apoiá-la. Só pensaram nos sentimentos dela; nunca pensaram em mim.

— Isso não é verdade.

— É sim! Você, meu sogro, todos só me criticavam. Fiquei feliz porque pude sair do Brasil e recomeçar minha vida longe. Você não sabe o que é conviver com uma pessoa com essa doença!

— Engano seu, Miguel. Eu passei a cuidar de Carolina e estava praticamente morando na casa de vocês até que ela fosse vendida. Ela nunca o acusou de nada, ao contrário. Pediu que parássemos de culpá-lo por tê-la abandonado.

— Não sei se acredito nisso. Nós tivemos uma discussão. Eu queria levá-la comigo mas ela se recusou.

— Levá-la com você? Miguel, por favor! Se aqui, em nosso país, com todos nós para ajudá-lo, você foi embora, como seriam as coisas num país distante, sem o apoio de ninguém conhecido?

Levantando-se, Miguel disse:

— Você não entende!

— Entendo sim! Você não teve estrutura emocional para ajudá-la! E, sejamos honestos, tem certeza de que a amava? Quando amamos alguém, nossa primeira preocupação é com o ser amado e não com nossos planos, com nossos ideais.

— Não adianta falar com você.

— Talvez você tenha razão, Miguel. Não consigo entendê-lo. Eu esperava que você fosse para nossa casa, mas parece que não fará isso.

— Não, mãe. Estou hospedado num hotel por conta da empresa. É melhor eu ir pra lá.

— Você é quem sabe, meu filho. Nossa casa estará sempre aberta para você.

Miguel saiu da sala da mãe, parou em frente ao retrato de Felipe e saiu da galeria sem se despedir. Preocupado, Rafael foi procurar Matilde:

— Está tudo bem? Não precisa responder. Pela sua expressão, a pergunta foi desnecessária.

— Ah, Rafael, por que meu filho é assim?

— Assim como?

— Frio, egoísta, só pensa nas vontades dele. Ele achou que a Carolina tivesse morrido.

— Ele disse isso?

— Não diretamente, mas, quando soube que os quadros que estamos expondo eram dela, não vibrou com o sucesso dela, ao contrário. Pareceu-me que ficou desapontado.

— Ele saiu daqui, parou em frente ao retrato do Felipe e saiu sem dizer nada. Talvez a surpresa tenha sido muito forte. Acredito que o Miguel não imaginava...

— Isso mesmo. Foi o que eu disse: ele não imaginava que Carolina pudesse se recuperar. Entende agora o que estou tentando dizer?

— Não sei o que pensar... A campainha está tocando. Vou ver quem é.

Ao abrir a porta, o rapaz surpreendeu-se:

— Dona Aurora, a senhora chegou na hora certa!

— Aconteceu alguma coisa? Matilde não saía do meu pensamento.

— Sim, aconteceu. Miguel esteve aqui, e a conversa entre eles não foi nada agradável. Mas entre! Ela está no escritório. Vai ser bom vê-la. Vou providenciar um chá para vocês.

— Obrigada, Rafael. Você sempre sabe o que fazer.

No dia seguinte, ao encontrar-s   Miguel no hotel, William observou:
— Você está bem? Parece abatido.
— Estou bem. Deve ser a viagem. Não se preocupe.
— Se preferir ficar aqui hoje, teremos tempo para ver os projetos da fábrica. Terei de ficar mais uns dias no Brasil, porque o gerente da nossa filial do Canadá quer falar comigo. Estão com um problema com os empregados.
— Não, William, prefiro ir com você. Assim me ocupo e logo estarei bem.
— Então vamos! Agostinho já está à nossa espera.
Quando chegaram à fábrica, depois de feitas as apresentações, Miguel foi informado de que havia um recado para ele. Nesse momento, lembrou-se de Aline e calculou que ela deveria ter telefonado. O encontro com a mãe não ocorreu como o esperado, e Miguel esqueceu-se de telefonar para a moça. A funcionária indicou a sala onde ele poderia usar o telefone, e Agostinho pediu-lhe que depois encaminhasse Miguel ao setor de projetos.
Ele saiu, e William comentou:
— Você conhecia o Miguel?
— Pessoalmente? Não. Mantive contato com Gabriel e Rodrigo.
— Esse moço está estranho. Ele não queria vir ao Brasil, e acredito que algo tenha acontecido ontem.
— Por que o senhor diz isso?
— Pode me tratar por você. Procurei Miguel no hotel, e me disseram que ele havia saído. Calculei que tivesse ido ver a mãe, que sei que mora aqui em São Paulo. Hoje, não o vi no restaurante no café da manhã. Não gosto disso.
— Talvez ele esteja cansado da viagem. A diferença de fuso horário, por menor que seja, muitas vezes deixa as pessoas esgotadas.
— Você tem razão. Vamos ver como ele se comportará hoje. Temos muito que fazer agora. Poderia me mostrar a linha de produção?
— Sim, venha comigo.
Agostinho foi explicando cada setor da fábrica, e William demonstrava entusiasmo com a limpeza, organização e disposição do maquinário, que facilitava muito o desenvolvimento dos produtos feitos ali. Terminada a visita, foram ao escritório conferir os relatórios. Conversavam sobre os resultados financeiros, quando Miguel os procurou:
— William, os projetos que estão sendo desenvolvidos aqui são muito bons. Estou com os desenhos e as descrições técnicas. Como disse que

eu poderia ficar no hotel hoje e, se não se importar, voltarei para lá e farei as análises mais tarde. Ainda hoje, deixarei tudo com você.

— Pode ir e me entregar tudo amanhã quando formos a Várzea do Leste, Miguel.

— Obrigado. A viagem realmente me deixou exausto.

Agostinho respondeu:

— Se precisar de alguma coisa, pode me ligar. Se precisar de nosso motorista, é só falar com a Telma, a funcionária que o avisou do telefonema. Ela está na recepção.

— Obrigado, Agostinho. Até amanhã.

Depois que Miguel saiu, Agostinho e William terminaram o que estavam fazendo e decidiram ir almoçar. No restaurante, a conversa girou em torno do Brasil:

— Sabe, Agostinho, eu gosto muito deste país. Morei aqui durante alguns anos com meus pais e foi uma época muito boa. Depois fui estudar no Canadá e acabei ficando lá. Não sei se é do seu conhecimento que meus pais faleceram aqui. Foi uma época difícil, mas consegui superar.

— Perder quem amamos é muito difícil. Eu soube o que aconteceu com você através do Rodrigo. Ele me disse que vocês são amigos.

— Sim! Inclusive, eu participo de um grupo de estudos da doutrina espírita que era organizado por ele. Continuamos a nos reunir, mas confesso que não é a mesma coisa. Você é espírita?

— Não. Na realidade, não sigo nenhuma religião. Acredito em Deus como uma força maior que rege o universo e converso com Ele de vez em quando. Aproveitando, na quinta-feira haverá uma palestra no centro espírita que o Rodrigo frequenta. Ele me pediu para informá-lo. Se você quiser ir, ele pode trazê-lo para São Paulo na sexta-feira. É bom avisarmos a ele para reservar o hotel para que você não tenha problema.

— Pode confirmar! Será bom ter um tempo a mais com ele. Agora, preciso lhe pedir um favor. Você sabia que temos uma filial canadense aqui em São Paulo?

— Sim, o Sandro me pôs a par dos negócios da empresa.

— O gerente dessa filial quer se aposentar e me pediu para substituí-lo. Quem cuidava disso era o nosso setor de Recursos Humanos, mas está havendo algum problema entre eles. Você me acompanharia até a Canada Corporation e me ajudaria com isso? Não estou familiarizado com a legislação trabalhista brasileira.

— Claro!

— Ótimo! Estando voce e Rodrigo juntos em São Paulo, com certeza contrataremos alguém que possa manter a empresa produzindo como ela vinha fazendo.

— Você sabia que Rodrigo pediu transferência para Várzea do Leste?

— Sim, mas é temporária. Ele ficará lá durante a montagem da filial.

— Não, ele pediu transferência definitiva para lá. Ele virá a São Paulo quando precisarmos. Nas demais situações, faremos nossos contatos por e-mail e telefone.

— Por que ele fez isso?

— Prefiro que ele mesmo converse com você, William. Acredito que você não se oporá depois de conversar com ele.

William sorriu e completou:

— Você é muito discreto. Pode deixar. Falarei com ele.

— É melhor. Você gostou da comida?

— Sim, está ótima. Não sei você, mas não dispenso a sobremesa!

— Então vamos pedi-la!

CAPÍTULO 22

Chegando ao hotel, Miguel foi informado de que Aline havia telefonado e pedido que ele entrasse em contato com ela. Ele agradeceu a recepcionista pelo recado e foi para o apartamento. Sentia-se mal pela conversa que tivera com a mãe e não tinha vontade de falar com ninguém. O telefone tocou, e, quando ele atendeu, a telefonista perguntou se poderia transferir a ligação.

— Sim, obrigado.
— Miguel? Miguel, o que está acontecendo? Por que não me telefonou quando chegou ao Brasil?
— Boa tarde, Aline. Não liguei porque não tive tempo. Você vai controlar todos os meus passos? Estou aqui, estou bem e estou trabalhando. O que mais quer saber?
— Não precisa ser tão grosseiro! Eu estava preocupada com você.
— Pois não fique. Está tudo bem. Talvez eu tenha de ficar mais alguns dias no Brasil, porque nossa filial está com problemas e William precisa resolvê-los.
— Sei. Não quero brigar com você, desculpe. Sei que você não queria fazer essa viagem, mas, como não me ligou, eu fiquei preocupada.
— Não queria vir e até agora só tive aborrecimentos.
— Você foi ver sua mãe?
— Sim, e a conversa com ela não foi boa. Olha, Aline, estou no hotel, mas tenho muito serviço para fazer. Quando eu voltar, conversaremos. Está bem?
— Está bem, Miguel. Um beijo.

Emily, colega de trabalho de Aline, aproximou-se e, vendo que ela segurava o telefone no ar, perguntou:
— Está tudo bem, Aline?
Ela colocou o telefone no lugar e respondeu:
— Não, Emily. Liguei para o Miguel, e nós acabamos discutindo.
— Eu não o conheço bem, mas já ouvi dizer que ele é uma pessoa difícil. O caso de vocês é sério?
— Caso?
— Foi o que me disseram. Desculpe, não queria invadir sua privacidade... É que você está com uma expressão abatida... Posso ajudá-la?
— Não, Emily. Só preciso pensar mesmo. Se não se importa, não queria conversar agora. É um assunto particular, e eu mesma tenho de resolvê-lo.
— Está bem, não vou incomodá-la. Mas se precisar conversar...
— Eu sei, obrigada.

Em Várzea do Leste, Gabriel e Helena conversavam:
— Gabriel, a pensão onde você está é um bom local para hospedarmos o senhor William?
— Sim, inclusive conversei com o pessoal. Já reservaram um quarto para ele e outro para o Miguel. Agostinho não ficará aqui.
— Ele ficará mais alguns dias no Brasil. Rodrigo irá com ele para São Paulo. Vão à filial canadense.
— Sim, ele comentou comigo. Estão com problemas.
— Você trabalhava na filial do Brasil e foi transferido para o Canadá?
— Sim, a Canada Corporation[5] é antiga. Eles investiram em uma filial aqui no Brasil porque o produto deles é muito bom e foi bem aceito em nosso mercado. Eu e outros engenheiros que trabalhavam na filial aqui do Brasil fomos enviados para Toronto, onde fica a sede da empresa, para nos dedicar a novos produtos. Desenvolvemos vários projetos, e quase todos foram aprovados. Para nós, foi uma surpresa a compra da SW Brasil[6]. Os produtos que vocês fabricam aqui são bem diferentes.
— O que eles fabricam?
— Acessórios para móveis, como dobradiças, puxadores etc.

---

[5] Empresa fictícia.
[6] Empresa fictícia.

— E nós fabricamos armações para óculos. Realmente, são produtos bem diferentes.

— Sim, agora imagine que nós estávamos desenhando um produto e de repente fomos convidados a desenvolver outro completamente diferente. Foi um desafio.

— É, Gabriel, mas os desafios são bons para nos mantermos atualizados e usarmos nossa criatividade.

— Eu gostei! E gostei principalmente de ter voltado ao Brasil. A vinda do Miguel não a incomoda?

— Não, embora ele fosse casado com minha irmã, eu tinha pouco contato com ele. Além disso, Carolina está bem. Se eles se encontrarem, acredito que não haverá problemas.

— Assim espero. Convivi um tempo com ele aqui no Brasil e depois lá no Canadá. Miguel é uma pessoa difícil.

— É, mas vamos ter fé que tudo dará certo.

— Deus te ouça! Não gostaria que ele magoasse a Carolina. Ela passou por tanta coisa...

— E nós estaremos aqui para apoiá-la. Talvez a vida a esteja testando ou isso faça parte do crescimento dela. Vamos aguardar.

— Tem razão. Agora vou para a produção. Você precisa de alguma coisa?

— Não, vou terminar esse relatório e depois verificar com Rodrigo se ele precisa de mais alguma coisa para apresentar amanhã.

Depois do trabalho, Helena resolveu conversar com Carolina. Chegando à casa dos pais, ela cumprimentou a mãe e soube que as aulas de equoterapia haviam começado naquela tarde.

— Seu pai está muito animado! Venha! O orientador está aqui com duas crianças.

— Não vamos atrapalhá-los?

— Não! Você precisa ver o sorriso da menina, venha.

Helena acompanhou a mãe e sorriu ao ver uma garotinha com Síndrome de Down sorrindo enquanto dava uma volta montada no cavalo. O orientador segurava as rédeas, e a mãe acompanhava cada movimento da filha.

— Puxa, mamãe, que coisa boa! Que menina linda!

— Ela conversa com alguma dificuldade, mas o sorriso que ela deu quando viu os cavalos me emocionou. Sei como é difícil montar, pois tentei quando era jovem. Imagine para quem tem uma deficiência motora.

— Tem razão, mamãe. Mas você falou em duas crianças?

— Sim, o garotinho acabou de sair. Ele é autista.
— Os cavalos se comportaram bem?
— Sim, o orientador esteve aqui antes de trazer as crianças, verificou a condição física dos nossos animais e testou a reação deles ao barulho. O Azulão e a Fantasia são perfeitos.
— Fantasia é a égua que a Isa gosta de montar?
— Essa mesma! Ela não tinha nome até sua filha chegar aqui. Foi a Isa quem decidiu chamá-la assim.
— Que bom, mãe! É muito bom poder ajudar essas crianças. Eu preciso falar com a Carolina. Ela está?
— Sim, filha. Está pintando no quarto.
— Vou até lá. Miguel chegará amanhã, e eu gostaria de conversar com ela sobre isso.
— Ela não comentou nada comigo. Você acha que ele virá procurá-la?
— Não sei, mamãe, mas nossa cidade é pequena, e eles ficarão aqui dois ou três dias.
— Eles?
— Sim, o Miguel e o nosso presidente, o senhor William.
— Está certo. Enquanto você conversa com ela, vou buscar a Isa.
— Obrigada, mamãe.
Entrando na casa, Helena chamou pela irmã:
— Carolina?
— Estou no seu quarto, Helena.
— Meu quarto?
Quando ela entrou no quarto, exclamou:
— Nossa! O que você fez aqui?
— Gostou? Falei com nossos pais sobre usar seu quarto para trabalhar quando estou em casa. O papai vai reformar a sala ao lado do escritório dele. Até estar pronto, vou trabalhar aqui. Você se importa?
— Claro que não. Estou muito feliz em vê-la pintando, criando arranjos. Isso é muito bom.
— Passei a trabalhar aqui porque a floricultura está muito movimentada e eu preciso de tranquilidade, senão meu trabalho não sai como quero. Iara e Tadashi estão trabalhando com arranjos para casamento e precisavam da sala para atender aos clientes. Não era justo eu ocupá-la.
— Fez muito bem. Aqui é bem iluminado, e eu não uso esse quarto. Se nossos pais não se incomodarem de você trabalhar aqui, o papai nem precisará reformar nada. Ele está entretido com o trabalho da equoterapia.

— Você viu? Vi quando o primeiro aluno chegou, um garotinho com autismo. Ele interagiu com o Azulão, que parecia saber como se comportar. Foi emocionante!

— Eu imagino. Há pouco, vi uma garotinha montada na Fantasia. Que trabalho importante para essas crianças.

— Mas não foi por isso que você veio até aqui.

— Não. Vim preveni-la de que Miguel chegará amanhã à cidade com o presidente da empresa na qual trabalho.

Carolina respirou profundamente e disse:

— Helena, não acho provável que nos encontremos, mas, se isso acontecer, não se preocupe. Saberei o que fazer ou na hora resolverei o que dizer. Terá de ser no momento. Não adiantará ensaiar o que direi ou como irei me comportar.

— Está bem, minha irmã. Minha preocupação é que ele a magoe.

— Então, não se preocupe. Miguel não pode me magoar mais do que já o fez. E, de certa forma, foi bom ele ter ido embora, pois me reencontrei depois do tratamento, voltei a pintar, aprendi a fazer arranjos de flores e estou numa relação muito boa com o Felipe. Não vejo como o Miguel possa interferir em minha vida.

— Está bem. Não falemos mais sobre isso. E sua exposição?

— Matilde confirmou para sábado. Ela me mandou os *folders*. Veja!

— Ficaram muito bons! Ela não colocou o retrato do Felipe?

— Não. Quero fazer-lhe uma surpresa. Veja a foto final.

— Ah! O papai e a Isa andando a cavalo! Eu não sabia que você havia terminado.

— Terminei! O quadro está aqui, mas consegui enviar a foto para compor o material de propaganda. Levaremos o quadro na sexta-feira, quando formos para São Paulo.

— Posso levar alguns para entregar a Rodrigo e a Gabriel?

— Claro. Pode levar mais alguns, assim, se o Agostinho quiser ir...

— Boa ideia! Levarei amanhã e entregarei a eles. Você já entregou um para o Felipe?

— Sim, ele deixou alguns na floricultura para divulgar a exposição.

— Mamãe? — Isabela chamou.

— Aqui, no quarto, Isa. Carolina, vou para casa. Preciso conversar com a Isa.

— Você vai falar sobre o Rodrigo?

— Sim, quero conversar com Isa e ver como ela reagirá a essa mudança em nossas vidas.

— Mamãe? Quem vai mudar?

— Oi, filha, me dê um abraço. Ninguém vai mudar. Vamos para casa, pois precisamos conversar.

A filha indagou:

— Tem alguma coisa errada? Alguém da escola falou com você?

— Não, por quê? Aconteceu alguma coisa na escola?

— Eu discuti com uma menina da minha sala. Fiquei muito brava com o que ela falou sobre os ipês do senhor Norio.

Helena piscou para Carolina e completou:

— Está bem, filha. Vamos para casa, e lá você me conta o que aconteceu. Está bem?

— Tá bem. Tchau, tia.

— Tchau, linda. Até amanhã.

Capítulo 23

No caminho para casa, Isabela contava para a mãe como havia sido a discussão com uma das colegas da escola:

— Mamãe, ela estava rindo dos ipês do senhor Norio! Não gostei e briguei mesmo com ela.

— Isa, as pessoas têm opiniões diferentes sobre tudo. Você aprendeu comigo e também com o vovô o que significa cuidar da natureza. O vovô tem amor pelos ipês e aprecia vê-los crescer e embelezar nosso jardim, mas tem gente que não liga para isso. Às vezes, essas pessoas nem têm tempo de olhar as árvores que enfeitam nossa cidade. Não precisa brigar com quem não tem a mesma opinião que você, filha.

— Olha, mãe, ela disse que a lenda era uma bobagem e que os ipês não passavam de árvores idiotas. Eu disse que idiota era ela! Disse também que tínhamos duas árvores lindas na casa do vovô e que a minha árvore também vai crescer e ficar tão bonita como a sua e a da titia.

Helena sorriu e procurou acalmar a filha, dizendo que ela deveria descobrir por que a coleguinha não gostava da árvore e, se fosse necessário, convidá-la para ir à fazenda do avô ver o jardim. Talvez isso a fizesse mudar de ideia.

— Você acha, mamãe?

— Acho. Por que não tenta conversar com ela?

— Está bem. Chegamos, mãe. Amanhã, eu falo.

— Agora vamos entrar. Preciso conversar com você sobre um assunto sério e delicado.

— Tá bem.

Observando o jeito de a filha responder, Helena reclamou:

— Que "tá bem" é esse?

— Por que temos que conversar sobre um assunto sério? Nós já falamos sobre os ipês.

— Não é sobre isso que quero falar, filha. Venha, sente-se aqui comigo.

Atendendo à mãe, Isabela sentou-se ao lado dela. Segurando as mãos da filha, Helena disse:

— Filha, depois que o papai morreu, eu fiquei o tempo todo cuidando de você e nunca me interessei por outro homem... Nunca pensei em me casar novamente.

— Eu sei, mãe. Você gostava muito do papai?

— Sim, seu pai foi muito importante na minha vida. Além disso, eu não queria me relacionar com alguém que pudesse maltratá-la. Quando decidi mudar para cá para ficarmos perto dos seus avós e da tia Carolina, não imaginei que pudesse encontrar outro homem que me fizesse querer assumir um compromisso.

— Você tem um namorado?

— Tenho, e ele quer se casar comigo. Mas quero que você saiba que não vou me casar com ele se você não quiser ter um padrasto.

Isabela arregalou os olhos e disse:

— Você vai se casar hoje?

— Não, querida. Quero que você o conheça, pois preciso saber como vocês vão se comportar quando estivermos juntos. Não adianta ele ser bom para mim; ele tem de ser bom para nós duas.

— Mãe será como a Célia e a mãe dela?

— Mais ou menos. Os pais da Célia se separaram, e a mãe dela casou-se novamente. A Célia fica uns dias com a mãe e nos fins de semana ela vai para a casa do pai. Se eu me casar novamente, moraremos eu, você e o Rodrigo na mesma casa.

— Rodrigo é aquele moço que foi almoçar com você?

— Isso, ele mesmo. Posso convidá-lo para vir jantar ou almoçar conosco para você conhecê-lo melhor?

Isabela olhou muito séria para a mãe e disse:

— Hum! Ele é bonito e falou comigo naquele dia. Pode convidar, mãe. Acho que vou gostar de saber como ele é. Rodrigo virá aqui hoje?

— Não, eu disse a ele que conversaria com você e depois combinaria o encontro. No fim de semana, nós nos encontraremos na exposição da tia Carolina e aí veremos o que acontece, está bem?

Abraçando a mãe, ela respondeu:
— Está bem, mamãe.
— Eu amo muito você e não quero que nada a faça sofrer.
— Mãe, eu quase não me lembro do papai. Preciso até olhar a fotografia dele para me lembrar. Será que ele fica triste lá no céu?
— Não, querida. Seu pai sabe que você era muito pequena quando ele partiu. Com certeza ele olha por você lá de cima com muito amor. Seu pai ficou muito feliz quando você nasceu.

Helena fez um carinho no rosto da filha e disse:
— Você se parece com ele.
— Por que ele tinha que morrer?
— Filha, não tenho como lhe dar uma resposta... O que posso dizer é que todos nós vamos morrer um dia e não há uma data marcada para isso acontecer. O papai sofreu um acidente e se foi. Nós sempre nos lembraremos dele com muito carinho. E, se eu me casar novamente, saiba que a lembrança que tenho de seu pai ficará para sempre no meu coração e acredito que no seu também.
— Mesmo que eu tenha que olhar a fotografia dele?
— Sim, se a foto a fizer se lembrar dele com carinho.
— É aquela que ele está jogando bola comigo.
— Temos outras fotografias dele com você. Estão guardadas num álbum. Quando quiser vê-las, eu pego para você.
— Pode ser depois do jantar?
— Claro que pode. Vamos fazer assim: vá tomar seu banho, enquanto eu preparo o jantar. Depois olharemos as fotos, que tal?
— Hum! Podemos comer pizza?
— Claro, filha. Dois queijos?
— Isso.
— Vá tomar seu banho, enquanto peço a pizza. Assim, não jantaremos muito tarde.

No dia seguinte, Rodrigo procurou por Helena.
— Bom dia, Helena. Tudo bem?
— Bom dia, Rodrigo. Tudo bem! E com você?
— Confesso que estou ansioso para saber como foi sua conversa com Isabela.

— Foi uma ótima conversa. Ela se lembrou do dia que saímos para almoçar, e agora precisamos nos encontrar para ver a reação dela quando estivermos juntos. Eu disse a Isa que nos encontraremos no sábado, na exposição da Carolina.

— Eu gostaria de vê-la antes, mas acho que não será possível. William ficará aqui, e na sexta-feira vou levá-lo para São Paulo.

— Eu trouxe os *folders* da exposição. Veja como ficaram bonitos.

— Sim! Mas não vi esse quadro enquanto ajudávamos a embalar os que a Matilde levou.

— Não estava pronto. Carolina terminou depois e mandou a foto para Matilde. Vão levar na sexta-feira. Ela irá com Felipe; e eu, a Isa e meus pais iremos no sábado pela manhã.

— Onde vocês ficarão hospedados?

— Eu fiz uma reserva para nós num hotel que a Matilde indicou, assim ficaremos mais à vontade. Ela nos ofereceu a casa dela, mas achamos que seria complicado nos hospedar e cuidar da exposição, então, optamos pelo hotel.

— Eu irei para a casa do meu pai, e Gabriel ficará na casa da mãe dele. Nos encontraremos na exposição. Quando você chegar, me avise. Se eu não estiver com William, vou encontrá-los.

O telefone tocou, e Helena foi informada de que os visitantes haviam chegado.

— Vou avisar o Gabriel.

— Não precisa, Helena. Já estou aqui. Bom dia pra vocês.

Rodrigo respondeu:

— Bom dia. Tudo certo, Gabriel?

— Tudo, meu amigo. A fábrica está perfeita.

Agostinho entrou no escritório acompanhado de William e apresentou-o a Helena:

— Bom dia, senhor William. É um prazer recebê-lo em nossa filial.

— Obrigado! Agostinho me falou sobre seu trabalho e empenho para que tudo aqui ocorresse dentro do prazo previsto. Eu gostaria de ver a área de produção, e depois conversaremos sobre a administração. Rodrigo, você e o Gabriel também corresponderam às minhas expectativas. Pelos relatórios que recebi, tudo aqui vai muito bem.

Rodrigo respondeu:

— Procuramos fazer tudo conforme foi determinado e fomos resolvendo os problemas que surgiram. Não foi difícil trabalhar aqui. Miguel veio com vocês?

Agostinho respondeu:
— Veio e foi direto para a produção.
Gabriel completou:
— Então, vamos até lá.
Depois que eles saíram, Helena questionou Rodrigo:
— Você não vai acompanhá-los?
— Não. Deixo com Gabriel a área fabril. Agora, fiquei intrigado... Por que o Miguel não veio cumprimentá-la?
— Não sei. Por um momento, achei que ele não tivesse vindo.
— Será que é por causa de sua irmã?
— Rodrigo, isso seria infantil. Somos adultos e estamos aqui para trabalhar. Miguel sempre foi estranho, mas tudo tem limite.
— Vamos aguardar. Agora, venha! Quero rever o contrato de assistência médica antes de apresentá-lo a William. Estou com uma dúvida e queria esclarecê-la com você.
— Está bem, vou pegar o contrato.

Depois da visita à fábrica, William e Agostinho voltaram ao escritório para concluir a visita à parte administrativa. Após olhar relatórios e contratos, William comentou:
— Estou muito satisfeito com os resultados que vocês me apresentaram e acredito que os produtos novos que quero trazer para cá também serão um sucesso. Parabéns, Helena, Rodrigo e Gabriel pelo empenho! Agora, queria tratar de outro assunto. Falei com o Agostinho sobre a filial canadense e preciso fazer uma mudança na gerência, então, gostaria que você, Rodrigo, me acompanhasse na visita que pretendo fazer na segunda-feira junto com o Agostinho. Viajarei na terça-feira e queria deixar algumas questões já resolvidas.
Rodrigo respondeu:
— Pode contar comigo. Você tem alguém em vista para ocupar o cargo de gerente?
— Não. A princípio, eu colocaria o Agostinho, mas não gostaria de tirá-lo de onde está. Vamos contratar pessoal novo. Você e Agostinho podem fazer a seleção e depois me informam quem é mais indicado a ocupar a vaga.
Agostinho completou:

— William, agradeço a confiança no meu trabalho. Certamente encontraremos alguém capacitado para o cargo. Tenho algumas indicações do nosso RH, que analisaremos na segunda-feira.

— Ótimo! Tenho plena confiança no trabalho de vocês. Podemos voltar agora para a produção. Quero ver o que Miguel está fazendo com os desenhistas.

Helena informou:

— Agora é hora do almoço. Vocês não preferem ir almoçar?

— Podemos almoçar aqui mesmo?

Rodrigo respondeu:

— Sim! Você vai gostar da comida! Aproveitando a oportunidade, você continua frequentando as reuniões de estudo da espiritualidade que fazíamos?

— Participei de duas delas, Rodrigo, mas, depois que você foi embora, o pessoal resolveu dar um tempo nas reuniões e simplesmente encerrou os estudos. Confesso-lhe que sinto falta delas. Minha mulher começou a fazer o Evangelho no Lar uma vez por semana de acordo com o que ela aprendeu, e é tudo. Ela encontrou um grupo espírita na internet e segue as orientações que eles passam: como fazer o evangelho, leitura de obras sobre a doutrina espírita etc.

— Hoje, haverá no centro que nós frequentamos uma palestra com uma cantora, que está sendo muito bem recomendada. Gostaria de ir conosco?

— Seria ótimo! Não há problema em eu ser de fora?

— Não, conversamos com nosso orientador, e ele foi muito simpático. Você vai conhecê-lo. O número de pessoas é limitado devido ao espaço, mas podemos ir sem nenhum problema.

Enquanto conversavam sobre a reunião no centro espírita, Miguel permanecia em silêncio. William, que observava o comportamento do funcionário desde que embarcaram para o Brasil, perguntou:

— Miguel, você irá conosco?

— Não, William. Sou católico e não me interesso pelo espiritismo. Tenho certeza de que você aproveitará mais estando com Rodrigo e Gabriel.

— E o que você ficará fazendo no hotel? Quer voltar com o Agostinho para São Paulo?

— Se não precisar de mim aqui, prefiro voltar a São Paulo.

— Está bem. Agostinho, você poderia levar o Miguel?

— Sim. Assim que você estiver livre, Miguel, seguiremos para São Paulo.

No fim da tarde, Rodrigo e William se dirigiram ao estacionamento da fábrica.

— Senti uma certa animosidade entre Miguel e Helena. Estou enganado? — questionou William.

— Não. Miguel foi casado com a irmã de Helena, mas não sei se você soube o motivo da separação.

— Ah! Então é por isso que ele não queria vir ao Brasil. Sei que Miguel é muito discreto sobre sua vida particular, mas ele poderia ter conversado comigo.

— Talvez Miguel tenha receio de perder o emprego. Algumas pessoas não aceitaram o comportamento dele. Houve problemas com a família da ex-esposa.

— Pensei em deixá-lo na gerência daqui e colocar o Agostinho na Canada Corporation, mas não farei isso. Deixarei que vocês escolham outra pessoa. Poderia me levar ao hotel, Rodrigo?

— Sim. Voltarei às dezenove horas para levá-lo ao centro. Tudo bem?
— Obrigado, Rodrigo.

À noite, quando se encontraram no centro espírita, Rodrigo apresentou William aos amigos. Marcela perguntou:

— Me desculpe se estou sendo indiscreta, William, mas seu pai se chamava Edmond Jones?

— Sim, você o conheceu?

— Pessoalmente não, mas ele era amigo do meu pai. Você se parece com ele. Quando o senhor Edmond e sua mãe sofreram o acidente, foi meu pai quem os atendeu no hospital, mas, infelizmente, não foi possível fazer nada. Eu o reconheci porque mamãe estava mexendo em algumas fotografias ontem e me mostrou uma em que eles estavam pescando.

— Era um dos passatempos preferidos de meu pai. Você se importaria de me dar a foto? Acabei ficando apenas com uma fotografia minha com eles, mas eu devia ter uns dez anos.

— Claro. Mandarei para você. Meu pai gostava muito de fotografia. Era um *hobby* para ele. Vou procurar nos guardados da mamãe e lhe enviarei o que encontrar.

— Obrigado, Marcela. Você falou do seu pai no passado... Ele também faleceu?

— Sim, há alguns anos. Papai teve um infarto. Não pudemos fazer nada.
— Sinto muito.

Aproximando-se do grupo, Pedro cumprimentou a todos e convidou-os a entrar no salão onde seria realizada a palestra daquela noite. Eles acomodaram-se, e, assim que apresentaram a palestrante, William a reconheceu. Era uma colega com quem ele brincava quando criança.

Discretamente, perguntou a Rodrigo se poderia falar com ela depois da palestra. Rodrigo concordou e, embora tivesse ficado intrigado, não comentou nada.

Pedro apresentou Rosa Maria, a palestrante, que pediu a todos que iniciassem aquele momento de oração cantando o pai-nosso. Os presentes acompanharam-na, e depois ela explicou:

— Cantar faz bem à alma, acalma nosso coração e muitas vezes nos traz lembranças da infância, dos nossos pais, de nossos avós, mas o principal: renova nossa alegria interior, dá leveza à vida! Gostariam de tentar? Vamos cantar outra melodia! Quero ouvir todos vocês quando cantarmos "A Padroeira". Essa música me emociona desde que eu era criança e me faz um bem enorme cantá-la.

William ouvia a tudo encantado, assim como os outros presentes. Ele, então, lembrou-se da visita que fizera à Igreja de Nossa Senhora Aparecida algum tempo depois de sua família se estabelecer no Brasil. Emocionou-se e observou que Carolina, que estava ao seu lado, chorava baixinho. Felipe abraçou-a, e deixaram a emoção fluir. A cena tocou a todos.

Quando a música terminou, Pedro aproximou-se e, esperando que Rosa Maria voltasse a falar, pediu ao músico que a acompanhava que tocasse a música "Tocando em frente", para que todos pudessem se refazer da emoção. Enquanto isso, ele decidiu declamá-la como um poema:

> — Ando devagar
> porque já tive pressa
> E levo esse sorriso
> porque já chorei demais.
> Hoje me sinto mais forte,
> mais feliz, quem sabe.
> Só levo a certeza
> de que muito pouco sei
> ou nada sei.
> [...]
> Cada um de nós compõe a sua história
> e cada ser em si
> carrega o dom de ser capaz e ser feliz...

A palestrante fez-lhe um sinal de que estava bem e retornou cantando a música de Almir Sater e Renato Teixeira.

— Eu gosto muito da música "A Padroeira" e sempre canto nas minhas palestras, mas hoje algo me tocou de forma diferente enquanto eu cantava. Talvez seja a energia deste lugar... Alguém aqui gostaria de contar alguma experiência de vida, que tenha a ver com Nossa Senhora Aparecida?

Helena olhou para irmã, que fez um sinal negativo com a cabeça. Helena concordou e ficaram aguardando que alguém se manifestasse. Como todos permaneceram em silêncio, Rosa Maria explicou:

— A fé é individual. Acreditar em Jesus, entregar-se a Ele, confiar a Ele seus problemas e crer que obterá ajuda é algo muito importante, que faz um bem enorme a quem consegue se abrir com Jesus. Acreditar na força Dele nos ajuda a resolver os problemas que nos afligem. Tudo se resolve como num passe de mágica? Não, pois tudo tem um tempo certo para acontecer. Temos de passar por sofrimento, por situações desagradáveis, assim como temos momentos alegres e vivemos situações que gostaríamos que durassem eternamente. Mas a vida é assim: feita de momentos bons e momentos não tão bons. Tudo são experiências que precisamos viver, que irão nos fortalecer e nos fazer compreender por que estamos aqui e qual é nossa missão neste mundo. Estejam certos de que todos nós temos uma missão na Terra e, quando aprendemos a amar, a perdoar, a compreender o outro, nos fortalecemos, crescemos espiritualmente e adquirimos aos poucos a capacidade de entender os porquês da vida. Por isso, a música deve fazer parte do nosso dia a dia! Ela nos inspira, nos traz alegria e deixa tudo mais leve. Vamos continuar cantando...

Depois de encerrada a palestra e de as pessoas começarem a se retirar, Pedro aproximou-se e perguntou:

— Como estão? Gostaram da palestra?

Rodrigo respondeu:

— Sim, foi uma palestra muito boa. Podemos cumprimentar a palestrante?

— Claro. Aliás, ela me pediu para falar com uma pessoa que está com você...

— William?

— Isso mesmo.

— Ele está aqui conosco. Nosso grupo é grande, então, eles ficaram esperando que eu viesse falar com você.

— Pode trazê-los, Rodrigo. Será um prazer recebê-los.

Quando o grupo se aproximou, Rodrigo a apresentou a todos. Rosa Maria perguntou:

— William, é você mesmo? Você não estava morando no Canadá?

— Rosa, há quanto tempo! Eu continuo morando no Canadá e estou aqui a trabalho. Inauguramos uma filial aqui e vim conhecê-la. Meus amigos me falaram da palestra, mas me não atentei para o nome. No entanto, ao vê-la cantar, me lembrei de quando éramos crianças. Como você está? Casou-se?

— Sim! Venha! Vou apresentá-lo ao meu marido. Ele é o músico que me acompanha nas palestras. Pedro, você se importa?

— Não, Rosa, fique à vontade. Ainda temos algum tempo para ficar aqui no centro conversando.

Helena observou:

— Que mundo pequeno, não? Marcela conhecia a família do William, nossa palestrante é sua amiga da infância...

Pedro tornou:

— São as coincidências da vida. E o que você achou da palestra, Helena?

— Eu gostei muito. Realmente, nós damos pouco valor à música, pois sempre estamos ocupados com a correria do dia a dia. Muitas vezes, eu ligo o rádio no trânsito, mas acabo não prestando atenção no que estou ouvindo.

— E você, Carolina?

— Olha, Pedro, quando ela cantou "A Padroeira", eu fiquei muito emocionada. Hoje, não consigo falar, mas outra hora eu lhe digo o porquê.

— No seu tempo, Carolina. No seu tempo.

— Obrigada, Pedro.

Rosa Maria, o marido dela e William aproximaram-se do grupo para se despedir. Rodrigo novamente falou em nome do grupo e agradeceu a ela e ao marido pela palestra. William convidou-os para ir ao Canadá e prometeu manter contato com eles.

Na volta para casa, Felipe perguntou para Carolina:

— Por que não contou o que sentiu quando pediu ajuda à Nossa Senhora?

— Felipe, só você e Helena sabem disso. Foi um momento meu, e não quero torná-lo público. Pelo menos por enquanto, não quero. Se eu souber de alguém que precise de ajuda, como precisei naquele momento, tenha certeza de que falarei sobre o que aconteceu.

Fazendo um carinho no rosto da namorada, ele disse:

— Você tem razão. Deve fazer o que seu coração mandar. Gostou da palestra?

— Muito! A explicação que ela deu sobre fé foi muito tocante. Dizer "eu tenho fé" é uma coisa, mas praticá-la é outra. Acreditar em algo

que você não vê pode ser difícil, por isso muitos questionam se temos fé ou não.
— Concordo. Olhe, seus pais estão acordados.
— Estranho... Nesse horário, eles geralmente já estão dormindo. Você vai entrar?
— Vou. Podem estar precisando de alguma coisa.

Felipe e Carolina entraram na casa e ouviram o que parecia ser uma discussão. Carolina chamou:
— Papai?
— Estamos aqui na cozinha, filha.
— O que aconteceu?

Entrando na cozinha, eles viram os pais de Carolina e um homem que Felipe deduziu ser o ex-marido da namorada.
— Miguel? O que você está fazendo aqui?
— Boa noite, Carolina. Vim visitar seus pais e esperava vê-la também. Desde quando você se tornou espírita?
— Miguel, nós não temos nada para conversar. Estamos separados, e não tenho que lhe dar satisfação do que faço ou deixo de fazer.
— Você mudou.
— Sim, com certeza! E, pelo tempo, você também. Vocês estavam discutindo?

João Alberto respondeu:
— Estávamos. Eu disse a Miguel que ele deveria ir embora, pois você não tinha nada mais para conversar com ele. Parece, no entanto, que Miguel não acreditou em mim.
— Você não pode me tratar assim, Carolina. Nós fomos casados durante oito anos e...
— E você foi embora depois que fui operada por estar com câncer. Vá embora, Miguel. Eu não tenho nada para falar com você.

Ao lado de Carolina e com o braço apoiado sobre o ombro dela, Felipe percebeu o nervosismo da namorada e disse:
— Por favor, não dificulte as coisas. Eu não o conheço, mas, pela expressão de todos aqui, ninguém quer sua presença.

Nesse momento, Helena e Rodrigo chegaram e também estranharam o movimento na casa.
— O que houve? — perguntou Helena.

Rodrigo questionou:
— Miguel? Você não tinha ido embora com Agostinho?

Ironizando, ele respondeu:

— É, a família perfeita está reunida... Eu não fui embora, pois queria falar a sós com Carolina. Mas, infelizmente, acho que não vou conseguir, porque vocês parecem um exército de guardiães. Vou embora amanhã com William e sei que vocês estarão em São Paulo para a exposição na galeria da minha mãe. Quem sabe lá nós dois conseguiremos conversar?!

Carolina respondeu:

— Não sei sobre o que você quer conversar. Por favor, Miguel, vá embora.

Ele levantou-se e saiu sem dizer nada.

Felipe abraçou Carolina, que começou a chorar.

Cândida pediu:

— Felipe, leve Carolina para a sala. Vou fazer um chá para vocês.

Helena perguntou:

— Mamãe, o que aconteceu?

Cândida respirou fundo e explicou:

— Ele chegou alguns minutos antes de a Carolina chegar. Não sei como não se encontraram no portão. Ficamos surpresos com a visita, e, sem saber direito o que fazer, acabei convidando-o para entrar. Quando o viu aqui, seu pai perguntou o que ele queria, e Miguel, educadamente, disse que queria ver sua irmã. Seu pai falou que ela tinha saído, voltaria tarde e que seria melhor ele não a esperar.

João Alberto continuou:

— Aí, ele deu uma risada irônica e disse que, depois que veio morar conosco, Carolina havia se tornado outra pessoa. Ele soube que vocês iriam ao centro hoje à noite e disse que uma pessoa convalescente de uma doença tão grave deveria estar em casa e não circulando com outro homem pela cidade. Me irritei e respondi que a vida da minha filha não era problema dele, afinal, ele a havia deixado quando ela mais precisava dele.

— Carolina e Felipe chegaram logo depois e ouviram o final da conversa. O restante vocês já sabem.

Helena acrescentou:

— Ele também foi convidado, pois estávamos conversando sobre a palestra que será realizada no centro hoje à noite. Miguel não falou comigo, e ficou acertado de que ele iria embora com Agostinho. Não sabíamos que ele estava na cidade.

Rodrigo completou:

— Vou ligar para Agostinho e saber o que houve.

— Ligue. Assim saberemos o que aconteceu. Amanhã, ele seguirá para São Paulo com você e com William.

Rodrigo fez a ligação e soube que Miguel desistira de ir para São Paulo pois vira uma moça no caminho para a pensão e dissera que precisava conversar com ela. Na hora, Agostinho não percebeu que se tratava de Carolina, mas, pelo que lhe explicaram, ele provavelmente vira a ex-esposa na cidade.

— Por isso ele não viajou.

Helena perguntou:

— Mamãe, Carolina comentou alguma coisa?

— Não, se ela o tivesse visto, teria comentado conosco. Vou fazer um chá para nós e amanhã cedo vou telefonar para Matilde. Carolina ia ficar hospedada na casa dela. Acho melhor desfazer isso.

— Você tem razão, Cândida. Helena, você veio buscar a Isabela? Ela está dormindo. Nós cavalgamos hoje à tarde, e ela ficou bem cansada. Talvez seja melhor deixá-la aqui.

— Está bem, papai. Amanhã, venho pegá-la cedo para ir ao colégio.

CAPÍTULO 24

Abraçado a Carolina, Felipe perguntou:
— Está mais calma?
— Desculpe, Felipe... A emoção de hoje no centro, Miguel aqui discutindo com meu pai... eu não aguentei.
— Não precisa se desculpar. Estou aqui para ouvi-la e ajudá-la. Vê-lo despertou em você algum sentimento? Afinal, vocês foram casados por oito anos.
— Não, Felipe. Só tenho recordações tristes dele. Não sei por que me descontrolei. Não sinto nada por Miguel. O único sentimento que ele me desperta é tristeza por tudo o que vivi antes de vir para cá. Eu esperava revê-lo, mas em outra situação. Quando Helena me disse que Miguel viria, imaginei que não nos encontraríamos, mas vê-lo aqui hoje me fez recordar do dia em que fui operada e ele me olhou de uma forma tão dolorosa, como se eu tivesse ficado doente de propósito para acabar com nosso casamento.
— Você estava fragilizada. Talvez por isso tenha se sentido assim. Mas agora você está recuperada, voltou a pintar e tem a mim, que a amo acima de tudo. Não deixe que a forma como ele olha pra você ou o que quer que ele possa fazer a machuque. Você não está sozinha.
Felipe fez um carinho no rosto da namorada e secou uma lágrima.
— Venha. Vamos tomar o chá que sua mãe preparou e conversar com seus pais.
— Sim, você tem razão. E quero que saiba que eu amo você, Felipe. Miguel é passado. Não dá para apagá-lo, mas ele pertence ao passado.
Felipe abraçou Carolina, e os dois trocaram um beijo longo e apaixonado.

— Você está melhor?
— Sim, estar com você é tudo de que preciso.
Nesse momento, Cândida entrou na sala e perguntou:
— Filha, você está bem?
— Estou, mamãe. Foi apenas um susto ver Miguel aqui. Eu não esperava por isso.
— Nenhum de nós esperava, mas você está conosco. Como ele mesmo disse, somos seus guardiães e não deixaremos que Miguel lhe faça mal. Agora, venham! Fiz um chá para nós.

※※※

Ao chegar à pensão, Miguel foi informado de que William queria falar com ele e estava esperando-o no restaurante. Contrariado, ele foi ao encontro do chefe e procurou não demonstrar o que sentia.
— Queria falar comigo, senhor William?
— Sim, Miguel. Por que não foi para São Paulo com Agostinho como combinamos?
— Eu tinha um problema pessoal para resolver e achei melhor cuidar dele antes de voltar para São Paulo.
— E resolveu?
— Não como eu gostaria.
— Quer conversar a respeito?
— Não, é um assunto meu.
— Certo. Não vou interferir na sua vida. Amanhã pela manhã, iremos para a fábrica e, após o almoço, seguiremos para São Paulo. Peço-lhe apenas que não trate mal os funcionários da fábrica.
— Alguém reclamou? Eu conversei apenas com duas pessoas. Não maltratei ninguém, senhor William.
— Na minha opinião, o tratamento que você deu a Helena foi errado e sua ausência na hora do almoço também. Não misture assuntos pessoais com assuntos profissionais, Miguel. Se você não puder trabalhar com a equipe daqui, terei de realocá-lo em outro setor.
— Mas isso não é justo. Você não pode me prejudicar por causa de uma reclamação da Helena.
— Não vou prejudicá-lo, e Helena não disse nada. Eu o tenho observado desde que chegamos aqui e tenho notado a forma como se comporta. Não quero que prejudique o andamento do trabalho da fábrica, a menos que você me dê um bom motivo para não trabalhar com ela.

Miguel não gostou do que ouviu. Não queria falar sobre seu passado com ninguém, principalmente com William, mas, sentindo-se acuado, disse:

— Helena é irmã da minha ex-mulher. Não nos damos bem. Eu evitei falar com ela para não criar um constrangimento. Foi só isso.

— Está bem, Miguel. Aceitarei sua justificativa, mas amanhã, durante a reunião, espero que você esteja presente e não tenhamos problemas.

— Não se preocupe. Estarei presente.

— Ótimo! Depois seguiremos com Rodrigo para São Paulo. Boa noite, Miguel.

— Boa noite, senhor William.

※

No dia seguinte, Carolina preferiu ficar em casa com os pais. Tinha alguns arranjos para terminar para a exposição e temia encontrar com Miguel em algum lugar na cidade. Eles viajariam no sábado pela manhã para São Paulo, e ela queria estar bem para o *vernissage*.

Helena chegou ao final da tarde e foi logo procurar a irmã.

— Oi, Carolina. Tudo bem?

— Tudo bem. Estou terminando este arranjo. O que você acha?

— Está lindo! Você tem um jeito especial de lidar com flores. Vai fazer mais?

— Não, esse é o último. Os outros já estão embalados. É só colocar no carro.

— Você já pensou que pode encontrar com Miguel amanhã na galeria?

— Sim, imagino que ele aparecerá por lá. Falei com Matilde e decidi ficar no hotel com vocês. Ela me disse que ele não está hospedado na casa dela e que a conversa com Miguel foi difícil. Eles acabaram discutindo.

— Hoje, Miguel esteve na fábrica e fez um leve aceno de cabeça para me cumprimentar. Participamos de uma reunião, mas ele pouco falou.

— Eu não esperava vê-lo ontem. Sabe, a palestra, as músicas, foi tudo muito bonito, mas me trouxeram muitas lembranças... E, quando eu o vi aqui me cobrando explicações, fiquei sem saber o que fazer. Mexeu muito comigo.

— E como Felipe reagiu?

— Por um momento, Felipe pensou que eu estivesse me lembrando dos oito anos em que eu e Miguel permanecemos casados. Expliquei que não foi isso. Miguel só me deixou lembranças ruins. Com o Felipe está tudo bem, e eu tenho certeza do que sinto por ele. Jamais o trocaria ou voltaria para Miguel. Só não sei o que ele pode querer falar comigo. Matilde disse que ele viu meus quadros na galeria e teve uma reação ruim ao ver o que fiz de Felipe.

— Ciúmes?

— Ciúmes? Ele me abandonou quando eu mais precisava dele e me acusou de ter ficado doente para estragar nossos planos de vida. O que ele esperava? Que eu morresse?

— Calma, minha irmã. Não pense mais nele. Eu não quis irritá-la. E, de qualquer forma, todos nós estaremos lá. Ele não fará nenhuma bobagem.

— Assim espero. E você e o Rodrigo?

— Nós estamos bem. Ele foi para São Paulo logo depois do almoço, e amanhã vou conhecer o pai dele. Ah! Me lembrei de uma coisa! Nosso presidente fez questão de dizer que irá "à galeria prestigiar seu trabalho". Ele gostou muito do quadro que está na minha sala.

— Que ótimo! Estou entusiasmada, mas, ao mesmo tempo, tenho medo. Vendemos um quadro para o Rodrigo e não sei que reação o Felipe terá quando vir o quadro que fiz dele.

Abraçando a irmã, Helena afirmou:

— Será um sucesso, e o Felipe ficará muito feliz.

— Carolina? Helena?

— Mamãe está nos chamando.

Carolina respondeu:

— Ótimo! Ela estava fazendo o bolo preferido da Isabela e com certeza está nos chamando para comê-lo.

— Ela mima demais a Isa.

— Sua filha merece! Ela é muito amorosa. Agora vamos, senão daqui a pouco ela estará aqui.

Rindo, as duas irmãs abraçaram-se e foram ao encontro da mãe.

Chegando a São Paulo, William convidou Rodrigo e Miguel para tomarem um café. Miguel agradeceu dizendo que iria aproveitar para ver a mãe. Depois que ele saiu, William e Rodrigo acomodaram-se no restaurante do hotel e logo foram atendidos.

Feitos os pedidos, William perguntou:

— Vou ser indiscreto, mas você poderia me dizer por que Miguel se separou da mulher? Tenho certeza de que você e Gabriel sabem o que aconteceu.

— Você deveria perguntar pra ele, William. O que eu disser pode parecer fofoca.

— Não importa. Sei que você não é disso e preciso entender o que está acontecendo.

Rodrigo, então, contou-lhe a história de Miguel e Carolina, omitindo apenas o que acontecera na noite anterior. William, contudo, deduziu:

— Ele foi procurá-la ontem?

— Foi. Ele disse alguma coisa?

— Não, mas imaginei. Ontem, cheguei ao hotel, e havia um recado avisando que ele não tinha ido com Agostinho para São Paulo. Fiquei esperando-o chegar e quis saber o que houve. Ele me disse que tinha ido resolver um problema pessoal, mas não me falou do que se tratava.

— Foi bem desagradável.

— A ex-esposa dele é aquela moça que estava com Felipe?

— Isso. Miguel e a ex-esposa estão separados legalmente há mais de um ano. Ela tem o direito de refazer a vida dela, e ele já namora uma funcionária da empresa no Canadá, a Aline.

— Sim, eu já os vi juntos. O que será que deu nele? Ciúmes?

— Sinceramente, não sei e não quero ficar palpitando. Amanhã, nos reuniremos na galeria da mãe dele para a exposição de Carolina. Vamos ficar próximos dela e evitar que ele faça alguma bobagem.

— Irei também. Peguei um *folder*. O trabalho dela é muito bom. Ele deveria ficar orgulhoso e tentar ser amigo de Carolina e não agir da forma que tem agido.

— Às vezes, é difícil entendê-lo. Vamos aguardar para ver o que acontece. Na segunda-feira, você quer que eu o acompanhe à filial canadense?

— Sim, preciso de você e do Agostinho lá.

— Já tem alguma ideia de quem pretende contratar?

— Vou lhe dizer do que eu preciso.

Rodrigo e William continuaram a conversar sobre a filial e os projetos que o presidente da empresa tinha para todas as unidades.

— Doutora Marcela, o senhor Gabriel está aqui.

— Peça para ele entrar. Já terminamos por hoje?

— Sim, vou apenas concluir o relatório. Você precisa de mais alguma coisa?

— Não, pode ir. Obrigada por hoje. Tivemos um dia cansativo.

— Tivemos! Vou fechar tudo aqui. Você está com sua chave?

— Estou. Até amanhã.

A secretária fez um sinal para que Gabriel entrasse na sala. Ele, então, aproximou-se de Marcela, abraçou-a e beijou-a com carinho:

— Dia difícil? Não pude deixar de ouvir.

— Sim, dois casos novos bastante complicados. Uma das pacientes precisou ser internada com urgência. O plano de saúde estava recusando... Problemas que não deveriam existir, mas que são rotineiros. Estamos acostumadas a lidar com eles, mas o desgaste é grande tanto para nós quanto para os pacientes. E você? Como foi seu dia?

— Tranquilo. A fábrica vai bem, e nosso presidente foi embora elogiando nossa equipe, o que é ótimo para todos nós.

— Ele já foi? Vou deixar a fotografia que ele me pediu com você. Consegue enviá-la?

— Pode entregá-la amanhã. Ele irá à exposição de Carolina. William só retornará ao Canadá na quarta-feira. Você mencionou casos novos... poderá ir comigo à exposição?

— Claro! Gabriel, poderíamos sair no fim da tarde, lá pelas 16 horas, e voltarmos pela manhã?

— Sim. Ficaremos na casa da minha mãe, então, será bem tranquilo.

— Desculpe, Gabriel, não posso ficar muito tempo longe daqui.

— Marcela, nós conversamos sobre isso quando começamos nosso relacionamento. Não se preocupe. Eu sei da sua responsabilidade com seus pacientes. Seria egoísmo meu reclamar. Sei como seu trabalho é importante.

— Obrigada! É muito bom poder contar com você. E, agora, o que vamos fazer?

— Ainda é cedo. Que tal darmos uma caminhada e pararmos naquela lanchonete libanesa do parque?

— Ótima ideia! Vamos.

≫⃰⃰⃰⃰⃰⃰⃰⃰⃰⃰⃰⃰≪

Na floricultura, Iara e Tadashi conversavam com o senhor Norio sobre as modificações que haviam feito para receber as pessoas que iriam aprender a trabalhar com plantas.

— O que o senhor achou, pai?

— Está ótimo! Vocês trabalharam muito bem. Vamos começar com arranjos simples, pois assim eles vão ganhando confiança para fazer trabalhos mais sofisticados. Aconteceu alguma coisa com o Felipe ontem?

Tadashi respondeu:

— Depois que saímos do centro, ele levou Carolina para casa, e lá encontraram o ex-marido dela. Parece que houve algum problema, mas não me senti à vontade para perguntar o que aconteceu.

Iara afirmou:

— Mas vocês são amigos, Tadashi! Ele não desabafaria com você? Felipe parece triste.

— Eu perguntei se estava tudo bem, mas Felipe apenas respondeu: "Mais ou menos". Não houve espaço para uma conversa mais longa. O senhor não quer tentar, papai? Ele está no escritório.

— Não será necessário. Pedro está chegando e com certeza conseguirá ajudar Felipe. Vamos terminar aqui e encerrar por hoje.

CAPÍTULO 25

— Boa tarde, Felipe. Atrapalho?
— Não, Pedro. De que você precisa?
— Queria encomendar algumas plantas para o jardim lá de casa, e o senhor Norio me pediu para falar com você.
— Falar comigo?
— Sim, me disse que talvez fosse bom eu conversar com você hoje. E, olhando para você, acho que ele tinha razão.
— Desculpe-me, Pedro, entre. Só vou fechar esse arquivo, e já conversaremos.

Enquanto aguardava, Pedro observava a sala e um quadro na parede chamou sua atenção. Esperou que Felipe terminasse o que estava fazendo e perguntou:

— Esse quadro de Jesus é inspirador, não acha?

Felipe olhou para o quadro, respirou fundo e respondeu:

— Sim, às vezes, eu converso com ele. Vê-lo caminhando dessa forma muitas vezes me acalma, mas hoje...

— Mas hoje você precisa conversar com alguém que lhe dê as respostas que você espera?

— Talvez. Posso lhe fazer uma pergunta?

— Claro! Nós sempre conversamos sobre tudo.

— Você acredita que combinamos ou que decidimos tudo sobre o que viveremos antes do nosso nascimento?

— Eu acredito que nascemos com um propósito de vida, porém, muitas coisas acontecem... Coisas que não somos nós que decidimos. Muitas vezes, a vida nos abre portas, e devemos escolher por qual delas devemos passar. Se soubéssemos de tudo com antecedência, a vida não teria sentido. Seríamos como robôs, programados para viver. Em vez disso, temos o nosso livre-arbítrio, que nos permite escolher que caminho seguir.

— Posso desabafar com você?

— Claro, Felipe! Talvez eu esteja aqui para ouvi-lo. Não tenha receios, afinal, nos conhecemos há tantos anos.

— Você tem razão. Às vezes, tenho mais liberdade de conversar com você do que com meu pai. Sabe... quando a Amanda morreu, eu achei que nunca mais seria capaz de amar outra mulher até conhecer a Carolina. Ontem, ela se emocionou com a palestra da Rosa Maria, pois se recordou de um pedido que havia feito à Nossa Senhora Aparecida. Ela não quis contar aos demais o que houve. Só eu e Helena, a irmã dela, sabemos disso.

Pedro concordou com a cabeça.

— Sim, eu sei.

— Quando chegamos à casa de Carolina, o ex-marido dela estava lá cobrando explicações sobre seu comportamento e discutindo com o senhor João Alberto. Carolina pediu que ele fosse embora, disse que não tinham nada a conversar, mas senti que ele estava com muita raiva porque Carolina estava comigo. Não tive uma reação agressiva; apenas falei que ele deveria ir embora, assim como outras pessoas também o fizeram. Ele saiu, e Carolina caiu num choro compulsivo. Ficamos juntos, e eu fui acalmando-a. Depois, conversamos.

"Perguntei a Carolina se ela ainda sentia alguma coisa por Miguel, mas ela me garantiu que não, que só tem dele lembranças ruins. Eu disse a ela que a amava acima de tudo e que estaria sempre ao seu lado. Carolina falou que me ama, mas a frase 'ficamos casados por oito anos', dita por ele, não saiu da minha cabeça. Estou com medo de perdê-la. Oito anos é muito tempo. Aquele choro não pode ter sido apenas de tristeza. Ninguém aguentaria viver assim."

Pedro ouvia com atenção, já imaginando a angústia que Felipe estava sentindo. Pedindo mentalmente inspiração para seus mestres espirituais, explicou:

— Felipe, não podemos mandar nos sentimentos nem nas decisões das pessoas. Eu conheço a história de Carolina, pois fui a primeira pessoa com quem ela conversou quando esteve em nosso centro espírita pela primeira vez. Ela passou por uma grande desilusão — e isso todos nós sabemos —, contudo, o tratamento médico que ela fez, a ajuda de Iara, da doutora Marcela e, principalmente, seu carinho e sua atenção devolveram a ela a vontade de viver. Encontrar-se com alguém que nos fez sofrer no passado traz de volta emoções que ficaram guardadas em nosso subconsciente, e isso é normal, porque temos a tendência de recordar primeiro as lembranças negativas. Você disse que eles ficaram casados por oito anos... Certamente, os dois tiveram momentos felizes, e não podemos garantir que ela os tenha apagado da memória.

— Ela nunca falou sobre eles.

— Você conversou com ela sobre a Amanda? Sobre os momentos felizes ou tristes que vocês viveram?

— Conversamos há algum tempo quando nos reencontramos. Ultimamente, nós fazemos planos, falamos sobre o dia a dia... Não falamos do que passamos, do que vivemos nem com Amanda nem com Miguel.

— Talvez seja isso. Carolina sabe que Amanda morreu, não tem por que sentir ciúmes... Mas você...

— Ciúmes?

— Sim, você está com ciúmes do que supõe que ela esteja sentindo ou do que ela esteja recordando. Você está com medo de perdê-la, porque teme a dor que já viveu quando sua esposa desencarnou. Consegue perceber que vocês dois estão revivendo dores?

Felipe continuou olhando fixamente para Pedro. Por um momento, achou a comparação absurda, mas, depois de refletir um pouco, perguntou:

— O que eu faço?

— Você passou o dia todo aqui?

— Sim, por quê?

— Olhe para trás. A resposta esteve o tempo todo aí.

Felipe olhou novamente para o quadro de Jesus, e Pedro explicou:

— Veja a paz que o rosto de Jesus emana. Será que nessa paz ele não está dizendo "confie em mim"?

Como Felipe não respondeu e continuou olhando para o quadro, Pedro completou:

— Vocês se amam! Por que o passado teria mais força do que todo o presente que vocês têm vivido?

Voltando-se para Pedro, Felipe respondeu:

— Você tem razão, Pedro! Que bom que você veio aqui hoje. Estou me sentindo bem melhor. Obrigado. Será que um dia alcançarei uma serenidade igual à sua?

Sorrindo, Pedro disse:

— O tempo nos ensina a confiar na vida, orar e conversar com Jesus. Parece que Ele não responde na hora que queremos ou não nos dá a resposta que esperamos, mas, quando abrimos nosso coração a Jesus, obtemos as respostas que procuramos. É só saber escutar. Geralmente, a resposta não vem como queremos ou na hora que precisamos, mas ela vem. Confiar em Jesus e abrir seu coração a Ele o ajudará. E, quando sentir que está muito difícil, peça ajuda. Todos nós somos amparados por nossos guias espirituais, mas nos esquecemos de que eles estão por perto e preferimos viver na dor provocada pela ilusão dos nossos pensamentos.

— Obrigado, Pedro. Muito obrigado mesmo! Suas palavras, sua orientação me fizeram um grande bem. Eu realmente me deixei dominar por pensamentos negativos e nem sequer me lembrei de fazer uma oração. Se você não precisasse reformar o jardim, não teríamos tido essa conversa.

Sorrindo, Pedro respondeu:

— O senhor Norio observou-o o dia inteiro e, quando cheguei aqui, me pediu que viesse vê-lo. Ele está muito preocupado com você.

— Não tem jardim para reformar?

— Tem, Felipe, mas, como você mesmo disse, o senhor Norio é quem cuida dele. Eu passei aqui por acaso. Alguns chamariam isso de intuição, mas prefiro dizer que nossos mentores espirituais nos guiaram a esse encontro. Quanto ao jardim, não tem pressa. Só preciso de algumas plantas para completar a entrada da garagem.

Felipe sorriu e prontificou-se a ver onde as plantas seriam colocadas. Combinaram o dia, e, ao se despedir, Pedro disse:

— Lembre-se, Felipe: "Orai e vigiai". Ore, porque a oração o sustenta, e vigie seus pensamentos para não se ligar ao negativo. Fique em paz, meu filho.

— Obrigado, Pedro. Muito obrigado mesmo. Tenha certeza de que não vou me esquecer dos seus conselhos.

Pedro abraçou Felipe, que sentiu um calor brando naquele abraço. Suas dúvidas tinham se dissipado, e a certeza de que seria feliz com Carolina o fez decidir ir até a casa da namorada.

Marcela e Gabriel procuraram uma mesa que lhes desse liberdade para conversar tranquilamente e, depois de fazerem o pedido da comida, ele disse:

— Marcela, preciso fazer uma pergunta sobre a Carolina, mas não sei se seria indiscrição de minha parte ou se isso feriria o sigilo médico-paciente...

— Depende do que você quiser saber. O que aconteceu? Você ficou sério.

— Ontem, depois que saímos do centro, Felipe a levou para casa, e Miguel, o ex-marido de Carolina, estava lá. Houve uma discussão, e pediram para Miguel se retirar.

— Como soube disso?

— Hoje, Miguel chegou à fábrica mais agitado do que o habitual... Perguntei o que havia acontecido, pois ele não havia voltado para São Paulo conforme o combinado. Miguel me respondeu de forma ríspida, dizendo que a Carolina o havia traído. Esperei algum tempo e o convidei para um café. Mais uma vez perguntei o que havia acontecido, uma vez que eles estavam separados, e a resposta dele foi: "Ela mal esperou eu ir embora para o Canadá para correr até os pais e se envolver com um homem daqui!".

Com ar de espanto, Marcela respondeu:

— Gabriel, como ele pôde dizer tanta asneira? Logo após a cirurgia, Miguel a deixou! Carolina veio para cá depois de uns seis meses que estavam separados e, até onde eu sei, ela começou a namorar o Felipe quando terminou o tratamento. Como ele pode ser tão egoísta?

— Foi o que eu disse a ele. Fiz o cálculo do tempo, porque eu sabia da situação dos dois, mas ele não aceitou e saiu da sala dizendo: "Isso não vai ficar assim!". Depois, ele foi para uma reunião que eu não participei. Não o vi mais depois disso.

— E qual é sua dúvida sobre a Carolina?

— Ele pode fazer alguma coisa contra ela? Pode trazer-lhe alguma perturbação, algo que atrapalhe a recuperação de Carolina? Ela terminou o tratamento com você, mas ainda precisa ser acompanhada por cinco anos, não tem?

— Carolina se fortaleceu bastante, aceitou o tratamento, recuperou a vontade de viver, está apaixonada pelo Felipe e tem o apoio da família e o dos amigos, incluindo o nosso. Não acredito em regressão exatamente por esses motivos. Ela pode se aborrecer, ficar com raiva, brigar com Miguel, mas acredito que, a partir do momento que ela aceitou o tratamento e decidiu viver — que era algo que Carolina não queria a princípio, — ele pode fazer o que quiser, mas, ainda assim, não conseguirá atingi-la fisicamente. Carolina não está sozinha como estava quando vivia com ele.

— Amanhã, é bem capaz que ele vá à exposição para tentar atrapalhar.

— Sim, mas nós estaremos lá. Foi bom você ter me contado. Vou observá-la amanhã e, se eu perceber qualquer coisa, saberei o que fazer. Mas esse Miguel não tinha decidido viver no Canadá e não voltar ao Brasil? O que ele está fazendo aqui?

— Nosso presidente praticamente o obrigou a vir para acompanhar o desenvolvimento de novos produtos. Não consigo entendê-lo. E mais: Miguel tem uma namorada no Canadá! Por que teve uma reação como aquela? Deveria estar contente por ver que Carolina está bem.

— Talvez ele acreditasse que Carolina não se recuperaria e por isso a deixou. Quando a viu recuperada e feliz, entendeu o que havia perdido. Eles ficaram casados por alguns anos. Vê-la pode ter lhe trazido lembranças e mostrado que cometeu um erro.

— Pode ser. Espero que ele não faça nenhuma bobagem.

— Não pense nisso. E, de qualquer forma, estaremos lá para ajudá-la. Até onde sei, toda a família de Carolina irá ao *vernissage*. Nós estaremos lá, e a Iara e o Tadashi também. Acredito que Miguel não vá se expor dessa forma.

— Tomara que você esteja certa. William, nosso presidente, estará lá.

— Ótimo! Mais um motivo para acreditarmos que Miguel não fará nenhuma bobagem e, se o fizer, arcará com as consequências. Sabe, não podemos mandar nos sentimentos dos outros nem esperar que eles tenham atitudes iguais às que teríamos. Cada um é responsável por si. Vamos confiar que tudo ficará bem.

Segurando as mãos da médica, Gabriel respondeu:

— Que bom que pudemos conversar. Estou me sentindo melhor.

— Isso é bom! Está uma tarde linda... Vamos terminar o lanche e caminhar mais um pouco? Caminhar sempre ajuda nosso bem-estar.

— Você está certa. Vamos!

Capítulo 26

— Boa tarde, dona Cândida. Vim ver a Carolina.
— Boa tarde, Felipe. Ela está ali, junto aos ipês.
— Obrigado. Vou até lá encontrá-la.
— Felipe, que bom que você veio! Ia te ligar...
Abraçando Carolina, ele respondeu:
— Como você está?
— Estou bem e feliz porque você está aqui. Venha ver o progresso do meu ipê.

Felipe acompanhou-a e constatou que tanto o ipê-rosa, que pertencia a ela, quanto o ipê- branco de Isabela estavam se desenvolvendo bem.
— Viu?
— Sim! O seu e o da Isa estão saudáveis e crescendo dentro do esperado. Mas venha! Vamos nos sentar naquele tronco. Precisamos conversar.
— Você está sério... O que houve?
— Fiquei preocupado com você e com o que Miguel pode fazer para prejudicá-la. Vocês foram casados por muito tempo... Será que ele não quer reatar o casamento?

Olhando nos olhos do namorado, Carolina respondeu:
— Felipe, ele pode até querer, mas eu não quero mais vê-lo, ouvi-lo ou tê-lo por perto. Eu me apaixonei por você, e Miguel ficou no passado. Eu consegui entender a atitude dele quando fiquei doente. Com a terapia e os ensinamentos do Pedro, digamos que eu o tenha perdoado. Mas isso é tudo o que Miguel terá de mim. Nada mais. Quando cheguei aqui praticamente desistindo de viver, encontrei apoio nos meus pais e em você, que,

apesar de nos conhecermos desde a infância, não via havia anos. Você me incentivou e me mostrou caminhos para minha recuperação e um amor que tenho certeza de que nunca senti pelo Miguel. Então, acredite quando digo que eu o amo e que Miguel não significa nada para mim.

Felipe abraçou Carolina e beijou-a ternamente. Olhando fixamente para ela, disse:

— Desculpe se, por um momento, me senti fragilizado com a presença dele. Vocês foram casados por muito tempo, e isso me fez pensar que talvez você ainda sentisse alguma coisa pelo Miguel.

— Você precisa confiar no nosso amor. Estamos vivendo uma história linda. Não estamos juntos porque sou grata pela forma como você me ajudou. Estamos juntos porque você me mostrou que eu poderia ser realmente feliz. Posso ser que eu sou, sem ter que fazer o papel que esperam que eu faça. Miguel era assim. Tudo tinha de ser do jeito dele! Quando fiquei doente, o castelo de cartas que ele criou, o "casamento perfeito", desmoronou, e não havia amor que segurasse aquele desastre. Havia a vida real, a doença, o sofrimento, e a mulher que ele imaginou não existia mais, então, Miguel deixou tudo para trás. Matilde e Aurora me ajudaram a catar o que sobrou da minha vida e me incentivaram a começar uma vida nova, por isso acabei vindo para cá. Por essa razão, tenha certeza de que Miguel não significa nada para mim.

— Você me perdoa?

Sorrindo, ela respondeu:

— Não precisa se desculpar...

Felipe pousou os dedos nos lábios de Carolina para silenciá-la e respondeu:

— Preciso, Carolina. Eu conversei com Pedro antes de vir para cá. Ele chamou minha atenção para meus pensamentos negativos e também para a lembrança que tenho da morte da Amanda. Perder você seria uma dor semelhante à que senti no dia do acidente, e não desejo passar por isso novamente. Pode ser puro egoísmo, mas não quero perdê-la, Carolina. Você trouxe luz pra minha vida. Eu vivia bem com meu trabalho, mas sem planos para o futuro. Com você, voltei a sonhar e fiquei muito assustado com o sentimento que a presença do Miguel aqui, cobrando-lhe explicações, despertou em mim. Pedro me fez ver que preciso confiar no que sentimos um pelo outro e ouvi-la dizer que me ama me deixa muito feliz. Só tenho medo de que tudo acabe de repente.

— Não vai acabar, Felipe. Não acha que precisamos colocar tudo o que temos aprendido nas reuniões em prática?

— Tem razão. Se ele me vir assim, vou levar um puxão de orelhas.
Ela riu, abraçou-o, e os dois trocaram um beijo longo e apaixonado.

※

— Mamãe, o que a senhora está olhando?
— Pensei que tivesse ido embora, Helena.
— Não, eu estava arrumando as roupas da Isa que ficaram aqui.
— Estou olhando sua irmã e o Felipe. Faz algum tempo que estão conversando e com certeza o assunto é o Miguel.
— Mãe, o que foi aquilo ontem?
— Não sei. Eu disse para seu pai que a atitude de Miguel incomodou Felipe.
— A reação de Carolina também me preocupou, mas hoje, quando conversei com ela, tive certeza de que ela está bem. Rodrigo me telefonou quando chegou a São Paulo e disse que William quis saber o porquê das atitudes do Miguel. Ele não contou o que aconteceu ontem à noite, mas mencionou o motivo da separação. Ninguém apoia o que ele fez.
— Você acha que ele pode prejudicar Miguel na fábrica?
— Não, mãe. O próprio Miguel pode fazer isso. Ele poderia dirigir uma das filiais, mas, devido às suas atitudes, continuará no departamento de projetos e voltará para o Canadá.
— Coitada da Matilde.
— Será, mãe? Será que não é melhor ele ficar por lá, em vez de criar-lhe problemas aqui?
— Não sei, filha. Não sei. Vamos dar tempo ao tempo. Os dois estão vindo. Vamos sair daqui. Não quero que saibam que eu os estava observando.
— Você estava preocupada?
— Sim, eu acompanhei o sofrimento de Felipe quando perdeu a esposa, e a mãe dele me disse que Carolina foi a melhor pessoa que ele encontrou para refazer a vida. Ela e o marido estão esperançosos de que o filho consiga refazer a vida afetiva, mesmo que não oficializem o casamento.
— Vai dar tudo certo, mamãe. Vamos confiar na vida, dona Cândida!
— Está certo, filha! Vamos confiar!

※

Tadashi levou Iara para casa, e os dois foram conversando sobre o projeto que estavam elaborando. O entusiasmo dela contagiava a todos.

— Você acredita muito nesse projeto, não é?

— Sim, Tadashi! Quando as pessoas estão doentes e sem perspectiva de terem uma vida alegre, sem preocupações, parece que o tratamento não faz efeito. Mas as que se interessam por arte, plantas, pintura demonstram vontade de viver. Eu vejo o efeito disso quando consigo convencer algumas mulheres a cuidarem da aparência. Veja o caso de Carolina. Quando ela iniciou o tratamento, não acreditava que venceria a doença, e olhe agora!

— Você tem razão. Felipe também é um bom exemplo. Trabalhar comigo na floricultura fez muito bem a ele.

— É, todos precisamos de uma atividade. O trabalho, seja ele qual for, nos torna mais felizes, mais humanos. Sentir-se útil faz um bem enorme.

— Mas agora falemos de nós. Amanhã, sairemos bem cedo porque temos de estar em São Paulo às 10 horas. A palestra está marcada para as 11 e deverá terminar às 16 horas. Dará tempo de irmos à exposição da Carolina. Você quer voltar amanhã ou ficar por lá?

— Tadashi, talvez seja melhor ficarmos lá e voltarmos no domingo. Será menos cansativo.

— Então, verei com Felipe em que hotel vão ficar e se consigo uma reserva para nós.

— Perfeito. Será que estranharão o fato de estarmos juntos?

— Acho que não. Felipe sabe que estamos namorando e provavelmente a Carolina também. Quem não souber não vai estranhar. Estamos sempre juntos.

Iara abraçou Tadashi e, olhando em seus olhos, disse:

— Você foi a melhor pessoa que eu encontrei, mas e você... como se sente? Helena não representa mais nada em sua vida?

Tadashi beijou Iara e disse:

— Não, Iara. Eu acalentei um amor de adolescente durante todos esses anos e vê-la me trouxe uma leve esperança, mas que foi logo desfeita. Helena só me via como um amigo. Você, no entanto, chegou de mansinho e foi me conquistando. Aprendi a amá-la e tudo o que quero hoje é que fiquemos juntos.

— E seu pai?

— Papai sabe que nos amamos e torce por nossa felicidade.

— Ele disse isso?

— Não com essas palavras, mas com as atitudes, com a maneira como a trata. Minha mãe não admitia a ideia de eu me casar com uma mulher que não fosse japonesa, mas eu não queria me casar sem amor. Ela acabou falecendo e não me viu casado. Meu pai sabe me compreender melhor.

— Ela achava que você não seria feliz?

— Minha mãe se prendia aos costumes japoneses, que em muito são diferentes dos costumes brasileiros, e à religião, coisas que não têm significado pra mim. Ela era budista, e eu preferi seguir o espiritismo. Ela queria manter tradições que não se usam mais. Como diz papai, as diferenças nos fazem crescer e é sempre bom aprender algo novo, uma cultura diferente.

— Que bom que você tem o senhor Norio como pai. Meus pais faleceram, não tenho irmãos, e, depois que me mudei para cá, perdi o contato com algumas tias. Minha família ficou sendo a doutora Marcela, as funcionárias da clínica e a dona Consuelo. Uma gracinha! Ela está ajudando a cuidar do neto. E agora tenho você.

— Quer se casar comigo?

— Rápido assim?

— Iara, estamos juntos há quatro meses e nos conhecemos há anos! Não acho que seja rápido. Você me contou sua história. Vamos nos casar e construir nossa vida. E depois, se nos sentirmos dispostos a ser pais, podemos entrar com um processo para adotar uma criança. Há tantas precisando de um lar.

Sorrindo, ela respondeu:

— Tadashi, você me surpreendeu duplamente hoje. Sim, eu quero me casar com você.

Os dois trocaram um beijo longo e, abraçados, continuaram a fazer planos para o futuro.

※

— Matilde, está tudo pronto. Troquei o quadro do pai da Carolina de lugar. Você tinha razão! A luz daquele lado deu vida ao trabalho dela.

— Ótimo, Rafael! Amanhã, precisaremos estar aqui às 17 horas, e a Carolina, às 18. Os fotógrafos chegarão às 18h30 e nossos convidados, às 19. Você acertou com o bufê?

— Sim, eu chegarei um pouco antes, lá pelas 16 horas. Eles me pediram para chegar mais cedo do que havíamos combinado para fazerem tudo com calma. Se faltar alguma coisa, terão tempo de providenciar antes de a Carolina chegar.

— Ótimo.

— Ótimo? Você passou o dia todo agitada, e eu tenho certeza de que não é por causa da exposição. Não quer me contar o que a está preocupando?

Matilde respirou fundo e, olhando para o assistente, disse:

— Miguel foi procurar Carolina na casa dos pais dela e, segundo Cândida, foi muito desagradável. Eles estão preocupados com a possibilidade de ele vir aqui e criar algum problema.

— Só faltava essa. O que seu filho quer?

— Não sei, Rafael. No dia em que ele esteve aqui, nós discutimos. Tenho certeza de que Miguel ficou irritado quando viu o retrato do Felipe.

— Ciúmes?

— Ele a deixou, mas agora está posando de marido traído! Tem cabimento?

Rafael riu:

— Matilde, me desculpe, mas Miguel é hilário. Ele foi embora para o Canadá para não cuidar de Carolina, voltou quase dois anos depois, viu o quadro do Felipe e foi tirar satisfação com ela? Por favor!

— Pois é! Estou pensando em proibir a entrada dele amanhã. Não sei por que não voltou para o Canadá. O retorno dele estava marcado para ontem.

— Não faça isso, pois pode ser pior. Melhor nos precavermos e cuidarmos de Carolina, afinal, sei que virão a família, alguns amigos e Felipe. Ele não terá chance de aborrecê-la. E, se tentar, saberemos como agir.

— Obrigada, Rafael! Você é um grande amigo.

— Então, ouça seu amigo aqui e vá para casa, tome um banho relaxante, uma taça de vinho e procure dormir bem para estar em forma amanhã. Teremos um dia, ou melhor, uma noite bem movimentada. Pode deixar que eu fecho tudo aqui.

— Está bem. Até amanhã.

— Até.

CAPÍTULO 27

O sábado amanheceu ensolarado. Felipe, Carolina, Cândida, João Alberto, Helena e Isabela seguiram cedo para São Paulo. Gabriel e Marcela seguiriam à tarde.

Matilde acordou com o barulho da campainha. Ao abrir a porta, assustou-se ao ver Miguel:

— Meu filho, o que aconteceu?

— Bom dia, mamãe. Não aconteceu nada. Apenas vim vê-la.

— Bom dia, filho. Eu não o esperava, mas entre. Vou preparar um café para nós.

Enquanto Matilde preparava o café da manhã, Miguel andava pela casa. Notando que ele estava nervoso, ela perguntou:

— Miguel, eu o conheço bem... O que está acontecendo?

— Mamãe, como ela pôde?

— Ela quem? E pôde o quê?

— Carolina, mamãe! Quem mais?

— Vocês estão separados, Miguel! Você foi embora quando ela mais precisava de seu apoio e agora você está revoltado porque Carolina refez a vida dela? Francamente, Miguel! Eu não consigo compreendê-lo!

— Eu tentei falar com ela, mas a família não deixou. Ela chegou do centro espírita com o namorado! Imagina isso?

— Que ótimo! Ela está frequentando um centro espírita, e isso é muito bom.

— Mamãe, você também?

— Miguel, já chega! Você foi embora quando Carolina estava lutando pela vida e não tem o direito de exigir ou de cobrar nada dela, entendeu? Se veio aqui reclamar um direito que não tem ou se pretende estragar a noite de hoje, saiba que não vou permitir. Depois que você a abandonou, eu a acompanhei durante todo o tempo e vi o sofrimento pelo qual ela passou até se convencer de que você não voltaria e que ela deveria cuidar de si mesma. Agora, não me venha com ares de marido, porque você não é mais. Deixou de ser quando sua ex-esposa disse que estava com câncer e você decidiu abandoná-la.

— Você não entende...

— Não mesmo. Que tal se tentasse me explicar?

— Mamãe, a doença de Carolina destruiu meu projeto de vida, meu sonho de viver com ela fora do Brasil. A viagem para o Canadá estava programada bem antes de Carolina ficar doente. Eu recebi a confirmação no dia em que ela pegou o resultado do exame que diagnosticou essa doença maldita.

Matilde olhava para o filho e, calmamente, perguntou:

— Ela destruiu seu projeto de vida?! Meu Deus, Miguel, como consegue ser tão egoísta?! Um projeto de vida no Canadá! Em nenhum momento você pensou que Carolina não queria ficar doente? Que essa doença tirou dela a esperança de ter um filho? Ela ficou meses passando por um tratamento penoso, cansativo, doloroso, e onde você esteve enquanto isso? Você seguiu seu "projeto de vida" e a deixou aqui. Não me lembro de ter recebido nenhuma ligação sua perguntando como ela estava e tenho certeza de que você não lhe telefonou, pois eu estava ao lado dela dia e noite, lutando para fazê-la aceitar o que estava acontecendo e praticamente a obrigando a lutar pela vida. Quando eu precisava me ausentar, a Aurora vinha aqui para ficar com ela.

"Não tenho como entendê-lo e duvido que alguém que conheça vocês dois consiga. É melhor ir embora e, por favor, não vá a galeria. Hoje é a noite da Carolina! Ela está renascendo para a arte e para a vida! Ela ainda não teve a alta definitiva do tratamento... Talvez você não saiba, mas a alta definitiva só acontece depois de cinco anos, período em que ela terá ainda de fazer exames e reviver a angústia da dúvida da cura ao abrir cada novo resultado. Volte para o Canadá. Seu lugar com certeza é lá, não aqui."

Mãe e filho ouviram um barulho e a voz de Aurora:

— Matilde, bom dia! Desculpe, eu fui entrando. Como vai, Miguel?

— Bom dia, Aurora.

— Matilde, eu posso voltar depois...

— Não, Aurora. Pode ficar. Miguel está de saída.

Miguel apenas olhou para a mãe, fez um cumprimento com a cabeça para Aurora e saiu. Não esperava aquela reação da mãe. Aurora viu a amiga apoiar-se na bancada da cozinha e correu para ajudá-la a sentar-se.

Matilde derramou algumas lágrimas e perguntou:

— Onde eu errei, Aurora? Como pude criar um filho tão egoísta, tão centrado em si mesmo?

— Minha amiga, nós passamos para nossos filhos nossos valores, a educação que recebemos de nossos pais, procuramos colocá-los nas melhores escolas, mas não somos os responsáveis pela personalidade deles. Eles nascem com ela e, à medida que crescem, aproveitam o que ensinamos da maneira que querem. Não conseguimos fazer que eles sejam o que queremos. Todos nós temos livre-arbítrio e o utilizamos para seguir nossos caminhos da maneira como entendemos que seja melhor. Nossos filhos agem da mesma forma.

— Você acredita que ele não consegue aceitar que Carolina seguiu em frente, cuidou da saúde, voltou a pintar e, o que deve ter incomodado mais, refez a vida dela com outro homem.

— Será que ele irá à galeria hoje à noite?

— Não sei, mas já estamos preparados. Ontem, eu conversei com Rafael e contei-lhe o que Miguel fez na casa da Carolina. Foi bom a Cândida ter me telefonado.

— Não sei o que você disse a ele, mas talvez ele pense melhor e não faça nenhuma bobagem.

— Deus queira, Aurora! Deus queira!

— Agora vamos, minha amiga! Temos muito a fazer, e, pelo jeito, você não dormiu direito.

— Não mesmo. Estou muito preocupada.

— Então, vamos. Precisamos cuidar dos detalhes finais da exposição.

— Você não vai esperar o Gabriel?

— Ele irá direto para a exposição. A namorada dele precisa atender alguns pacientes e não pode tirar o sábado todo de folga.

— Você está curiosa para conhecê-la?

— Estou, pois nunca vi o Gabriel tão empolgado com uma mulher como ele está com a doutora Marcela.

— Fico feliz por vocês, minha amiga.

Aurora abraçou a amiga e disse:

— Obrigada, Matilde! Procure não se entristecer com o Miguel. Apenas mande boas vibrações para ele. Uma hora, Miguel cairá em si e perceberá a bobagem que está fazendo.

— Bom dia, papai.

— Bom dia, meu filho. Dormiu bem?

— Sim, estava com saudade de casa. Estou comprando um apartamento, mas ainda não ficou pronto.

— Rodrigo, você trará a Helena aqui ou a conhecerei à noite, na exposição?

— Ainda não sei. Calculo que eles chegarão aqui por volta de 11 horas. Ela vai me telefonar, e aí combinaremos.

— O que a filha dela acha de tudo isso?

— Olha, papai, a Isabela é uma garota inteligente e esperta! Ainda não conversamos o suficiente, mas acredito que nos daremos bem. Você vai gostar delas.

— Ela não tem ciúmes da mãe?

— Não, e a Helena conversa sobre tudo com ela. Não fazemos nada escondido ou com meias verdades. Eu expliquei a Isabela que não ficaria no lugar do pai dela, mas que gostaria de ser seu amigo. Ela concordou e me disse que quase não se lembra dele. O pai da menina morreu quando ela tinha dois anos. Helena não se relacionou com outro homem, então, não há traumas ou lembranças de homens na vida da mãe dela.

— É, as pessoas têm direito de refazer suas vidas, mas vemos tantos casos que não dão certo e que acabam trazendo mais sofrimento aos filhos. Você está preparado para ser o padrasto da menina?

— Sinceramente, não sei, pai. Vamos viver um dia de cada vez e ver o que acontece. Vamos esperar um pouco para nos casarmos, pois precisamos ter certeza de que é o certo pra nós e para a Isabela.

— E o que os pais dela dizem?

— Estão contentes com nosso relacionamento e não estão fazendo cobranças. Eles têm duas filhas: a Helena e a Carolina. Eu contei a história deles para você.

— Sim, no lugar deles eu também ia querer que minhas filhas fossem felizes e não iria interferir na decisão que elas tomassem. Você ficará aqui por mais uns dias?

— Sim, vou acompanhar William na seleção de pessoal e voltarei para Várzea do Leste na quarta-feira. Quer ir comigo conhecer a cidade?

— É uma boa ideia. Mas tem onde me hospedar?

— Sim, a pensão em que estamos morando é muito boa.

— Então, irei com você! Será muito bom sair um pouco de São Paulo.

— O telefone! Deve ser a Helena.

— Rodrigo? Bom dia! Tudo bem?

— Oi, Helena. Bom dia! Vocês chegaram cedo. Estava esperando-os à hora do almoço.

— Acabamos de chegar, e a Isa está encantada com o hotel. Felipe e papai estão cuidando do nosso *check-in*. Quando estivermos instalados, e se você quiser vir até aqui, que tal almoçarmos juntos?

— Ótima ideia! Levarei meu pai para conhecê-los.

— Perfeito! Até mais, amor.

— Até. Um beijo.

— Senhor Norio, está sozinho hoje?

— Senhor Pedro, bom dia. Estou fazendo a entrega de algumas encomendas. Felipe e Tadashi foram para São Paulo. Hoje acontecerá a exposição dos trabalhos de Carolina.

— Não quero atrapalhá-lo. Vim saber do Felipe. Conversamos naquele dia, e depois não o vi mais.

— Não sei o que conversaram, mas fez bem a ele. Segunda-feira, ele estará aqui. Venha tomar um cafezinho conosco.

— Virei sim, senhor Norio. Precisa de ajuda?

— Não, eles deixaram tudo em ordem. São apenas algumas entregas. Nada complicado.

— Está bem. Bom fim de semana para o senhor.

— Obrigado, igualmente! Lembranças à sua esposa.

Pedro agradeceu e saiu de lá mais tranquilo. Apesar dos conselhos que dera a Felipe, ele ficara apreensivo. Pedro o acompanhara quando houve o acidente e desejava que o amigo refizesse a vida, encontrasse alguém com os mesmos ideais e construísse uma vida feliz.

— Helena, o Rodrigo virá almoçar conosco?

— Sim, Felipe. Acabei de combinar com ele.

— Vou pedir-lhe um favor. Preciso de sua ajuda.

— Diga.

— Quando Rodrigo chegar, diga-lhe que preciso falar-lhe, mas a Carolina não pode saber o que pretendo fazer. Quero comprar um presente para sua irmã, mas não encontrei o que eu queria em nossa cidade e não desejo perder tempo aqui em São Paulo.

— Pode deixar. Quando Rodrigo chegar, falarei com ele.

— Obrigado, cunhada.

— Por nada! Agora vou ver meus pais e a Isa. Ela quer rever as amigas que moram aqui e combinou com duas delas para se encontrarem aqui no hotel. Verei se as meninas já chegaram.

— Se precisar de ajuda, me avise.

— Está bem, obrigada.

Rodrigo chegou com o pai ao hotel onde a família de Helena estava hospedada. Encontrou-a no *hall* com a filha e as amigas. Ele cumprimentou-a com um beijo no rosto e apresentou-lhe seu pai:

— Helena, este é meu pai, Daniel. Papai, esta é Helena.

— Muito prazer! Rodrigo fala muito no senhor.

— O prazer é meu, Helena! Fico muito feliz em conhecê-la.

— Isabela está com as amigas tomando um suco. Vamos encontrá-las.

Vendo que a mãe se aproximava, Isabela levantou-se e foi até ela:

— Isa, venha conhecer o pai do Rodrigo, o senhor Daniel.

— Muito prazer, minha jovem.

— Muito prazer, senhor Daniel! O senhor será meu avô se minha mãe se casar com o Rodrigo?

Todos riram da simplicidade da garota, e ele respondeu:

— Mesmo que eles não se casem, terei o maior prazer em ser seu avô. Você é uma garota muito simpática.

— Obrigada! Agora posso voltar para minhas amigas, mamãe?

— Pode, Isa. Mas não saiam daí sem falar comigo. O hotel é grande, e não quero perdê-las.

Rodrigo indagou:

— Acha que elas se perderiam?

— Meu bem, nunca se sabe o que três garotas podem resolver fazer ou procurar. A curiosidade delas pelo novo é muito grande. Quero dar liberdade para Isa, mas ainda tenho alguns receios. Esta cidade tem muitos atrativos e muitos perigos.

— Você tem razão. Podemos nos sentar aqui perto, assim ficamos conversando e você pode observá-las. Que tal?

— Boa ideia. Ah! Felipe quer comprar um presente para Carolina, mas quer fazer surpresa. Ele pediu sua ajuda.
— Claro! Pode chamá-lo agora?
— Sim, vou telefonar pra ele.

Capítulo 28

A propósito de deixar as irmãs se prepararem para o evento da noite, Felipe e Rodrigo saíram para levar o senhor Daniel para casa.

— Felipe, o que você pretende comprar?

— Rodrigo, queria dar um anel para Carolina. Pensei em uma aliança, mas acho que um anel seja melhor. Queria entregá-lo hoje à noite, quando voltarmos da exposição.

— Você vai pedi-la em casamento?

— Vou. Não quero me separar dela e estou seguro de que, nos casando, faremos a coisa certa.

— Parabéns, Felipe! É uma ótima decisão. Tenho certeza de que vocês serão muito felizes.

— E você e Helena, como estão?

— Estamos bem, mas ainda não decidimos nos casar. Queremos dar mais um tempo para a Isabela se acostumar comigo. Temos passado algum tempo juntos, mas a Helena quer que Isa esteja segura. Ela teme que a filha possa não me aceitar, caso eu dê um conselho ou não concorde com alguma coisa que ela queira fazer. Elas viveram sozinhas durante todos esses anos, então, preciso ir com calma e conquistar a confiança da menina. O que é importante pra mim e acredito que para você também é o apoio dos pais delas.

— Sim, concordo com você. As duas passaram por momentos bem difíceis. E seu pai? Ele me parece bastante atento a tudo, tem uma lucidez fantástica.

— Quando papai ficou viúvo, eu já era adulto. Ele optou por não se casar novamente, se aposentou, tem se dedicado ao centro espírita que frequenta e dá aulas particulares. A presença de jovens em casa o mantém ativo. Ele é professor de Língua Portuguesa, então, sempre tem alunos interessados em aprender literatura ou redação, que são as matérias de que ele mais gosta. Muitos de seus alunos são filhos de alunos que ele ensinou nas escolas onde lecionou.

— Que bom, Rodrigo. Meu pai se aposentou e decidiu não ter outra atividade. Faz a rotina dele, suas caminhadas, ajuda minha mãe e, duas vezes por semana, faz com o senhor Norio visitas aos hospitais da nossa cidade. Eles visitam sempre pessoas idosas, levando uma palavra de carinho àquelas que muitas vezes ficam dias internadas e não recebem nenhuma visita.

— É um trabalho muito importante levar uma palavra de carinho a quem precisa. E sua mãe?

— Mamãe era professora e também se aposentou. Hoje, ela não dá mais aulas, mas, na companhia de duas senhoras, tem feito roupas de tricô para crianças. Elas doam as peças para as creches e para a prefeitura. A esposa do nosso prefeito é muito ativa na área social e está sempre movimentando a cidade para ajudar os menos favorecidos, principalmente as crianças. Nosso município não é grande, mas vem gente de fora. Às vezes, vemos crianças pedindo esmolas nas ruas, vendendo balas no farol, e ela vai atrás, descobre de onde vêm, procura as famílias... Já a vi chamando a polícia para prender um homem que estava fazendo os filhos pedirem esmola.

— São boas atitudes. Crianças vendendo balas, pedindo esmolas é muito errado, mas é um problema que afeta o país todo. É preciso um trabalho social muito bem-feito para ajudar as crianças e também os pais. Se todos tivessem uma renda mensal, com certeza não colocariam os filhos nessa situação. Chegamos, venha. Nesse shopping há três joalherias. Acredito que você encontrará o que procura.

※

Carolina ouviu o som da campainha e, acreditando que fosse Felipe à porta, imediatamente a abriu. Assustou-se com a presença de Miguel.

— Miguel? O que está fazendo aqui? Como soube onde estávamos hospedados?

— Estou hospedado neste hotel e vi quando chegaram. Estava esperando uma oportunidade para conversar com você.

— Não sei o que teríamos para conversar, e este não é um bom momento.

— Por favor, podemos conversar no *hall* perto da escada? Não quero constrangê-la. E, se alguém chegar, verá que estamos conversando.

— Está bem, vamos.

— Você está bonita. Nem parece que fez um tratamento para aquela doença.

— Miguel, o que você quer?

— Quero saber se você esqueceu tudo o que vivemos enquanto estivemos juntos.

— Miguel, você decidiu ir embora e não quis me acompanhar no tratamento que eu precisava fazer! O que nós vivemos faz parte do passado, acabou, por isso não sei por que estamos tendo essa conversa.

— Eu tinha feito muitos planos para nós, Carolina! Viveríamos no Canadá, criaríamos nossos filhos lá, num país melhor para se viver... Quando fui dar essa notícia, você nem me deixou falar. Quando cheguei em casa com a certeza de que mudaríamos nossa vida, a vi chorando, com o resultado do exame na mão... Você nem me deixou falar. Lembra?

— Sim, eu fiquei desesperada com a confirmação da doença! Imaginei que não sobreviveria, Miguel! O que você esperava?

— Carolina, eu fiquei em choque! Não esperava que isso pudesse acontecer conosco.

— Miguel, ninguém espera que isso aconteça, mas acontece! Se fosse o contrário, eu teria ficado ao seu lado, lutado com você...

Sem deixá-la terminar de falar, Miguel afirmou:

— Hoje, eu sei disso, mas, na hora, a frustração que eu tive por ver meus projetos destruídos foi muito grande. Não consegui suportar a dor que vi nos seus olhos. Por favor, tente entender... Não sou como você. Quando a conheci, você era alegre, cheia de vida, e, de repente, tudo mudou. Eu não podia ver aquele sofrimento e não conseguir fazer nada. Por que ninguém entende isso?

— Miguel, eu já pensei muito sobre tudo o que nos aconteceu. Você não teve estrutura para me ajudar. Nem todas as pessoas são fortes para ajudar as outras, mas não dá para mudar o que passou. Eu consegui fazer o tratamento de que precisava, ainda estou em fase de exames a cada seis meses, refiz minha vida e estou seguindo em frente. A ajuda da minha família, da sua mãe, da Aurora e dos amigos que encontrei na minha cidade foi muito importante para minha recuperação. Não tenho raiva nem mágoa de você pelo que aconteceu.

"Aconteceu e pronto! É passado. Voltei a pintar, encontrei apoio no espiritismo, faço terapia, que também me ajudou muito, e estou namorando o Felipe, como já sabe. Você mora em outro país, Miguel. Encontre alguém para refazer sua vida e que possa lhe dar os filhos que você quer ter. Deixe o passado para trás, não dá para mudá-lo, mas para recomeçar e encontrar a felicidade."

— Sinceramente, você não ficou com raiva do que eu fiz?

— Não, Miguel. Talvez tenha ficado no momento em que você me deixou, mas, com o passar do tempo, consegui entender. Se quer que eu diga que o perdoei, sim, perdoei.

— Eu não esperava por isso. Você é melhor do que eu.

— Não, ninguém é melhor que ninguém. Cada um entende a vida de uma forma. Às vezes, não compreendemos bem o que nos acontece, mas o tempo nos faz conhecer os desígnios de Deus. Pense nisso e viva sua vida da melhor forma possível. Agora, preciso terminar de me arrumar, pois preciso ir para a galeria daqui a pouco. Se quiser ir para a exposição, será bem-vindo. Ninguém vai maltratá-lo. Adeus, Miguel. Espero sinceramente que você seja feliz.

— Adeus, Carolina. E obrigado por me entender e por termos tido essa conversa.

Carolina levantou-se e foi para seu quarto no hotel. Miguel permaneceu na sala onde estiveram conversando por mais algum tempo e não percebeu a chegada de William, que, de longe, observava a conversa dos dois. Depois de uns minutos, ele aproximou-se e perguntou:

— Miguel, quer tomar um café comigo?

Ele sobressaltou-se e respondeu:

— Faz tempo que o senhor está aí?

— Não. Eu estava saindo do elevador quando Carolina estava se levantando para sair. Não quero ser indiscreto, mas não pude deixar de ouvir o final da conversa de vocês. Se você quiser conversar comigo, não se acanhe. Não me veja como seu chefe e sim como um amigo. Muitas vezes, um amigo consegue nos entender melhor do que um parente.

— Obrigado, William. Acho que um café cairá bem.

— Então, vamos! Há um bar aqui no andar de baixo. Podemos ir pela escada.

Chegando ao bar, William pediu café para os dois. Chegou a pensar em uma bebida mais forte, mas achou melhor manter o pedido. O álcool não seria bom para Miguel. Depois que o garçom os serviu, ele explicou:

— Miguel, eu sei o que aconteceu entre você e Carolina e sei também o que é depositar nossos sonhos em outra pessoa. Queremos que o outro pense como nós, aja da forma que imaginamos, mas é impossível. Posso fazer essa afirmação com tranquilidade, porque meu pai fez isso. Nós nos mudamos para o Brasil quando eu tinha dois anos. Não me lembro como era nossa vida antes disso, mas minha mãe sempre se queixava da mudança, e eles brigavam frequentemente. Quando decidi estudar no Canadá, ela exultou e acreditou que eu iria viver melhor e que, quando eu estivesse trabalhando, a levaria para viver comigo. Infelizmente, não pude fazer-lhe a vontade, pois eles faleceram num acidente de automóvel. Talvez se ele tivesse vindo sozinho para cá, a vida da mamãe teria sido menos amarga. Ela envelheceu, se apagou... Entende o que quero dizer?

— Acho que sim. Eu também decidi me mudar daqui sem falar com a Carolina. Quis lhe fazer uma surpresa, certo de que ela gostaria, e no fim fui surpreendido com a doença dela e com minha covardia. Hoje, conversando com Carolina, pude sentir como fui egoísta. Minha mãe me fez ver isso hoje pela manhã, mas acabei tendo uma nova discussão com ela.

— Nós vamos ficar mais alguns dias aqui no Brasil. Segunda-feira, irei à filial canadense, mas você não precisa me acompanhar. Partiremos, se tudo correr como eu espero, na terça-feira à noite. Aproveite esse tempo para refletir e vá ver sua mãe. Tenho certeza de que vocês se entenderão e que você voltará para o Canadá mais tranquilo, afinal, sei que tem alguém o esperando lá.

— Aline... Mas não sei se ela ainda está me esperando. Nossa última conversa não foi boa. Você tem razão, senhor William. Telefonarei para ela e, amanhã ou na segunda-feira, falarei com minha mãe. Hoje, ela estará ocupada com a exposição.

— Então vou conhecê-la.

— Você vai?

— Sim, vi dois trabalhos da Carolina e gostei muito. Pretendo adquirir um deles e levar para minha mulher. Ela vai gostar.

— Eu ficarei no hotel. Não quero constranger a Carolina nem criar algum embaraço com a família dela.

— Faz bem. Hoje é o momento dela. Não sei qual religião você segue, Miguel, mas faça uma prece agradecendo a Deus pela oportunidade que teve de conversar com Carolina e pedir-lhe perdão. Você se sentirá melhor. Bem, vou subir, pois daqui a pouco Rodrigo virá me buscar para irmos para a galeria.

— Vou subir também e telefonar para Aline.

— Aline?
— Oi, Miguel. Tudo bem com você?
— Estou bem, e você? Me desculpe por não ter telefonado antes. Fiquei meio atrapalhado aqui, mas consegui resolver minha vida hoje.
— Resolver sua vida? Não entendi.
— É uma história comprida. Quando estivermos juntos, lhe contarei tudo. Como estão as coisas na empresa?
— Bem, não houve nada de novo. Quando você volta?
— Devemos retornar na terça-feira à noite. William precisa resolver um problema na filial na segunda-feira e acredita que tudo se resolverá em um dia. O que você tem feito?
— Nada muito interessante. Fiz algumas modificações no apartamento e...
Aline e Miguel continuaram a conversar. Ele não queria falar sobre Carolina com a namorada, mas estava certo de que poderia dar continuidade ao seu relacionamento com mais segurança.

Capítulo 29

    Felipe chegou e foi procurar Carolina, que estava terminando de se arrumar. Quando ele entrou no quarto, ela pediu-lhe que a abraçasse:
— O que foi, meu amor? Você está pálida.
— Eu conversei com Miguel. Ele também está hospedado aqui.
— Ele a maltratou? O que houve?
Ela explicou:
— Não, ao contrário. Ele me pediu que o perdoasse e tentou justificar por que foi embora quando fiquei doente. Eu não esperava vê-lo aqui. Estava esperando você chegar para contar-lhe. Não falei com ninguém.
— Você acha que essa conversa lhe fez bem?
— Sim, e acredito que a ele também. Eu disse a Miguel para esquecer o passado e encontrar alguém que o fizesse feliz. Ele agradeceu por termos conversado, e eu o deixei no *hall* de entrada do hotel. Tive a impressão de que alguém saiu do elevador e ouviu o fim da conversa. Na hora, pensei em você, mas depois vi que não. Era um homem alto, moreno, porém, não consegui ver o rosto. Provavelmente, era algum hóspede.
— Está mais tranquila agora que conversamos?
— Sim. Sempre me sinto segura quando você está comigo. Eu te amo e estou muito feliz por estarmos aqui hoje. Espero que minha conversa com Miguel não o tenha aborrecido.
— De maneira alguma. Ele fez parte da sua vida, Carolina. Do passado, eu sei, mas não dá para apagá-lo. O mais importante é você saber o que sente por ele e por mim.
— Eu sei exatamente o que sinto por ele e por você. Nunca duvide do meu amor, Felipe. Você me faz muito feliz...

Interrompendo-a, ele disse:

— Então, vou aproveitar que a cor voltou ao seu rosto e que você disse que me ama para lhe dar isso.

Carolina pegou a pequena caixa e, quando a abriu, viu o anel que ele havia comprado. Felipe pegou-o e, segurando a mão da namorada, perguntou:

— Quer se casar comigo?

Sorrindo, ela respondeu:

— É o que mais quero neste momento.

Ele colocou o anel no dedo de Carolina, e os dois trocaram um beijo longo e apaixonado.

※※※

Rodrigo chegou ao hotel e a primeira pessoa que encontrou foi William, que lhe contou a conversa que tivera com Miguel sobre Carolina.

— Acredito que agora ele não a procurará mais.

— É bom saber disso. Eu falei com Helena há pouco, mas ela não comentou nada.

— Não sei se as irmãs conversaram. Eu estava esperando por você e vi quando Felipe e Carolina saíram. Estavam alegres, brincando um com o outro.

— Eles o viram?

— Não, e eu os vi por acaso. Como estamos em lados opostos, é difícil nos encontrarmos. Foi só uma coincidência, como aconteceu com Miguel.

— Helena vem vindo. Você irá conosco?

— Irei, se não for incomodá-los. Posso também pegar um táxi.

— Não incomoda! Estou com o carro do papai. Podemos ir todos juntos.

Helena aproximou-se, beijou Rodrigo e cumprimentou William:

— Vocês vieram juntos?

— Não, o William está hospedado neste hotel, mas do lado contrário ao de vocês. Deixe-me apresentá-lo a seus pais e a Isabela. Senhor João, dona Cândida, este é William, o presidente de nossa empresa.

Os pais de Helena cumprimentaram-no, e ele dirigiu-se a Isabela e perguntou:

— Você deve ser a Isa, certo?

— Sim! O senhor é o chefe da minha mãe?

— Chefe é meio esquisito, Isa. Sou o presidente da empresa na qual sua mãe trabalha, mas digamos que sou amigo dela, do Rodrigo e talvez possa ser seu amigo também. O que acha?

Isabela pensou um pouco e respondeu:

— É, pode ser. Você é casado?

Helena corrigiu a filha:

— Isa, não seja indiscreta.

— Não se preocupe, Helena. Tenho uma filha da mesma idade da sua, acredito. Ela sempre tem muitas perguntas. Sim, Isa. Sou casado e tenho dois filhos.

— Sua família está aqui?

— Não, estão no Canadá.

Rodrigo interrompeu:

— Vocês poderiam conversar no carro enquanto vamos para a galeria? Que tal? Senão, acabaremos nos atrasando.

Todos riram do jeito dele e concordaram. Helena segurou-o e perguntou se Miguel também estava no hotel.

— Está e conversou com sua irmã. Vamos para a galeria e lá conversaremos com ela. Segundo o William, que presenciou o final da conversa dos dois, tudo acabou bem.

O pai de Rodrigo, que ficara esperando no carro, ajudou a acomodar todos no veículo, e seguiram para a galeria de arte.

Quando chegaram à galeria, já havia bastante movimento. Matilde recebeu-os e explicou-lhes que Carolina estava sendo entrevistada por um jornalista especializado em arte. Ela acompanhou-os até a exposição, e todos ficaram admirados com os quadros expostos.

— Mamãe, esta sou eu? É o vovô?

— Isso mesmo, querida. Vocês dois andando a cavalo. Gostou?

— É lindo! Parece eu mesma.

Todos riram da inocência de Isa, e o avô afirmou:

— Este vai para nossa casa. Vamos colocá-lo na sala! O que acha, Cândida?

— Concordo! Eu sabia que ela estava pintando vocês, mas não vi o resultado.

Enquanto apreciavam os quadros, encontraram Tadashi, Iara, Gabriel e Marcela. Todos estavam empolgados com o trabalho de Carolina. Tadashi comentou:

— Eu ensinei a ela a arte do ikebana, e ela fez esses arranjos. Estão lindos. Helena, sua irmã é muito talentosa. Parabéns.

— Obrigada, Tadashi! Parabéns a você também por ser um excelente professor. Soube que você e Iara darão aulas de arranjos na floricultura.

Iara respondeu:

— Sim, é uma forma de ajudar pessoas em tratamento médico e aposentados que não tenham uma atividade. Você sabe que gosto de ajudar as pessoas a superarem seus medos quando enfrentam doenças graves. Quando falei com o senhor Norio, ele concordou. Terminamos de montar o espaço para as aulas esta semana.

— É uma ótima ideia. Sei como você é dedicada. Sua ajuda foi muito importante para a recuperação de Carolina, e estou muito contente por ver você e Tadashi juntos.

— Obrigada, Helena. Você é muito gentil.

Marcela aproximou-se e interrompeu a conversa.

— Sua irmã fez trabalhos lindos! Já reservei um quadro para mim.

— Obrigada, doutora. Carolina realmente se superou! E tenho certeza de que devemos muito disso a você, a Iara e ao Felipe. Graças a vocês, minha irmã recuperou a alegria de viver.

A médica concluiu:

— Foi graças a vocês também, à família que esteve junto a ela, e principalmente a ela mesma, que decidiu lutar pela vida. A vontade de viver ajuda muito no tratamento, pois o paciente procura formas de melhorar a vida e busca alternativas para superar a depressão que muitas vezes é desencadeada pela doença. Isso faz muita diferença no tratamento. Eu acredito muito nisso.

Gabriel e Aurora aproximaram-se, e ele apresentou Marcela à mãe:

— Posso lhe dar um abraço, Marcela?

— Claro, dona Aurora. Muito prazer em conhecê-la. Gabriel fala muito da senhora.

— Obrigada! E não precisa me chamar de dona. Basta me chamar de Aurora. Vocês vieram direto para a exposição?

— Sim, pois acabei me atrasando no hospital. Seu filho tem tido muita paciência com meus atrasos.

— Gabriel é um ótimo filho. Eu me orgulho muito dele e fico feliz que ele tenha encontrado alguém para amar. Quando estamos apaixonados, a vida fica mais colorida, mais alegre.

Sorrindo, Marcela respondeu:

— A senhora tem toda razão.

Nesse momento, Matilde pediu a atenção de todos e apresentou Carolina aos presentes. A entrevista terminara e agora ela poderia atender às pessoas que quisessem conversar sobre seus quadros.

Carolina agradeceu a apresentação e pediu para dizer umas palavras:

— Eu quero agradecer primeiro a Deus, que me permitiu estar aqui hoje, mostrando meu trabalho para vocês, à minha família, a Matilde, que sempre me apoiou, aos amigos, que vieram de longe para ver a exposição, e ao meu noivo, Felipe, que foi a pessoa que me fez entender que muitas vezes a vida nos põe em situações difíceis, mas que a fé, a oração e o carinho das pessoas que amamos podem fazer verdadeiros milagres por nós. Obrigada! Vocês todos estão no meu coração.

Felipe, que estava ao lado de Carolina, abraçou-a, e todos que estavam presentes aplaudiram e foram se aproximando para cumprimentá-la e saber mais sobre sua obra. O coquetel começou a ser servido, e a noite seguiu com tranquilidade.

Depois que os convidados se retiraram, ficaram reunidos na galeria a família de Carolina e os amigos. Ela e Felipe comunicaram que decidiram marcar a data do casamento, e todos os felicitaram. Matilde falou do sucesso da exposição e, abraçando-a, disse:

— Carolina, todos os quadros foram vendidos! Parabéns, minha querida! Eu sabia que você conseguiria. Estou muito feliz pelo seu sucesso e espero que, no próximo ano, possamos fazer uma exposição tão linda quanto esta.

— Obrigada, Matilde, por cuidar de mim quando precisei e por não desistir dos meus trabalhos quando ninguém se interessava por eles. Obrigada por tudo! Te amo!

As duas se abraçaram, e a emoção tomou conta de todos. Rafael fez um sinal para os garçons servirem champanhe para celebrarem o momento, e a alegria manteve-se entre todos que ali estavam.

Depois de retornarem ao hotel e combinarem o horário da partida no dia seguinte, Cândida e João Alberto acompanharam a filha e Felipe ao quarto.

Cândida abraçou a filha e disse:

— Carolina, estou muito feliz por você ter vencido essa batalha e superado todos os seus medos! Parabéns, querida! E saiba que sempre estaremos com você em tudo o que precisar.

João Alberto abraçou-a e depois abraçou Felipe:

— Nós sabíamos que vocês ficariam juntos e sei que a decisão de se casarem é baseada no amor. Vocês já tiveram a experiência de viver com uma pessoa, mesmo que tenham sido experiências diferentes. Eu e Cândida desejamos que sejam muito felizes, se respeitem e que sempre conversem sobre tudo. Não deixem que nada atrapalhe o romance de vocês.

Carolina e Felipe abraçaram os pais e agradeceram por todo o apoio e carinho que recebiam deles.

— Papai, mamãe, eu amo vocês. Obrigada por tudo.

Os pais de Carolina saíram do quarto, e Felipe perguntou:

— Cansada?

— Cansada, mas feliz. Foi um momento lindo na minha vida profissional e pessoal também. Independente de quantos quadros eu vendi, o carinho de todos foi maravilhoso. Agora eu tenho um presente pra você. Feche os olhos.

— Sério?

— Muito! Vamos!

Carolina abriu o armário e de lá retirou o retrato que havia feito do namorado.

— Pronto! Pode abrir os olhos.

Felipe sorriu ao ver o quadro e afirmou:

— Sou eu! E mais bonito! Quando você pintou?

— Quando descobri que estava apaixonada por você. O brilho que vi nos seus olhos me deixou encantada e não quis perdê-lo, então, o retratei.

— Você é maravilhosa, Carolina.

Felipe tirou o quadro das mãos da namorada e colocou-o num móvel de apoio. Ele abraçou-a, e os dois trocaram um beijo longo e a promessa de um amor eterno.

Capítulo 30

Na floricultura, Tadashi e o pai conversavam. Ele lhe contava como havia sido a exposição e quais quadros haviam feito mais sucesso:

— O quadro dos ipês foi o escolhido pelo William, o dono da fábrica. Ele ficou encantado com o tom de amarelo que ela usou e disse que levaria o quadro porque não tinha como plantar uma árvore no prédio onde mora.

— Os ipês realmente encantam a todos. Por que ela escolheu amarelo em vez de rosa?

— Engraçado! Felipe fez a mesma pergunta a ela. Carolina quis homenagear a irmã. Ela também pintou um quadro com o rosa e com o branco, que ainda não floriu. Esse quadro o Felipe comprou sem dizer nada a ela. Será uma surpresa. Ele quer colocá-lo no apartamento que estão montando.

— Interessante a escolha dele. E você? Escolheu um quadro?

— Sim, papai. Eu trouxe esse de presente para o senhor.

Norio tirou o embrulho que cobria o quadro e sorriu. A pintura retratava o jardim da fábrica que ele pedira para não derrubarem.

— Achei que o senhor gostaria desse. A casa não é mais nossa, mas os ipês ainda estão lá. Achei que o senhor gostaria de se lembrar de ter atendido ao pedido da mamãe.

— Você pediu a ela que fizesse essa pintura?

— Não, ela soube da exigência na venda do terreno pela Helena, então, ela pediu para retratá-la antes da reforma da casa, que acabou virando um refeitório.

— Obrigado, meu filho. É uma linda lembrança.

— Achei mesmo que o senhor gostaria de recordar nossa antiga casa. Pai, preciso lhe dizer outra coisa...

— Diga, meu filho.

— Eu pedi a Iara em casamento, e ela aceitou. Gostaria que o senhor nos desse sua bênção.

— Meu filho, vocês a têm. A Iara é uma boa moça, e sinto que vocês serão felizes.

— O senhor sabe que talvez não possamos lhe dar um neto.

— Meu filho, a vida é sábia. Talvez ser avô não seja meu destino. Não saberemos. Ela não pode gerar uma criança, mas quem garante que vocês não serão abençoados com uma criança adotiva?

— Eu disse a mesma coisa a ela. Obrigado, papai! Saber que o senhor aceita nossa união é muito importante para nós.

— Cuide bem dela, meu filho. Essa moça sofreu muito, então, procurem se ajudar e cuidar bem um do outro. Tenho certeza de que vocês serão felizes.

Tadashi abraçou o pai e, em silêncio, agradeceu a Deus por ter Norio como pai.

※

Na fábrica, Gabriel e Rodrigo conversavam sobre a exposição.

— Rodrigo, você escolheu um belo quadro! Já decidiu onde vai colocá-lo?

— Sim, no apartamento que comprei. Vou pegar a chaves no final da semana.

— Helena já sabe?

— Ainda não. Quando eu estiver com as chaves, vou levá-la para conhecê-lo e conversarei com ela sobre nosso casamento. Esse fim de semana foi movimentado, mas aproveitamos bem. Meu pai se deu bem com a família dela, e a Isabela está de acordo com nosso casamento.

— Você falou com ela?

— Sim. Nós ficamos um tempo a sós, enquanto Helena ajudava Carolina. Eu lhe pedi segredo, e ela disse que não falaria nada. É uma menina encantadora. Papai está deslumbrado com a possibilidade de já ser avô. E você e a doutora Marcela?

— Nós vamos esperar mais um pouco. Ela tem o hospital e a mãe, que está apresentando sinais de Alzheimer. Marcela ainda não sabe como será o tratamento. A mãe dela está fazendo alguns exames, e parece que há um medicamento que ajuda a retardar os efeitos da doença. Então, continuaremos namorando e, assim que for possível, nos casaremos. O apartamento que eu comprei será entregue em duas semanas.

— E sua mãe? Como foi com ela?

— Elas se entenderam muito bem. Depois da exposição, fomos para casa e conversamos bastante. Tivemos de voltar domingo pela manhã por causa do hospital, por isso não vimos vocês no almoço que Matilde organizou.

— Ah! Por falar nisso, Miguel estava na casa da mãe quando chegamos. Conversou comigo e se desculpou pelo comportamento que ele teve aqui na fábrica. Miguel conversou com Carolina no hotel, e a conversa fez bem aos dois. Sei que ele também falou com os pais de Helena e que tudo ficou em paz.

— Ele viu a Carolina com Felipe?

— Sim. Cumprimentou os dois, deu os parabéns a Carolina pelo sucesso da exposição e foi embora. Ele não ficou para o almoço. O senhor João chegou a convidá-lo a ficar, mas Miguel alegou que tinha um compromisso e foi embora. Depois soubemos que ele procurou Rafael na galeria e comprou o último quadro que não havia sido vendido.

— Você sabe qual quadro ele comprou?

— Sim, o da cachoeira do restaurante do Fernando.

— Não, eu comprei o da cachoeira.

— Havia outro. Não sei se você reparou, mas há um ipê-rosa próximo à cachoeira. Você consegue vê-lo quando está saindo do restaurante pela porta lateral.

— Na próxima vez que formos lá, vou procurá-lo. Acho que não conheço essa saída do restaurante.

Helena aproximou-se e disse:

— Bom dia! Que tal um café para acompanhar essa conversa?

— Ótima ideia, Helena. Rodrigo estava me contando o que aconteceu no fim de semana.

— Foi um ótimo fim de semana, Gabriel. Aconteceu tanta coisa em apenas dois dias que levaremos mais do que isso para falarmos sobre tudo.

Rodrigo completou:

— Tem razão, Helena. Foi uma ótima experiência para todos nós.

Os três continuaram a conversar sobre o fim de semana e sobre o que precisariam fazer naquela semana na fábrica.

William encontrou facilmente um gerente para a filial canadense e retornou com Miguel para o Canadá na terça-feira, como haviam combinado. Aline já os esperava no aeroporto e, depois de cumprimentar William, abraçou o namorado.

Miguel olhou Aline com carinho e disse:

— Que bom que está aqui. Senti saudades.

— Eu também. Foram poucos dias, mas pareceram uma eternidade.

William despediu-se dos dois e disse a Miguel que ele poderia tirar dois dias de folga para se refazer da viagem.

— Obrigado por tudo, senhor William.

Quando ele se afastou, Aline indagou:

— Obrigado por tudo? O que você quis dizer com isso?

— Vamos para casa e lá eu lhe conto tudo o que aconteceu nessa viagem.

— Está bem, mas antes preciso lhe dizer uma coisa... Só estou com medo da sua reação...

Miguel sentiu-se gelar, respirou fundo e perguntou:

— Por favor, diga logo o que aconteceu.

— Estou grávida.

— O quê?!

— Estou grávida... Meu Deus, pela sua cara você não gostou da notícia...

Miguel não a deixou terminar. Largou a pasta que estava segurando e, abraçando-a, girou a namorada no ar:

— Aline, é uma notícia maravilhosa! Você não sabe como estou me sentindo feliz!

— Nossa, Miguel, por um momento temi que você me abandonasse aqui!

— Não, meu amor! Ter um filho é um sonho que acalento há muito tempo. Isso talvez tenha a ver com o fato de meu pai ter morrido quando eu tinha dez anos... Ter um filho, poder cuidar dele e dar o que eu não tive com meu pai é a melhor coisa que poderia me acontecer! Vamos para casa! Lá, conversaremos sobre a viagem, e você me contará tudo sobre a gravidez.

Os dois seguiram abraçados, e as pessoas que viram a cena sorriram com a certeza de que estavam diante de um casal apaixonado.

— Matilde?
— Estou aqui no fundo, Aurora. Já vou até aí.

— Você está ocupada. Posso voltar depois.
— Não, espere! Preciso falar com você.
— O que aconteceu? Você parecia nervosa ao telefone.
— Venha, vou lhe servir um café, e conversamos no escritório. Eu estava procurando um quadro antigo para que Rafael troque a moldura para mim. No domingo, eu fiz um almoço para a família e os amigos da Carolina, mas você não veio. O que aconteceu?
— Eu estava com Gabriel e Marcela, e eles precisaram ir embora cedo. Mas eu estive lá mais tarde e me despedi de todos.
— É mesmo, mas eu não falei com você sobre Miguel. Ele esteve em casa no domingo e, antes de as visitas chegarem, conversou comigo. Não almoçou conosco, porém, conversou com todos.
— Que bom!
— Lembra que estávamos discutindo no sábado?
— Sim! E eu fiquei sem graça por ter entrado em sua casa sem bater.
— Bobagem! Miguel reconheceu que a forma como tratou Carolina foi errada, conversou com ela e foi perdoado. Fiquei muito feliz com a atitude dele. Parece que, finalmente, meu filho entendeu que não deveria ter agido como agiu.
— Isso é ótimo! Com certeza, foi bom para os dois.
— Sim. Eu falei com Carolina num instante em que ficamos sozinhas. Ela não esperava essa atitude do meu filho, pois o encontro que tiveram na casa dela havia sido um desastre. Miguel me disse também que William, o presidente da fábrica, também conversou com ele. Os dois voltaram ontem para o Canadá.
— Tive a oportunidade de conversar com o William. Ele me pareceu muito equilibrado. Conversamos rapidamente sobre a vida dele. William me contou que viveu no Brasil com os pais por alguns anos e estava encantado com as belezas do país. Ele fez questão de comprar um dos quadros da Carolina.
— Sim, o quadro dos ipês.
— Isso mesmo.
— Agora, a novidade: Miguel está namorando uma moça no Canadá. Ele me contou no domingo, mas não pudemos conversar sobre ela porque as visitas começaram a chegar. Ele cumprimentou a todos, se despediu e me disse que viajaria na terça-feira, mas tinha muito serviço ainda para fazer, então, não nos veríamos até o embarque. Eu fui ao aeroporto me despedir e vi que Miguel também havia comprado uma tela.

— Sério? Isso sim é uma novidade.

— Não é só isso! Ontem, ele me telefonou e me disse que serei avó! A namorada dele está grávida.

— E como Miguel encarou essa notícia, Matilde?

— Ele está muito feliz! Mandou-me fotos da namorada e disse que estão fazendo planos para receber o bebê. Assim que tiverem a confirmação da data aproximada do parto, ele me enviará uma passagem para que eu possa acompanhar o nascimento de meu neto ou de minha neta. Aurora, pedi tanto a Deus que Miguel mudasse de comportamento. Acho que minhas preces foram atendidas!

Aurora abraçou a amiga e disse:

— Deus não falha, amiga. Ele sempre sabe a hora certa de agir. Você é uma pessoa maravilhosa, por que Ele não a atenderia? Você está chorando?

— De felicidade, Aurora. De felicidade.

— Então, chore à vontade e aproveite muito esse momento que a vida está lhe dando. Quando chegar a hora, vá para o Canadá e curta bastante seu filho, sua nora e o bebê, que certamente trará muita alegria a todos vocês.

— Obrigada, minha amiga, mas já falei muito de mim! E Gabriel e a namorada?

— Ela é muito simpática. Nós conversamos bastante. Pena a correria por causa do hospital. Eles querem se casar, mas a mãe dela está apresentando ausências e fazendo exames para confirmar se está com Alzheimer. Marcela está muito preocupada. No final da semana, irei para Várzea do Leste ficar um pouco com eles. Quer ir comigo?

— Sim, assim consigo rever a Carolina. Eu me apeguei muito a ela.

— Combinado! Sairemos no sábado pela manhã.

— Combinado, Aurora.

<hr />

— Doutora Marcela, a senhorita Iara está aqui.

— Peça para ela entrar. Os exames dela chegaram?

— Sim, estão na pasta.

— Ótimo, me dê uns dez minutos. Quero ver o resultado primeiro.

Passado algum tempo, Iara entrou no consultório demonstrando estar apreensiva, afinal, aquela era a última série de exames que teria de fazer.

— Então, doutora, como eu estou?

— Parabéns, Iara! O resultado dos exames demonstra que você está curada.

Emocionada, Iara rompeu em lágrimas. Marcela, então, pediu à sua assistente que trouxesse água e colocou uma caixa de lenços de papel ao alcance da paciente e amiga.

— Doutora, você não sabe como estou feliz! Eu tinha tanto medo de que a doença voltasse... Procuro animar os outros, mas, cada vez que faço esses exames, fico abalada.

— Eu entendo, Iara, mas pode ficar tranquila agora. Você está curada. Se sentir alguma coisa, venha me procurar. Independente do que seja: dor no braço, cólicas, unha encravada.

Iara riu da brincadeira da médica e disse:

— Virei, doutora. Não podemos brincar com a saúde, principalmente agora. Não estou mais sozinha. Vou me casar com o Tadashi.

— Iara, que ótima notícia! Fico muito feliz por vocês e lhes desejo toda a felicidade do mundo. Agora, seque essas lágrimas e me dê um abraço! Toda as vezes em que recebo exames como o seu, sinto uma alegria imensa.

As duas se abraçaram e conversaram mais um pouco sobre o tratamento que Iara havia feito, e ela compartilhou com a médica o projeto que estavam desenvolvendo na floricultura.

— Que ótima ideia, Iara! Mas recomendo que tome cuidado com o uso de produtos químicos, adubos etc. Não só você, mas também todas as pessoas que frequentarão essa oficina.

— Nós pensamos nisso. Não usaremos adubo químico. E quem for participar dessa atividade deverá informar ao médico com quem estiver fazendo tratamento para evitar qualquer complicação.

— Excelente, Iara! Tenho certeza de que será um sucesso! Parabéns pela iniciativa.

— Sabia que a encontraria aqui. Ainda tem o que pintar nessa paisagem?

— Sim. Há sempre uma novidade por aqui. Mas e você? Não deveria estar na floricultura?

— Vim trazer uma encomenda do Fernando para o restaurante. Haverá um jantar especial esta noite. Os quadros que você fez mostrando as paisagens daqui deram sorte para ele. Algumas pessoas estão marcando almoços ou jantares para comemorar datas especiais e têm vindo tirar fotos aqui perto da cachoeira.

— Devem ficar lindas. O que acha de sugerirmos a ele que fizesse um mural com quem autorizasse? O que você acha?

Abraçando a namorada, ele respondeu:

— Acho uma ideia excelente! E agora gostaria que você parasse um pouquinho o seu trabalho e viesse comigo, pode ser? Preciso lhe mostrar uma coisa.

— Hum, o que será?

Felipe mostrou-lhe uma chave e pediu que Carolina adivinhasse. Sorrindo, ela respondeu:

— Entregaram a chave! Felipe, que maravilha! Nosso apartamento!

— Isso mesmo! Me ligaram da construtora hoje de manhã. Precisamos ir até lá para escolhermos o piso e o azulejo que queremos colocar no apartamento para eles concluírem a obra. Vamos?

— Claro! Você sempre me surpreende! Será sempre assim?

— Carolina, você é a mulher que a vida me deu para que eu voltasse a sorrir. Quero vê-la sempre assim: alegre e sorrindo. Se para isso for preciso surpreendê-la, tenha certeza de que eu me empenharei ao máximo.

— Não será preciso. Seu amor foi o maior presente que a vida me deu. Me ajude com esse material, e já vamos ver nosso apartamento.

Felipe fez o que ela pediu, e os dois seguiram abraçados. Quem os via percebia o amor que demonstravam um pelo outro.

Epílogo

— Cândida, o que achou do casamento?
— Achei lindo, João! Gabriel e Marcela estavam seguros e demonstravam o amor que sentem um pelo outro. Acredito que tenham contagiado a todos os presentes.
— Achei que eles se casariam na igreja, mas não importa. As palavras de Pedro foram ditas com tanta sinceridade que me comoveram.
— Foi mesmo. Eu sinceramente não esperava uma cerimônia tão linda.
— Só não entendi por que se casaram tão rápido. Alguém comentou que vão morar na casa da mãe de Marcela. Eu vejo a Helena e a Carolina às voltas com decoração, então, achei que nossas filhas se casariam primeiro.
— Você está certo. As meninas e Iara estão montando seus apartamentos e fazem tudo com o Felipe, o Rodrigo e o Tadashi. Por sinal, o senhor Norio está muito feliz com o casamento do filho.
— Os pais do Felipe também. Conversei com eles, e só fizeram elogios a Carolina.
— Sim, a mãe dele tem conversado comigo. Mas o que aconteceu com a Marcela foi diferente. Lembra-se daquele fim de semana em que Aurora e Matilde estiveram aqui?
— Sim.
— Noêmia, mãe da Marcela, pediu para conversar com Aurora, com a filha e com o Gabriel. Ela queria ter certeza de que os dois se casariam. Eles disseram que só estavam esperando resolver alguns problemas para marcarem a data. Ela, então, virou-se para a filha e disse: "Filha, sei que meus esquecimentos estão sendo provocados pelo Mal de Alzheimer. Não

preciso de exames complicados para saber o que está acontecendo. O que eu queria pedir a vocês é que, se têm certeza de que é isso que desejam, fizessem o casamento enquanto ainda estou em condições de me lembrar da cerimônia e de ajudá-la a escolher o vestido ou onde farão a recepção. Gostaria de guardar essa lembrança. Tenho certeza de que sempre me lembrarei desse dia".

Após uma breve pausa, ela continuou:

— Foi por isso que eles anteciparam o casamento: para Noêmia poder assistir à cerimônia e conversar com os convidados. Eles vão viajar por uma semana. Se não me engano, a Aurora ficará hospedada na casa da Marcela durante esse período.

— Eu não fazia ideia de que ela estava doente.

— Poucas pessoas sabem. Quem me contou foi a Aurora. Ela acompanhou a preparação do casamento porque a Marcela trabalha muito e a Noêmia não podia cuidar de tudo sozinha.

— Foi uma decisão acertada. Noêmia estava contente! Conversamos bastante. Se você não me dissesse que ela está doente, eu não saberia.

— Pois é, há muitas doenças que são assim: sorrateiras. Vão chegando de mansinho, tomando conta do corpo da pessoa, e, quando descobertas, o estrago já foi feito e não há conserto.

Concordando com a esposa, João abraçou-a e perguntou:

— Você se lembra de que dia é hoje?

— Sim! Hoje faz exatamente dois anos que recebemos a Carolina aqui em casa, doente, amargurada, querendo desistir de viver... Quanta coisa nós vivemos nesse tempo, não?

— Exatamente. Ainda bem que estamos juntos e pudemos ajudar nossas filhas. Em breve, elas se casarão e nossa família aumentará.

— Será?

— Por quê não?

— Olhe, daqui podemos ver bem os nossos ipês. Veja como estão lindos! Já estou pensando em conversar com o Norio. Precisamos deixar o jardim preparado para plantarmos novos ipês, e cuidarei bem deles para que durem muito tempo e para que nossos filhos e netos sejam muito felizes.

Sorrindo, Cândida afirmou:

— Ah, João, você e essa lenda.

Ainda abraçados, João posicionou-se diante da esposa e perguntou:

— Você não acredita nela, não é?

— Acredito no amor que sentimos um pelo outro, no amor com que criamos nossas filhas e que elas o passarão à nossa neta e aos netos que ainda possamos vir a ter. Os ipês são lindos, florescem no fim do inverno, como vemos agora, e nos dão a certeza de que teremos a primavera, um novo ciclo, um recomeço.

— Você tem razão. A lenda dá um colorido especial aos ipês, e vê-los florir sempre me deu esperança de dias melhores. Eu amo você, Cândida. Nunca disse isso, mas agradeço pelas filhas que você me deu.

Cândida fez um carinho no rosto do marido, e os dois trocaram um beijo apaixonado.

Amanhecia, e os primeiros raios de sol refletiam a beleza dos ipês.

Fim

Além da espera

As lembranças vinham com força à mente de Raul. A família sempre evitava falar sobre o acidente que ceifara a vida dos pais do rapaz quando ele era apenas uma criança, mas agora atitudes sem explicação passavam a fazer todo sentido para ele.

Raul é um médico conceituado que, em uma viagem a trabalho para o Egito, descobre por meio das ações orquestradas pela vida a verdade sobre sua origem e o destino de seus pais. Que mistérios estariam por trás daquele passado tão doloroso para todos?

Nesta emocionante história, o amor incondicional tocará nossa alma e nos fará entender o significado do perdão e da importância de acreditarmos que a vida nos proporciona algo mais **além da espera**.

Este e outros sucessos, você encontra nas livrarias e em nossa loja:

www.vidaeconsciencia.com.br/lojavirtual

GRANDES SUCESSOS DE
ZIBIA GASPARETTO

Com 20 milhões de títulos vendidos, a autora tem contribuído para o fortalecimento da literatura espiritualista no mercado editorial e para a popularização da espiritualidade. Conheça os sucessos da escritora.

Romances
pelo espírito Lucius

A força da vida
A verdade de cada um
A vida sabe o que faz
Ela confiou na vida
Entre o amor e a guerra
Esmeralda
Espinhos do tempo
Laços eternos
Nada é por acaso
Ninguém é de ninguém
O advogado de Deus
O amanhã a Deus pertence
O amor venceu
O encontro inesperado
O fio do destino
O poder da escolha

O matuto
O morro das ilusões
Onde está Teresa?
Pelas portas do coração
Quando a vida escolhe
Quando chega a hora
Quando é preciso voltar
Se abrindo pra vida
Sem medo de viver
Só o amor consegue
Somos todos inocentes
Tudo tem seu preço
Tudo valeu a pena
Um amor de verdade
Vencendo o passado

Crônicas

A hora é agora!
Bate-papo com o Além
Contos do dia a dia
Conversando Contigo!
Pare de sofrer
Pedaços do cotidiano
O mundo em que eu vivo
Voltas que a vida dá
Você sempre ganha!

Coletânea

Eu comigo!
Recados de Zibia Gasparetto
Reflexões diárias

Desenvolvimento pessoal

Em busca de respostas
Grandes frases
O poder da vida
Vá em frente!

Fatos e estudos

Eles continuam entre nós vol. 1
Eles continuam entre nós vol. 2

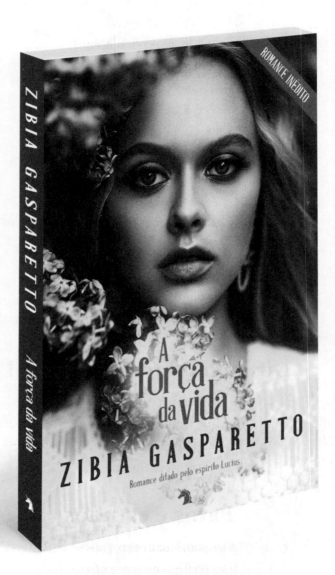

A força da vida

As sábias leis da vida sempre nos colocam diante da verdade, forçando-nos a enxergar nossas fraquezas para que, assim, aprendamos a trabalhar em favor do nosso progresso.

Assim aconteceu com Marlene, uma linda jovem da alta sociedade carioca, que, acostumada a ter todos os seus caprichos atendidos, se deixou levar pela vaidade, atraindo para si situações mal resolvidas do passado e causando dor e arrependimento em todos que a cercavam.

Sempre utilizando o livre-arbítrio, a moça enfrentou os desafios que se interpuseram em seu caminho e aprendeu que cada escolha envolve uma consequência.

Auxiliada pela espiritualidade, Marlene terá de buscar as verdadeiras aspirações do seu espírito para encontrar em si a força da vida.

Este e outros sucessos, você encontra nas livrarias e em nossa loja:

www.vidaeconsciencia.com.br/lojavirtual

A hora é agora!

Viver é uma dádiva maravilhosa. Se você não está feliz, e as coisas não têm dado certo, é hora de mudar e usar seu poder de escolha para construir uma vida melhor.

É simples. Basta você se apoiar e aceitar a vida da forma que é, sabendo que precisa aprender como as coisas são, para poder escolher o que funciona melhor.

Nunca se ponha pra baixo. Os erros são lições naturais do desenvolvimento do Ser e ensinam mais do que tudo. Respeite seus sentimentos e trate-se com amor. Você merece.

Comece já! Chega de sofrer. A HORA É AGORA!

Este e outros sucessos, você encontra nas livrarias e em nossa loja:

www.vidaeconsciencia.com.br/lojavirtual

Sucessos
Editora Vida & Consciência

Agnaldo Cardoso
Lágrimas do sertão

Amadeu Ribeiro

A herança
A visita da verdade
Depois do fim
Juntos na eternidade
Laços de amor
Mãe além da vida
O amor não tem limites
O amor nunca diz adeus

O preço da conquista
Reencontros
Segredos que a vida oculta vol.1
A beleza e seus mistérios vol.2
Amores escondidos vol. 3
Seguindo em frente vol. 4
Doce ilusão vol. 5

Amarilis de Oliveira

Além da razão (pelo espírito Maria Amélia)
Do outro lado da porta (pelo espírito Elizabeth)
Nem tudo que reluz é ouro (pelo espírito Carlos Augusto dos Anjos)
Nunca é pra sempre (pelo espírito Carlos Alberto Guerreiro)

Ana Cristina Vargas
pelos espíritos Layla e José Antônio

A morte é uma farsa
Almas de aço
As aparências enganam
Código vermelho
Em busca de uma nova vida
Em tempos de liberdade
Encontrando a paz

Escravo da ilusão
Ídolos de barro
Intensa como o mar
Loucuras da alma
O bispo
O quarto crescente
Sinfonia da alma

Carlos Torres
A mão amiga
Passageiros da eternidade
Querido Joseph (pelos espírito Jon)
Uma razão para viver

Cristina Cimminiello
A voz do coração (pelo espírito Lauro)
Além da espera (pelo espírito Lauro)
As joias de Rovena (pelo espírito Amira)
O segredo do anjo de pedra (pelo espírito Amadeu)
A lenda dos ipês (inspirado por Amira)

Eduardo França
A escolha
A força do perdão
Do fundo do coração
Enfim, a felicidade
Um canto de liberdade
Vestindo a verdade
Vidas entrelaçadas

Floriano Serra
A grande mudança
A outra face
Amar é para sempre
A menina do lago
Almas gêmeas
Marcado pelo passado
Ninguém tira o que é seu
Nunca é tarde
O mistério do reencontro
Quando menos se espera...

Gilvanize Balbino

De volta pra vida (pelo espírito Saul)
Horizonte das cotovias (pelo espírito Ferdinando)
O homem que viveu demais (pelo espírito Pedro)
O símbolo da vida (pelos espíritos Ferdinando e Bernard)
Salmos de redenção (pelo espírito Ferdinando)

Jeaney Calabria

Uma nova chance (pelo espírito Benedito)

Juliano Fagundes

Nos bastidores da alma (pelo espírito Célia)
O símbolo da felicidade (pelo espírito Aires)

Lucimara Gallicia
pelo espírito Moacyr

Ao encontro do destino

Márcio Fiorillo
pelo espírito Madalena

Lições do coração
Nas esquinas da vida

Maurício de Castro

A outra (pelos espíritos Hermes e Saulo)
Caminhos cruzados (pelo espírito Hermes)
O jogo da vida (pelo espírito Saulo)
Sangue do meu sangue (pelo espírito Hermes)

Meire Campezzi Marques
pelo espírito Thomas

A felicidade é uma escolha
Cada um é o que é
Na vida ninguém perde
Os desafios de uma suicida (pelo espírito Ellen)
Uma promessa além da vida

Rose Elizabeth Mello

Como esquecer
Desafiando o destino
Livres para recomeçar
Os amores de uma vida
Verdadeiros Laços

Sâmada Hesse
pelo espírito Margot

Revelando o passado
Katie: a revelação

Stephane Loureiro

Resgate de outras vidas

Sérgio Chimatti
pelo espírito Anele

Os protegidos
Um amor de quatro patas

Thiago Trindade
pelo espírito Joaquim

As portas do tempo
Com os olhos da alma
Maria do Rosário
Samsara: a saga de Mahara

Conheça mais sobre espiritualidade com outros sucessos.

 vidaeconsciencia.com.br   /vidaeconsciencia   @vidaeconsciencia

CO
CALU

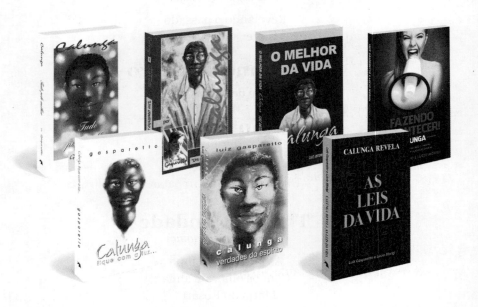

LEÇÃO
NGA

Nosso amigo Calunga presenteia-nos com uma cativante coleção de livros e mostra, por meio de sua maneira carinhosa, sábia e simples de abordar a vida, verdades profundas, que tocam nosso espírito, possibilitando uma transformação positiva de nossas realidades.

Saiba mais
www.gasparettoplay.com.br

Livros que ensinam você a viver com os recursos de sua fonte interior

Afirme e faça acontecer | Atitude | Conserto para uma alma só | Cure sua mente agora! | Faça dar certo | Gasparetto responde!

O corpo – Seu bicho inteligente | Para viver sem sofrer | Prosperidade profissional | Revelação da luz e das sombras | Se ligue em você | Segredos da prosperidade

Coleção Amplitude

Você está onde se põe | Você é seu carro | A vida lhe trata como você se trata | A coragem de se ver

A vida oferece possibilidades infinitas. Explorar-se é ampliar--se. Uma coleção de livros que ensina o leitor a conquistar o seu espaço e a viver além de seus limites.

Coleção Metafísica da Saúde

Sistemas respiratório e digestivo | Sistemas circulatório, urinário e reprodutor | Sistemas endócrino e muscular | Sistema nervoso | Sistemas ósseo e articular

Luiz Gasparetto e Valcapelli explicam, de forma direta e clara, como funciona o corpo humano e mostram que as dificuldades e o desencadeamento de doenças são sinais de que a pessoa não está fazendo uso adequado de seus poderes naturais.

Livros infantis

A vaidade da Lolita | Se ligue em você | Se ligue em você 2 | Se ligue em você 3

O universo infantil apresentado de forma simples e atraente para a criançada. Nos livros do Tio Gaspa, os pequenos aprendem a lidar com várias situações e diversos sentimentos, como alegria, medo, frustração e orgulho, e entendem a importância da autoestima e da autoaceitação na vida.

vidaeconsciencia.com.br   /vidaeconsciencia   @vidaeconsciencia

Rua das Oiticicas, 75 — SP
55 11 2613-4777

contato@vidaeconsciencia.com.br
www.vidaeconsciencia.com.br